A Circular Stroll Through
the Hidden Connections of the English Language

The
Etymologicon

詞源

chicken

poule

poultry

pool

wool

heckling

漫步在英語詞彙之間, 追溯環環相扣的隱密源流

連英國人自己都好奇的英語詞彙來龍去脈

Mark Forsyth

text

texture

papyrus

paper

black

blank

bleach

馬克・福賽斯 —— 著

廖亭雲 —— 譯

head

stomach

foot

pupil

pupa

獻給約翰·戈德史密斯 *John Goldsmith*

誠摯感謝。

我想對每一位參與本書製作的人表達謝意，

尤其是珍·西伯和安德烈·科曼， *Jane Seeber* *Andrea Coleman*

謝謝兩位的忠告、建議、指正、說明

和其他溫柔的教訓。

CONTENTS

CONTENTS

目錄

……應該要用詞典來對付那些對用詞斤斤計較的人。
如果他們想要的話，甚至也可以用語源字典……

—— 約翰・米爾頓 *John Milton*

本書的靈感源自成立於 2009 年的部落格 Inky Fool（墨水愚人），儘管書中大部分都是新內容，部分文字是改編自其電腦版的前身。
部落格網址 http://blog.inkyfool.com/。

前言

——另一種說法是「先前已經說過的話」（fatus[†]）

　　偶爾會有人不小心問我某個詞彙來自哪裡，這些人後來都學乖了。我生性嚴肅，話也不多，甚至難以親近，不過語源學和詞彙的起源有股神奇的力量能撬開我那張天生沉默寡言的嘴巴。有個男人問過我，biscuit（餅乾）這個詞是從哪裡來的，他當時正吃著餅乾，百思不得其解。

　　我向對方解釋，餅乾指的是烤了兩次的點心，用法文來說就是 bi-cuit，他聽了之後對我道謝。於是我又補充，biscuit 中的 bi 在 bicycle（自行車）以及 bisexual（雙性戀）中都同樣是「二」的意思，他點點頭。後來，就因為我腦中突然閃過一個念頭，便告訴他雙性戀一詞一直到 1890 年代才由精神科醫師理查德·馮·克拉夫特－埃賓（Richard von Krafft-Ebing）創造出來，並問他知不知道埃賓也發明了 masochism（受虐狂）這種說法？

　　他斷然地說自己不知道。

　　那他知不知道 Masoch（馬索克）先生是誰，受虐狂一詞就是源自他的姓氏？他不僅是小說家，還⋯⋯。

　　對方告訴我，他不知道馬索克先生是誰，也不想認識這號人

[†]　fatus：拉丁文詞彙 for 的主動完成式分詞，涵義為「已說出口」。
　　——編注

物，他生平唯一的志向就是安靜地享用餅乾。

　　但是一切都太遲了，現在就像是閘門大開、奔流滔滔，或者說，馬兒也已經不受控制、放足狂奔。你知道還有很多詞彙也是源自小說家的姓氏嗎？例如 Kafkaesque（卡夫卡式）的由來是 Franz Kafka（法蘭茲‧卡夫卡），Retifism（戀鞋癖）的由來則是法國小說家 Nicolas Edme Restif（雷蒂夫）……。

　　就在這時候他衝向門口，但是我速度更快。我熱血沸騰，總是有更多話可以說，沒完沒了。就算是大多數人渾然以為毫無關聯的兩個詞彙，也一定會有額外的關係，有另一層連結。就是因為這樣，那位老兄花了好幾個小時才逃走。他設法爬出窗外的時候，我正在畫圖解釋 Philip（菲力普）這個名字和 hippopotamus（河馬）的關係。

　　經此一事，我的親友認為有必要採取行動。他們集合在一起討論，斷定精神醫療照護未免也太貴，於是孤注一擲找上出版業，畢竟接收社工也縮手的案例是這個產業的悠久傳統。

　　於是，他們在英國的卡利多尼安路（Caledonian Road）找到一家出版社‡，並且開始醞釀計畫。我要用一個單詞開場，然後連結到另一個詞，接著再連結到其他的詞，就這樣不停延伸，直到我江郎才盡，再也連不下去為止。

　　因此這本書會兼具兩個層面的優點：首先，這本書可以幫助我擺脫如同惡魔的一面，也許還能讓一些無辜的交談對象逃出我的魔爪。第二，書不像我，書可以好好地放在床邊桌或是廁所旁，也可以隨心所欲地打開和闔上。

　　就是這樣的一本書，讓我不禁想到……。

　　‡　即本書英文原版的出版社 Icon Books。──編注

出乎意料之事

　　這是一本書，既然英文自詡文法癲狂不羈，就表示你可以對書做出各式各樣奇異和侮辱的事。你可以烹煮一本書（cook the book），可以把罪犯帶到一本書跟前（bring somebody to book），或者如果犯人不願意配合，你可以把書丟向他（throw the book at somebody）。你甚至可以從書中撕下一頁（take a leaf out of somebody's book），如此一來這一頁的價值就會和衛生紙差不多了。[†] 然而，你再怎麼試，也永遠沒辦法讓書突然出現（turn up for）。因為所謂的 turn-up for the books（出乎意料之事）和一般的書沒有任何直接關係。一般來說，書是指用墨水、膠水以及紙張組成的東西（當然，除非你走在時代最尖端，只用 Kindle 之類的電子閱讀器）。這種說法的原意其實是 a turn-up for the **bookmakers**（讓莊家喜出望外的事）。

　　任何小孩在鬧區大街上看到書店的對面有間 bookmaker（投注站）都會以為這兩間店有關聯，其實算是很合邏輯的判斷，畢竟 bookmaker 一詞曾經專指裝訂書籍的製書人。這個詞甚至還曾經用於描述一種作家，完全不顧廣大讀者百般厭倦，仍然繼續寫

[†]　cook the book：竄改帳目。
　　bring somebody to book：懲罰某人、要求某人解釋。
　　throw the book at somebody：種種懲罰某人。
　　take a leaf out of somebody's book：引申為模仿某人。——譯注

出一本又一本平白占據書櫃空間的書。1533 年，湯瑪斯·摩爾（Thomas More）就注意到：「寫起書來粗製濫造的新手作家，現在已經多到不能再多了。」幾年後摩爾遭到斬首，對書市來說還真是幸運。

至於現代把莊家稱作 bookmaker，這種說法源於維多利亞時期英國的賽馬場，莊家會收下所有想要下注的人的賭金，並且記錄在一大本賭金登記簿上。而 turn-up 指的就是突如其來的好事，1873 年的俗語字典很細心地為我們提供解釋：

Turn up　　意外的幸運出現。在運動界，當沒有人下注的賽馬贏了，就會說莊家遇到了突如其來的好事。

那麼，什麼樣的賽馬會沒有人下注呢？就是那些賠率最好（也就是最高）的賽馬，幾乎沒有人會對 1000/1 賠率的賽馬下注。

這可能看起來有點違反直覺，獲利千倍的賠率可是豐厚到足以誘惑聖人拿頭上光環來賭，不過這是因為聖人對賭博和馬兒都一竅不通。1000/1 的機會永遠、永遠不會成真。任何經驗老到的賭徒都知道，賽馬的贏家通常是熱門馬，當然賠率也比較低。可想而知，賭客會想下注的，一定是在賽場上遙遙領先的馬，幾乎不需要在終點線前吆喝（shoo）加速。這種賽馬就是所謂的 shoo-in（穩操勝券）。

所以一般人會選擇熱門馬下注，只有傻子才會押勝率很低的馬。這時候，如果不受青睞的馬輕鬆率先衝過終點線，對莊家來說就是突如其來的好運，完全不必發放彩金。

詞源

不過莊家其實不太需要運氣，畢竟莊家總是會贏，破產的賭徒向來都比破產的賭博業者多。在零和遊戲之中，你會賺得更多，這種賭博方式會把所有玩家的賭金集合在一起，最後贏者全拿。集合（pool）賭金的遊戲規則源於法國，和 swimming pool（游泳池）完全無關，倒是和雞以及基因有頗深的淵源。

A Game of Chicken

以雞取樂

　　在中世紀的法國，賭博是一門簡單的生意，你只需要幾位朋友、一個罐子和一隻雞就夠了。其實，沒有朋友也沒關係，你可以邀請死敵一起來對賭，不過罐子和雞千萬不能少。

　　首先，每位玩家都要在罐子裡放入一樣多的賭金，沒有任何人可以用任何理由拿出「小錢」（poultry sum）來開玩笑。接著吆喝著把雞趕到合理的距離，什麼是合理的距離？大約像丟一顆石頭那麼遠。

　　接下來，拿起一顆石頭。

　　現在，每個玩家輪流丟石頭砸那隻可憐的雞，牠會開始咯咯尖叫、拍翅逃竄。最先擊中雞的玩家可以拿走罐子裡全部的賭金，然後大家要約定好絕對不可以對任何動物權倡議者透露此事再解散。

　　這就是法國人以雞取樂（play a game of chicken）†的規則，法國人說的當然是法文，所以他們把這種遊戲叫做 poule，也就是雞的法文，而贏走所有賭金的人就是贏了一場 jeu de poule（以雞取樂的遊戲）。

　　這個詞後來演變成其他的意思：在卡牌遊戲中，桌子中間罐子裡的那一堆賭金後來被稱為 poule，英國賭徒跟著使用這個詞之後，便在十七世紀把這種說法帶回英國，把拼法改成 pool，不

詞源

過還是保持在賭桌中間擺上一堆賭金的做法。

　　我必須強調，這個 pool 和水體完全沒有關係，swimming pool（游泳池）、rock pool（潮池）和 Liverpools（利物浦）都是另外一回事。

　　話說回賭博。撞球變成熱門運動之後，大眾開始用撞球賭博，這種變化的玩法被稱作 pool（花式撞球），所以現在打的目標變成撞球了，在這一刻，那隻悲情的法國雞終於可以逃離賭博的世界，華麗飛向遠方清澈的天空。

　　以賭徒集合賭金的概念為出發點，人們開始集合各自的資源，甚至是集合車子用於 car pool（共乘），後來又把打字人員集合在一起組成 typing pool（打字小組）。法國雞自由了！而且還變成比我們任何一個人類都還要偉大的存在，因為在 1941 年有人發明出 gene pool（基因庫）這個詞，從此每一個人都成為人類基因庫的一部分，而從語源學的角度來分析，這就表示我們都是雞的一小部分。

†　game of chicken 還有另一種涵意，在賽局理論中指的是兩個玩家相互對抗，先退縮的一方就是輸家。——譯注

氫氣與紳士

　　基因庫中的 gene（基因）一詞源於古代希臘文的 genos（誕生），你可以在 generation（世代）、regeneration（再生）和 degeneration（退化）等詞彙中找到這個字根。genos 和拉丁文親戚 genus 在英文中隨處可見，通常出現在你意想不到的地方。

　　以 generous（慷慨）為例：這個詞最初的意思是出身高貴，由於教養好的人顯然就是寬宏大量，粗人就是吝嗇小氣，後來的詞義就變成了慷慨大方。值得一提的是，gentleman（名門紳士）為自己建立了極好名聲，因而衍生出 gentle（柔和）一詞。事實上，由於有些紳士真的太過文雅，小心謹慎（gingerly）這個詞彙中的 gin 很有可能是英文中另一種隱藏版的 gen。可以確定的是，gingerly 和 ginger（薑）完全沒有關係。

　　在英文母語者呼吸的每一口空氣中，到處都隱藏著 genos。十八世紀末期的化學家對於組成空氣的各種氣體非常頭痛：氧氣、二氧化碳、氮氣和其他氣體全都看起來一模一樣，透明而且幾乎沒有重量。唯一能分辨這些氣體的方式就是效用：現在我們稱之為氧氣的氣體可以讓東西起火，而氮氣則可以滅火。

　　科學家花了很多時間將氣體分門別類，然後還要決定如何命名。氧氣有一度叫做「可燃氣體」，但是並沒有廣為流傳，聽

起來就是不怎麼科學。大家都知道，科學術語一定要有隱晦的古典字根，好讓門外漢聽了覺得很厲害，就像我們不會知道自己臉上產生的反應叫做「自發性顱面紅斑」（idiopathic craniofacial erythema）。[†]

最後，有位名叫拉瓦節（Lavoisier）的法國人[‡]認為，燃燒之後會產生水的那種氣體應該要稱為「製水者」。他身為科學家，想當然會用希臘文把這種說法裝飾一番，而製水者的希臘文就是 hydro-gen，也就是氫氣。至於會讓物質變酸（oxy）的氧氣，拉瓦節決定要稱之為「致酸者」或希臘文 oxy-gen，會產生硝酸（nitre）的氣體則是叫做 nitro-gen，也就是氮氣。

（空氣中還有一種主要氣體叫做氬，那個時代對氬所知不多，因為氬是惰性氣體，不會產生任何物質。這就是為何氬的英文是 argon，在希臘文中這個字的意思是「懶惰」。）

世界上大多數有產出和繁殖能力的東西，名稱中的某處都藏有字根 gen。並非所有的詞彙都是 homogenous（同源），有時候詞彙 engender（產生）的方式會有點不尋常。舉例來說，一群湊在一起能繁殖出下一代的生物在分類上是同一個 genus（屬），而如果你指稱的範圍是一整個屬，就是所謂的 general（整體）；如果你負責指揮 general（全體）部隊，你的職位就叫做 general（將軍），而且將軍可以下令要求部隊執行 genocide（種族大屠殺），這個詞根據語源學其實就是自殺（suicide）的意思。

當然，將軍並不會親自動手執行種族大屠殺，他大概會把任

[†] 你我都該為此感到臉紅。——作者注

[‡] 安東萬—羅洪·德·拉瓦節（Antoine-Laurent de Lavoisier），法國化學家，有「現代化學之父」的美名。——編注

務指派給二等兵（privates），而 privates 同時也是生殖腺（gonads）的委婉說法，這個詞彙和將軍一詞都是源於同一個字根，原因明顯到我實在不需要多說。

詞源

新舊睪丸

　　雄性生殖腺是睪丸，而 testicles（睪丸）說實在不該和《舊約聖經》（Old Testaments）以及《新約聖經》（New Testaments）有任何關聯，但實際上就是有。

　　新舊約聖經之所以叫 Testament，是因為功能在於 testify（見證）上帝存在的事實，而見證一詞的拉丁文是 testis。英文從 testis 這個字根衍生出 protest（抗議，見證贊成的事）、detest（厭惡，見證反對的事）、contest（競賽，用競爭的方式見證）和 testicle（睪丸）這些詞彙。等等，睪丸為什麼名列其中？因為睪丸證明了男性的魅力。你想證明自己是真正的男人嗎？你的睪丸會幫你證明。

　　總之，以上是比較常見的說法。另一種比較有趣的理論是，很久以前，證人通常會把手放在自己或甚至其他人的睪丸上發誓。在《創世記》（Book of Genesis）中，亞伯拉罕要求僕人發誓絕對不會娶迦南地女孩為妻，欽定版聖經的翻譯如下：

　　請你把手放在我大腿底下：我要叫你指著耶和華——天地的主起誓……

好的，以上這段文字**也許**是正確的**翻譯**，不過希伯來人寫的原文可不是大腿，而是 yarek，大致上的意思就是「柔軟的隱私部位」。沒有人知道在古代世界究竟要怎麼發誓，不過很多學者認為古人並不是把手放在自己心臟或大腿的位置，而是放在起誓對象的睪丸上，這樣一來 testis（見證）和 testes（睪丸）之間的關聯就更顯而易見了。

睪丸在英文中大概有一百種說法：testicles、bollocks、balls、nuts、cullions、cojones、goolies、tallywags、twiddle-diddles、bawbles、trinkets、Spermaria[†]，而且隨處可見，足以讓有教養的人忍不住臉紅。你喜歡酪梨的味道嗎？我也喜歡，直到某個恐怖的日子，我意識到自己正在吃阿茲特克蛋蛋。是這樣的，阿茲特克人注意到酪梨形狀特別，認為實在是太像又大又綠的睪丸，於是他們把酪梨稱為 ahuakatl，也就是阿茲特克語的睪丸。西班牙人來到中美洲之後，有點把這個稱呼聽錯了，所以他們把酪梨叫做 aguacate，後來英文的說法又稍微變了一點，成了現在所說的 avocado。想到自己以前喜歡配上些許核桃油（walnut oil）吃酪梨，只讓我心中的羞恥更加雪上加霜。

就算你逃到遠離凡塵的象牙塔裡，佩戴著蘭花（orchid），板著臉正襟危坐，這樣的畫面還是意味著你的扣眼裡有一顆睪丸，因為蘭花球根看起來很像睪丸，而且 orchis（紅門蘭屬）一詞在是希臘文中就是指睪丸。事實上，俗稱為綠翅蘭花（*Orchis Morio*）的品種在古代可是享有 Fool's Ballocks（傻瓜的蛋蛋）這樣的盛名。至於有很多睪丸的人，用專業術語來說就是 polyorchid（多睪症患者）。

另外，我們大家所居住的這個球體（orb）很有可能也和蘭花有相同的字根。這樣的話，我們其實就等於是站在一顆巨型睪丸上繞著太陽轉，這個睪丸或陰囊（cod）重達六十億兆噸，也正是在這東西之上，衍生出了 cod-philosophy（偽哲學）、codswallop（胡言亂語）和 codpieces（遮陰布）等詞彙。

　　其實你的電腦鍵盤右上角有兩片遮陰布，至於這東西是怎麼跑到鍵盤上，就是個相當奇怪的故事了。

---

†　bollock(s)：較粗俗說法，也有胡說八道之意。
　　ball(s)：其他詞義包括胡說和膽量。
　　nut(s)：較粗俗說法，也有怪異之意。
　　cullion(s)：另一詞義為卑劣之人。
　　cojone(s)：另一詞義為膽量。
　　goolies：另一詞義為小石頭。
　　twiddle-diddle(s)：十八世紀的用詞。
　　trinket(s)：另一詞義為小型飾品。
　　Spermaria：亦指植物的雄性器官。——譯注

括號裡的遮陰布

你的電腦鍵盤上有兩張遮陰布的圖片，要怪就要怪古代的高盧人（Gauls），也就是住在現今法國地區的古代原住民。高盧人說的是高盧語，直到凱撒大帝入侵，導致高盧人變成三個分支。braca 本來是高盧人用來指稱長褲的高盧語詞彙，而羅馬人的語言中沒有長褲這個詞，因為他們穿的是托加長袍（toga），這就是為什麼這個高盧語詞彙會繼續流傳的原因。

從 braca 衍生出來的長褲名稱，在早期的法文稱為 brague。當這些說法文的人想找個詞彙來指稱遮陰布，他們決定用braguette 這個詞，意思是小長褲。可別把 braguette 和 baguette 搞混了，後面這個詞指的是「棍子」。說實話，法國人的確有可能會吹噓自己身上的棍子大到小長褲裝不下，不過法國人什麼事都可以吹牛，他們就是愛自誇的人（braggart，字面上的意思正是秀出自己身上遮陰布的人）。

在過去，遮陰布實在太重要了，尤其是穿著盔甲的時候。在中世紀的戰場上，飛箭四處亂竄，騎士深知最該保護的部位是哪裡。舉例來說，英格蘭國王亨利八世（Henry VIII）的遮陰布簡直是集功效和猥褻之大成，又大又亮到足以讓任何敵人潰不成軍地撤退，這塊鼓起的布以國王尊爵不凡的陰部為起點，一直延伸

到保護尊爵不凡腹部的金屬片。

這塊布的影響可是相當深遠，你知道從柱子上凸出來支撐露台或屋頂的石塊叫做什麼嗎？在十六世紀以前，沒有人知道這種構造的明確稱呼是什麼。然而有一天，某個人一定是盯著大教堂的牆面良久，然後瞬間豁然開朗，發現這種建築支架看起來簡直和亨利八世的陰部一模一樣。

於是這種建築構造後來被稱作「托架」（bragget），這時我們就得談談寶嘉康蒂（Pocahontas）了。

寶嘉康蒂是波瓦坦（Powhatan）部落的公主，部落位於現今的美國維吉尼亞州。當然，波瓦坦一族並不知道自己住在維吉尼亞州，他們以為這片土地叫做 Tenakomakah，所以英國人很貼心地帶著槍來糾正他們的錯誤。然而，波瓦坦部落相當頑固，甚至還把其中一個英國人關進牢裡，他們打算要處死他，直到寶嘉康蒂出面與她的父親協調，這位約翰·史密斯（John Smith）上校才獲得釋放。根據傳說，寶嘉康蒂深深愛上約翰·史密斯，兩人譜出一段火熱的戀情，不過考量到當時寶嘉康蒂其實只有十歲，我們還是輕輕帶過這段情節就好。

想當然，史實大概和傳說有些差距，故事情節已經被改編到面目全非。不過可以肯定的是，寶嘉康蒂和約翰·史密斯上校都真有其人，而且他們似乎對彼此頗有好感。後來約翰·史密斯發生了和槍有關的意外，不得不回去英國。冷酷的殖民官告訴寶嘉康蒂說約翰·史密斯已經死了，於是她以淚洗面、日漸憔悴，以為和他天人永隔。事實上，約翰·史密斯沒死，他正在編寫字典。

《水手文法與辭典：航海艱深詞彙詳解》（ *The Sea-Man's*

Grammar and Dictionary: Explaining all the Difficult Terms of Navigation，暫譯）在 1627 年出版，其中收錄各式各樣的航海術語，讓有志成為水手的讀者可以學習。不過，就我們的故事而言，重點在於史密斯上校把 braggets 拼成 brackets，於是這種拼法就一直沿用至今。

那種建築構造起先叫做托架（bragget/bracket），是因為看起來像是遮陰布（braguette）。那麼用來將兩個水平結構連接到一個垂直結構的雙托架呢？在建築上使用的雙托架看起就像這樣：[。

看一看你的四周，說不定離你最近的書架上就有這種構造。一如現實世界中的 bracket 是因為外形像遮陰布而得名，標點符號中的 bracket 也是因為和那建築構造相似而得到這種稱呼。

1711 年，有個叫做威廉・惠斯頓（William Whiston）的男人出版了一本名為《復興原始基督教》（*Primitive Christianity Revived*，暫譯）的書。這本書經常引用希臘文的資料來源，並且在引述時，會採用惠斯頓率先稱之為 [括號] 的符號來標示他的翻譯和原文。

這也就是為什麼看著電腦鍵盤的右上角，你會看到兩個小小的遮陰布 [ ] 很不雅地掛在可以拼出 pants（長褲）的字母 P 旁邊。

以內褲之名殉道

　　從前從前，有位可能根本不存在、也可能根本不叫做龐大良（Pantaleon）的老兄，據傳他是羅馬帝國西部皇帝馬克西米安（Emperor Maximianus）的御醫。當皇帝發現自己的醫生是基督徒，他震怒地下令處死醫生。

　　處決的過程不太順利，他們試圖把醫生活活燒死，但是火卻熄了；他們把醫生丟進熔化的鉛，結果鉛卻已經冷卻；他們把石頭緊緊捆在醫生身上，然後把他扔進海裡，然而石頭卻浮了起來；他們把醫生丟到野獸前面，野獸卻變得溫馴；他們嘗試把醫生吊死，結果繩子斷了；他們試圖把醫生的頭砍斷，但長劍卻彎折了，最後醫生還原諒了處刑者。

　　醫生最後的慈悲讓他獲得了「龐大良」的名號，意思就是全然的慈悲。

　　最後羅馬人還是把龐大良的頭給砍下，他就此身亡，並因而成為希臘的偉大烈士（megalomartyrs）。到了十世紀，聖龐大良被視為威尼斯的守護者，所以龐大良變成相當流行的威尼斯名字，威尼斯人也經常被叫做「龐大良人」（Pantaloni）。

　　後來，在十六世紀，義大利即興喜劇（Commedia Dell'Arte）問世，這種由巡迴劇團演出的簡短喜劇總是會出現相同的定型角

色，像是小丑（Harlequin）和膽小鬼（Scaramouch）。

在這類戲劇中，龐大良是典型的威尼斯人，既是吝嗇的商人，也是色慾薰心的老男人，而且還會穿著連身半長褲，就像威尼斯人一般的穿著。於是這種長版的半長褲開始被稱作 pantaloons（龐大良褲），這種說法縮短之後就成了 pants（長褲）。英國人會把內褲（underwear）叫做 underpants（但美國人可不這麼稱呼），簡稱之後也叫做 pants，我現在身上就穿了一件。

pants 是全然的慈悲，pants 也代表聖人。看來我的內褲正是以古代的基督教殉道烈士命名。

各式各樣的潘

　　總而言之，長褲和內褲的詞彙都是源自聖龐大良，你的內褲有全然的慈悲，內衣背後是一段殉道的故事。

　　因此聖龐大良在語言層面就和 St Pancras（聖人潘克拉斯）及 Pandora（潘朵拉）產生了關聯：潘克拉斯字面上的意思就是「掌握世上的**一切**」，而潘朵拉則是拿到了一個盛裝了**一切**事物但其實不該打開的盒子。

　　Pan 就是一種隨處可見的東西，無所不在（pan-present）。例如，當攝影機在兩張面孔之間橫搖（pan），這裡的 pan 就和 underpants（內褲）中的 pan 源自相同的希臘詞彙——電影界的這個 pan 其實是 Panoramic Camera（全景攝影機）的簡稱，這種在 1868 年取得專利的設備，命名的來由是 panorama（全景），代表可以看到一切。

　　panacea（萬靈藥）是可以治療一切的藥物，在 pandemic（大規模流行病）爆發的時候可以派上用場，而流行病就是比較大規模的傳染病（epidemic）。傳染病是只在人群之間傳播的疾病，大規模流行病則意味著全世界的人都遭到感染。

　　pan 還可以提供你各式各樣無比實用但卻因為某些原因散落在辭典中陰暗發霉角落的詞彙，例如 Pantophobia（泛恐懼症）是

所有恐懼症的祖先，因為這就是一種基本上會對所有事物都感到病態恐懼的病症。泛恐懼症可以說是 pandiabolism（泛魔道）所引發的最終結果，這種思想認為惡魔掌管了世界。另外，還有一種沒那麼可怕的情感則叫做 panpathy（全體共感），是指世上所有人都曾經體會過的感受。

話雖如此，並不是全部的 pan 都有「全部」的意思，這正是語源學的一大問題：在這個領域沒有絕對的規則，沒有什麼是放諸四海皆準的。廚房裡的 pans and pots（鍋碗瓢盆）就和 panoramas（全景）及 pan-Africanism（泛非主義）沒有任何關係。panic（恐慌）指的並不是對所有事物的恐懼，而是對希臘牧神潘（Pan）的畏懼。潘是掌管森林的神，有能力在天黑之後引誘任何人走進樹林裡。這位希臘神祇並不是 panipotent（全能的），沒有人知道「潘」這個名字的起源是什麼——我們唯一能確定的是他演奏的樂器叫做 pan-pipes（排簫）。

西元前 27 年，羅馬將軍瑪爾庫斯・阿格里帕（Marcus Agrippa）在羅馬邊陲地帶建造了一座巨型神廟，舉棋不定的他決定把神廟一次獻給所有的神。六百年之後，這座建築依然屹立不搖，於是教皇決定把神廟改建成基督教堂，用來紀念聖瑪利亞和殉教者。又過了一千四百年，這座建築依舊矗立在原地，屋頂還是當初打造的樣子。嚴格來說，現在這座建築的名稱是聖母教堂（Church of Saint Mary），不過觀光客還是稱之為 Pantheon（萬神殿），也就是獻給所有神的聖殿。

與萬神殿徹底相對的概念叫做 Pandemonium（群魔殿），意思是所有惡魔聚集的地方。現在我們只會用群魔殿一詞來形容一

切都有點混亂的情況，不過這個詞彙最早指的是地獄裡的某個殿堂，它是英國詩人約翰・米爾頓（John Milton）發明的數百個英文詞彙之一。

米爾頓式漫談

　　為了評論《創世記》第一章而寫出長達十部書又不著邊際的無聊詩詞……

　　……這是法國啟蒙時代思想家伏爾泰（Voltaire）對約翰·米爾頓的史詩大作《失樂園》（Paradise Lost）的形容。當然，伏爾泰的看法有失公允，《失樂園》的內容是以亞當和夏娃為主，而這對偷吃蘋果的情侶其實一直到《創世記》第二章才真的出現。

　　《失樂園》主要在描述撒旦從天堂墮入地獄，以及人類從伊甸園落入挪得之地，整體而言是一部情節走向每況愈下的詩作。話雖如此，《失樂園》依然是英語世界中最偉大的史詩。能有如此成就，基本上是因為這是唯一一部有人願意動筆寫下的英文史詩，當然也是唯一一部有人願意動手翻閱的英文史詩，而 pandemonium（群魔殿）的出處就是《失樂園》。

　　在米爾頓的史詩中，撒旦被逐出天堂並墮入地獄之後，他決定要做的第一件事是找個地方落腳，於是他召集了其他墮落天使，命令他們打造出巨大又醜陋的宮殿。一如萬神殿指的是所有神祇的聖殿，撒旦也決定要把新落成的臨時住所叫做「所有惡魔的殿堂」或「群魔殿」，這個詞彙的由來就是如此。

就像剛剛提到的，後來群魔殿一詞被用來形容任何有點吵鬧騷亂的地方，不過追根究柢，這個詞彙源於米爾頓的創意，還有他對發明語言的興趣。

米爾頓熱愛發明詞彙，每當他找不到適當的詞語，就會乾脆自己創造：impassive（神情冷漠）、obtrusive（刺眼）、jubilant（歡欣雀躍）、loquacious（健談）、unconvincing（難以信服）、Satanic（魔鬼般）、persona（外在形象）、fragrance（香氣）、beleaguered（坐困圍城）、sensuous（滿足感官）、undesirable（令人厭惡）、disregard（無視）、damp（潮濕）、criticise（批評）、irresponsible（不負責任）、lovelorn（單相思）、exhilarating（情緒高漲）、sectarian（宗派傾向）、unaccountable（難以解釋）、incidental（次要）和 cooking（烹飪），全都出自米爾頓之手。說到創新用詞，其實米爾頓還發明了 wording（用詞）一詞。

突然心生敬畏（awe-struck）了嗎？這個說法也是他發明的，stunning（令人驚豔）和 terrific（精彩絕倫）也是。

另外，由於米爾頓是清教徒，他為自己不贊同的所有享樂行為都發明了一種說法。如果不是親愛的老米爾頓，我們就沒辦法 debauchery（放蕩糜爛）、depravity（道德敗壞）、extravagance（鋪張浪費），人生一點都不 enjoyable（愉悅）了。

這些傳道的人真是難為！大家總是把他們的譴責當成提議，一個人眼中的惡行反而是另一個人眼中的好點子。這就是所謂的始料未及後果定律（the law of unintended consequences），而且你猜的沒錯，始料未及（unintended）就是米爾頓發明的詞彙。他大概也沒有意圖或料想到，自己發想出的某個冷僻用詞後來會

變成本書的標題：Etymologicon（《詞源》），意思是以語源學（etymologies）為主題的書，這個詞彙第一次出現的地方就是米爾頓探討「婚姻無效」（Nullities in Marriage）的論文中。

不論你是 all ears（洗耳恭聽）還是 tripping the light fantastic（翩翩起舞），這些說法也都是引用自米爾頓。[T]rip it as ye go, / On the light fantastic toe（在路上輕快地跳起舞來吧／用輕盈幻變的足尖）這句詩出自他的詩作〈快樂之人〉（L'Allegro）；In a light fantastic round（輕盈幻變地轉圈）和 all ear 則是出自他的劇作《酒神》（Comus）。當我們說網球選手在比賽平分時取得 advantage（領先優勢，又稱 AD），這也是米爾頓的發明，至少可以說他是把 advantage 用在運動領域的第一人。當我們說 all Hell breaks loose（情況突然亂成一團），出處正是《失樂園》：撒旦從地獄逃出來時，有天使好奇地問他：

Wherefore with thee
你為何獨自前來
Came not all Hell broke loose?
整個地獄怎麼沒有傾巢而出？

我們的生活和米爾頓已經難分難捨了，舉例來說，就連太空旅行也是他發明的，或者至少可以說是他讓太空旅行以語言的形式問世。space 一詞本來就已經有好幾個世紀的歷史，但米爾頓是用這個詞彙來指稱星星之間佇大虛無空間的第一人：撒旦在安撫手下的墮落天使時說，即使他們被拒於天堂之外……

Space may produce new worlds
太空之中也許會有新世界誕生

　　這就是為什麼，我們有 outer space（外太空）的說法，而不是稱之為 outer distance（外距離）；我們有 space stations（太空站），而不是 void stations（虛無空間站）；我們還有 space ships（太空船），而不是 expanse ships（無垠船）。正因為有米爾頓，我們才有《2001 太空漫遊》（*2001: A Space Odyssey*）這部電影可看，以及大衛・鮑伊（David Bowie）的神曲〈太空怪談〉（Space Oddity）可聽。說真的，如果流行音樂界有正義可言，約翰・米爾頓應該要向傑夫・貝克（Jeff Beck）的熱門曲〈一線光明〉（Hi Ho Silver Lining）收版稅大賺一筆，因為發明 silver linings 這個詞的人其實是米爾頓†：

Was I deceived or did a sable cloud
是我看錯了嗎，抑或是混沌的雲
Turn forth her silver lining on the night?
在夜裡透出一線光明？

　　這一章已經變得太像出自引用學家（quotationist）之手，這個單字屬於米爾頓發明了但沒有流行起來的那種詞彙。所以讓我

---

†　他也該向尼克・凱夫（Nick Cave）的〈沾滿鮮血的右手〉（Red Right Hand）收版稅，只不過金額會少一點點。——作者注

們前往新境地（pastures new‡），「最後他起身並輕拉藍色披風／迎向明日鮮美的森林和新綠的草原」（At last he rose and twitched his mantle blue /Tomorrow to fresh woods and pastures new），讓我們忘掉一線光明，把重點放在雲朵上吧。

‡　pastures new：比喻更好的環境，通常用於形容另謀高就。——譯注

該死的常見語義變化

你知道雲（clouds）和天空（sky）的差別嗎？如果你知道，算你幸運，因為如果你住在英國，這兩個詞基本上是同義詞。英國的雲不會透出一線光明，天氣就只是爛得要命，一直以來都是這樣，而且永遠都會是這樣。

我們現在所說的 sky 一詞源自維京語的「雲」，但是在英國，這兩個概念真的沒有任何差異，就因為糟糕透頂的天氣，這個詞彙連意義都改變了。

如果說語源學有辦法百分之百證明什麼事的話，那一定就是這個世界令人沮喪。我們也許可以懷抱更美好的夢想，但是夢想（dream）一詞源自盎格魯—撒克遜語（Anglo-Saxon）的幸福，其實頗有道理的。

天氣一直是雨天，幸福一直都只是夢想，人類一直都很懶惰。這是理所當然的事，像我自己就很懶。如果有人叫我去做事，例如洗碗或是報稅，我一定會回答我「五分鐘」之後再去。

五分鐘通常表示永遠不會。

如果別人要我去做的事攸關我自己的存亡，我可能就會說「一分鐘」之後再去。一分鐘通常意味著一小時以內，但是我沒辦法給任何保證。

先別急著譴責我，你還記得人類可理解的最小時間單位叫做「瞬間、片刻」（a moment）嗎？現在請打開收音機或電視，然後等一下，沒多久主播就會登場表示「稍待片刻，即將播出的是」這個、那個或是某個節目，「但首先讓我們瞭解一下新聞和天氣」。

史密斯合唱團（The Smiths）有一首流行老歌叫做〈立刻到底是多快？〉（How Soon is Now?）這首歌的作詞人一定比我還懶，因為你隨便翻一本語源辭典都能找到答案。soon（很快）這個詞彙在盎格魯─撒克遜語中就等於 now（立刻）的意思。

只不過一千年以來人類口口聲聲說著「我很快就會去做」，最後「很快」的詞義就變成現在這樣了。

在現代，「立刻」要不是指當前的這一瞬間，就是沒有任何意義。相同的邏輯也可以套用在 anon（這不是 anonymous〔匿名〕的縮寫，而是很快的同義詞），anon 源自古英文片語 on an，意思是 on one（數到一），也就是「立即」。然而，人類絕對不會立即採取行動，我們只會答應要這麼做而已，於是「立即」一詞想當然就和它的其他同類落得了一樣的下場。

此外，人類真的是下流又欠罵的生物，人類誇大他人錯誤的方式實在只能用窮凶極惡來形容。《李爾王》（*King Lear*）有個可愛的橋段：葛羅斯特伯爵（Duke of Gloucester[†]）的眼睛要被雷根（Regan）挖出來時，他的反應竟然是叫她 naughty lady（調皮的公主）。

相較於現代的用法，以前 naughty 是個嚴重得多的字眼，但是在長年過度使用之下，這個詞已經失去了原本的力道。由於有太多嚴格的父母說自己的孩子調皮，這個詞的強度漸漸消退。在

過去，如果有人說你調皮，就表示你毫無人性。naughty（調皮）和 nought（無）都是源於同一個字根，但現在這個詞的意思只剩下「淘氣」而已。

人類天性中的每一種弱點在語源學的歷史裡全都一目了然，最要不得的詞大概就是「大概」（probably）了。兩千年前，羅馬人會使用 probabilis 這個詞，如果用 probabilis 來形容某件事，就表示這件事可以透過實驗來 prove（證明），因為這兩個詞源自相同的字根：probare。

但是，人類過度使用 probabilis，老是對事情太有把握，羅馬人和我們都一樣不例外。羅馬律師會宣稱自己的案件是 probabilis，儘管事實並非如此；羅馬占星師會表示自己的預測是 probabilis，儘管事實並非如此；而且想當然，任何一個頭腦清楚的羅馬人都會告訴你，太陽繞著地球轉是 probabilis。於是到了 1387 年，當可憐的 probably（大概）首次出現在英文中，已經是個光輝年華逝去、窮酸又無力的字眼，只剩下「有可能」的意思。

好的，既然 probably 和 prove 系出同源，你可以猜得到為什麼我們會說「布丁好不好，吃了才知道」（proof of the pudding is in the eating‡）嗎？

---

†　在莎士比亞的劇本裡葛羅斯特的爵位為伯爵（Earl）。——編注

‡　proof of the pudding is in the eating：比喻只有透過親身體驗才能得知結果的好壞。—— 譯注

布丁好不好吃的證據

就像我們先前提到的，probable（大概）和 prove（證明）源自相同的拉丁字根 probare。不過，儘管「大概」一詞因為過度使用而在意義上變得比較接近「有可能」，「證明」這個詞彙卻歷久不衰，詞義也發展到前所未見的強度。話雖如此，你還是可以從一些現在看來已經毫無道理的片語中，看出「證明」是個出身低微的詞。

為什麼例外可以證明規則的存在？[†] 又為什麼會有 proofreader（校對人員）存在？在 proving ground（試驗場）究竟發生了什麼如此具有決定性的事？還有，是什麼樣的嚴謹哲學家會想知道布丁好不好吃的證據？

這些問題的答案都可以從古老的拉丁字根 probare 中找到，儘管就像上一章節所說，probare 的意義不完全等於現代英文的 prove，但也相去不遠了。羅馬人認為理論一定要經過測試（test），有時理論在經過嘗試和檢驗之後會證實有效；其他時候理論在經過嘗試和檢驗之後則會顯露出不足之處。

當一本書被送到校對人員手上也是相同的道理，校對人員拿到的是校樣稿，他們必須極為仔細地研讀，努力找出拼字錯誤和多餘的撇號。

這也是為什麼例外真的能證明規則的存在：例外就等於是讓規則接受檢驗。檢驗也許會推翻規則，或者規則會通過檢驗並且存續下去，無論如何，理論都有經過「證明」。

同樣地，把新武器帶到試驗場時，目的不只是要確認武器本身存在。試驗場的功能就是測試武器，來確保殺傷力和當初預期的一樣。

以上這些應該可以說明為什麼要測試甜點美不美味、證明布丁好不好吃，都要仰賴吃吃看，古時候就是這樣證明的。

提醒你一下，你大概不會想要親身證實古代布丁的好吃程度。最初布丁指的是在動物內臟中塞滿同一種動物的肉和油脂，用滾水煮熟之後再塞在櫥櫃裡，等待日後取用的食品。使用這個詞的最早紀錄是中世紀 1450 年的「鼠海豚布丁」（Porpoise Pudding）食譜：

鼠海豚布丁：取出鼠海豚的血和油脂，加入燕麥、鹽、胡椒、薑並且混勻，接著把攪拌好的成果放進鼠海豚的腸子，再花一點時間用滾水煮熟，但不要過熟，從滾水取出之後，稍微烤一下即可上桌。

鼠海豚布丁好不好吃，當然要吃了才知道，基本上布丁就是一種做法非常怪異（而且可能有害人體）的香腸。

好的，在我們進入連連看的下一個環節之前，要不要猜猜看為什麼光鮮亮麗的人要把香腸毒素放進臉裡？

---

† exception that proves the rule：足以證明某種普遍性存在的例外。
　——譯注

臉上的香腸毒素

香腸的拉丁文是 botulus，有兩個英文詞彙就是從這裡衍生而來。其一是平易近人的 botuliform，意思是形狀像香腸一樣，這個詞可能比你想像得還要實用喔；另一個衍生詞則是 botulism（肉毒）。

香腸好吃歸好吃，但最好不要細問裡面到底有什麼東西，好奇心會殺死貓，而會負責處理貓屍的是香腸業者。在十九世紀的美國，人們廣泛相信香腸通常是用狗肉製成的，所以開始稱呼香腸為熱狗，結果這種說法就沿用至今了。香腸充滿豬肉和危險，雖然未必致命，但也不能排除這種可能性。

十九世紀初有個叫做賈斯汀納斯‧柯納（Justinus Kerner）的德國人，他除了會用德國方言施瓦本語（Swabian）寫出沉悶的詩之外，閒暇之餘還會行醫。現在他的詩作已經遭到遺忘了，這也滿合乎常理的，不過他在醫學上的貢獻卻依然影響深遠。柯納發現有些病患是因為一種新型疾病而死，這種恐怖的怪病會漸漸麻痺人體的每一個部位，直到病人的心臟停止跳動而死亡。柯納得知那些死亡的病患全都有吃香腸裡的廉價肉，於是決定把這種病症叫做 botulism（肉毒），字面上的意思就是「香腸病」。柯納也正確推論出，品質不佳的香腸一定含有某種毒素，他命名為

botulinum toxin（肉毒毒素）。

　　1895 年，在比利時的一場葬禮上，守靈夜時上了一道火腿招待賓客，有三人在食用火腿之後倒下死亡。這對葬禮業者來說想必是好消息，同時這也表示剩下的肉品會立即被送往根特大學（University of Ghent）。[†] 細菌學教授在顯微鏡下仔細研究殺人火腿，最後終於找到元兇：是一種恰巧長得像香腸的小小細菌，現在我們稱之為 *Clostridium botulinum*（肉毒桿菌）。

　　以上發現是一大進展，因為這表示柯納所謂的肉毒毒素可以人工製成。現在你可能會心想，怎麼會有人想要製造肉毒毒素，畢竟這可是一種毒啊。精確來說，一公克的肉毒毒素就會導致人幾乎當下立刻便麻痺死亡，不過有時候麻痺未必是壞事。舉例來說，當你受臉部抽搐所苦，醫生可以在患部注射一點點極低劑量的肉毒毒素，這時會出現輕微且暫時的麻痺，抽搐症狀就這樣治好了，真棒。

　　至少當初要製造肉毒毒素的原因是如此。不過沒多久，大家就發現如果讓人臉麻痺，似乎會看起來比較年輕一些些。當然，副作用是臉部會顯得非常奇怪，而且無法表現出任何情緒，但如果可以消除幾年歲月的痕跡，誰還在乎這些？

　　一時之間，香腸毒素成了當紅炸子雞！有錢人和名人都打肉毒打上癮了，好萊塢女星的職業生涯可以因此延長好幾年，老太太又可以重拾中年時期的外貌！注射柯納發現的香腸毒素就像整形手術，只不過沒那麼痛苦，也沒那麼持久，香腸毒素就這樣在好萊塢流行起來。

[†]　根特大學是比利時的最高學府之一，附屬的根特大學醫院也是比利時境內規模數一數二的大醫院。——編注

當然，現在沒有人會用「香腸毒素」這種說法了，聽起來實在是不太時尚，就連「肉毒毒素」的說法也不再有人使用，因為大家都知道毒素對人體有害。現在，肉毒毒素已經是時尚潮流，改名叫做 Botox（保妥適）。

　　好的，既然 Botox 指的是香腸毒素，toxicology（毒理學）指的是研究毒素的領域，intoxication（中毒）指的是毒素進入人體後造成傷害，toxophilite 這個詞又是什麼意思？

弓箭和貓

　　toxophilite 指的是熱愛射箭運動的人，因為 toxin（毒素）一詞源自 toxon，也就是「弓」的希臘文，而 toxic（有毒）則源自 toxikos，也就是「和射箭相關」的希臘文。背後的原因就在於古時候打仗時，在箭頭沾毒藥是很常見的做法，弓箭和毒藥這兩個概念在希臘人腦中的相關性高到 toxon 後來變成了 toxin。

　　以前射箭是隨處可見的活動，所以現在電話簿上才會有那麼多姓氏是 Archer（弓箭手）、Fletcher（製箭工匠）和 Bowyer（製弓工匠）的人。1363 年，英國國王愛德華三世（Edward III）頒布一項法令，規定所有十四歲以上和六十歲以下的男性每週必須練習射箭一次。顯然，當時射箭不太算是一種運動，比較算是一種殺敵方法，愛德華三世的法律就這樣一直延續下去。

　　於是，英文裡到處都藏有源於射箭的用詞，upshot（結局）這個詞就是一個例子。upshot 原本指的是決定射箭比賽贏家的那一次射擊，1531 年的歷史紀錄中，提到了英王亨利八世（Henry VIII）在運動比賽中落敗：

　　面對科頓（Coton）家的三人，國王在格林威治公園（Greenwich Park）輸了三個回合，共二十英鎊，此外國王贏

了一次射擊（upshot）。

　　都鐸王朝（Tudor）的射箭活動不盡然都讓人心情愉悅。enough room to swing a cat（有空間搖晃一隻貓）可以形容空間寬敞，而關於這種說法出自何處，有兩種理論：第一種，是這裡的 cat（貓）其實指的是 cat-o'-nine-tails（九尾鞭），而在狹窄的空間想必很難好好地揮鞭打人；另一種理論則是和射擊技術有關。

　　對都鐸王朝的人來說，擊中靜止不動的標靶實在太容易了，於是最頂尖的弓箭手會把一隻貓放在袋子裡，然後把袋子掛在樹枝上，用來測試自己的實力。兇猛的貓會不停扭動，導致袋子晃來晃去，這種虐待動物的行為不僅讓好眼力的弓箭手有挑戰的目標，也讓英文世界多了一個片語。

　　順帶一提，這個片語和用來形容洩密的 letting the cat out of the bag（讓貓從袋子裡跑出來）毫無關係，想也知道，和袋子有關係的是豬才對。在中世紀的市集，小豬仔是裝在布袋裡販售，這樣農夫才能輕鬆把豬扛回家，所以才會有 a pig in a poke（袋子裡的豬）這種說法來形容盲目買下的物品。那個時代的典型詐騙手法就是把高價的小豬仔替換成沒有價值的貓或狗，於是你在不知情的情況下買了一隻小動物，又或者如果你揭發了詐騙伎倆，就會讓小貓從袋子裡跑出來。雖然聽起來不可置信，但幾乎全部的歐洲語言都有片語是在形容這種情境。

　　不過先讓我們回來談談射箭，經過剛剛有關擅長射箭（sagittopotent†）和弓術愛好者的長篇大論之後，我們不得不提到 point blank（近距離平射射程）這個奇怪的片語。

這裡的 blank 並不是英文裡常見的「空白」的意思，雖然也相去不遠。point blank 中的 blank 源於法文的 blanc，意思是白色。bullseye（靶心）算是比較新的詞彙，一直到十九世紀才出現。在此之前，箭靶正中心的白點都是叫做 white 或 blank（白色處）。

射箭的有趣之處就在於你通常不能單純只瞄準標靶。如果你直接瞄準白色處，箭就會受到重力影響而擊中比較低的位置。所以你必須讓箭指向比白色處高一點的地方，然後希望這麼做能抵銷牛頓發現的煩人干預力量。這就是為什麼 aim high（瞄準高處）也是射箭界的用語，這個說法的意思並不是要你把箭射到高處，原本的目的也不是這麼回事。你應該做的，是瞄準高處然後水平擊中靶心。

不過，有一種情況下，上述的規則並不適用：當你非常、非常、非常、非常靠近標靶。如果是這種狀況，你可以直接瞄準中央的 blank point（白點）。當你這麼靠近標靶，就表示你在 point blank range（近距離平射射程）之內。

---

† 射手座（Sagittarius）是另一個擁有相同字根的詞彙，但我們稍後才會提到星座（Zodiac），zodiac 字面上的意思其實是小小動物園。
——作者注

黑與白

　　語源學家真是吃足了苦頭才有辦法區分黑白，你可能會認為這兩個概念的差異很明顯，但是中世紀英格蘭人可不是這樣看事情的。他們就是一群搞不清楚狀況的人，而且在點咖啡的時候肯定很不順利。就連《牛津英語辭典》（*Oxford English Dictionary*）也不得不低頭坦承：「在中世紀英文中，通常難以確定 blac、blak、blacke 指的是『黑色、黑暗』還是『白皙、無色、蒼白、暗淡』。」

　　在這樣的情況下，西洋棋應該會讓人摸不著頭緒；不過如果從好的一面來看，種族歧視大概也行不通。

　　儘管這聽起來毫無邏輯可言，但其實有兩種很合理的解釋。可惜的是，沒有人能確定哪一種解釋才對，所以我只能兩種都寫了。

　　從前從前，有個古老的日耳曼語詞彙 black 是用來形容燒焦的狀態，甚至可以說這兩個詞之間幾乎沒有任何差異。之所會產生混淆，是因為古日耳曼人無法決定燒焦的顏色究竟是黑還是白，有些古日耳曼人認為東西在燃燒的時候又閃又亮，有些則認為東西燃燒之後會變黑。

　　結果就是沒完沒了的黑白不分，直到所有日耳曼人都對這個話題失去興趣，騎著馬去洗劫羅馬了。後來英格蘭人繼續使用

black 這個詞，意思可以是白色或黑色，但漸漸地只剩下一種用法。法國人也引進了 black 這個不怎麼實用的詞，他們在其中加上一個 N 之後，又把 blank 這個詞傳給英格蘭人，於是英文中就有了 black（黑色）和 blank（空白）這兩個概念相反的詞彙。

另一個理論（雖然可信度比較低，但是有趣程度不減）是有個古老的日耳曼語詞彙 black，意思是赤裸、虛無和空洞。如果沒有任何顏色，那會是什麼模樣？

好吧，其實這很難回答。如果你閉上眼睛，什麼都看不到，眼前會是黑色的，但空白的紙張卻通常是白色的。根據這個理論，blankness（空白）才是最原始的狀態，而 black（黑）與 white（白）這兩種顏色只不過是對空白狀態的不同詮釋而已。

再接下來的證據只會讓你對這個論點更不耐煩：bleach（漂白）一詞也是源自同樣的字根，意思可以是讓東西變白，或是指稱任何用來讓東西變黑的物質。另外，bleak（慘淡）這個詞可能只是 bleach 的另一種寫法，而且曾經有白色的意思。

這種毫無道理可言的語言學謎團比你合理推斷的還要多很多：down（往下）其實是 up（往上）的意思。好啦，開玩笑的，down 指的是丘陵，不過丘陵難道不是往上發展的地形嗎，對吧？在英國，有一片丘陵叫做薩塞克斯丘（Sussex Downs），這表示你可以往 down 上爬。

在 fall down（跌倒）中的 down，原本的寫法是 off-down，意思是從山丘下來。所以如果古代英格蘭人從山丘頂跌下來，正確的表達方式會是 fall off-down。後來懶惰的古代英格蘭人開始省略 off 的部分，他們表達往山丘下走的說法不再是 going off-down，

而是直接說 going down。於是我們必須承擔這令人摸不著頭緒的後果：downs（丘陵）位在高處，而 going **downhill**（往山丘下走）原本應該要寫成 going **downdown** 才對。

但現在我們必須把話題拉回空白券（blanks）和樂透。

從前從前，有一種樂透是這樣玩的：你買了一張彩券之後要把自己的名字寫上去，接著把彩券放進姓名罐。所有的彩券都賣完之後，會有另一個罐子裝滿同樣數量的彩券，上面寫的是獎品的名稱。

負責開獎的那位老兄會一次抽出兩張彩券，一張來自姓名罐，另一張則來自獎品罐。因此，早在 1653 年，就有人如此形容英王詹姆士一世（King James I）的宮廷：

> 像是某種樂透一般，投入大把金錢的人可能會抽到空白券，相對地，沒有多少資金的人也可能會中獎。

因此從財務的角度來看，空白的樂透彩券和空白支票是相對的概念。空白支票在英式英文的寫法是 blank cheques，在美式英文的寫法則是 blank checks，不過看下去就知道了，這一回美式英文的寫法反而比較古老。

寄存衣帽間與查理檢查哨 [†]

英文中幾乎每一個詞彙都是從 shah 衍生而來。

很久很久以前，波斯的統治者被稱作 shah（沙），有些沙很快樂，有些則是殘了或死了，如果用波斯語來表達國王死了，就會寫作 shah mat。Shah 進入阿拉伯文之後變成了⋯⋯呃⋯⋯shah（語源學是不是很迷人呀？），傳入粗俗的拉丁文之後又成了 scaccus，接著又跑進粗鄙的法文（所有的法文都很粗鄙）裡變成 eschec，複數形是 esche，最後來到英文裡就成了 chess。西洋棋（chess）就是國王的遊戲，畢竟整個棋盤上最重要的棋子就是國王。那麼 shah mat 這個詞又變成了什麼呢？一直到現在，西洋棋選手在對方國王岌岌可危的時候還是會喊出 checkmate（將死）。

下西洋棋會用到棋盤，棋盤其實還滿實用的，因為你可以在上面排列物品。舉例來說，英格蘭國王亨利二世（Henry II）想要計算帳務的時候，會使用：

> 約 3 公尺長、1.5 公尺寬的四邊形平臺，放置好之後有一群人會像坐在桌前一樣環坐在這個平臺旁，整個平臺四周有約四指高的邊緣，以免任何放在上面的東西掉落。此外，這個平臺還會

鋪上一塊在復活節時節購入的布料，不是任何一塊普通的布，而是黑底帶有條紋圖樣的布，條紋之間有約 30 公分或一個手掌寬的間隔。另外，在這些間隔之中，會根據各個間隔所代表的價值放上籌碼。

——《財政署對話集》（*Dialogus de Scaccario*），西元 1180 年

這個平臺看起來就和西洋棋盤沒兩樣，而且由於亨利二世說的是法文，平面就被稱作 escheker，這正是為什麼英國政府的財務仍然掌握在 Chancellor of the Exchequer（財政大臣）手中。（Escheker 的 s 會變成 x 是因為有人愚蠢地搞混了。）

不過西洋棋和波斯國王的故事還沒結束，我們離雙方廝殺一陣之後的殘局（endgame）還很遠，所以讓我們繼續自由發揮（unchecked）吧。

你知道嗎，當對手對你喊出 check（將軍），你就沒有太多選擇了。你必須在一步之內防止自己的國王被殺死，否則下一步就是 checkmate（將死），比賽也就結束了。基於這個邏輯，你應該可以理解某人或某事 held in check（受制於人）是什麼樣的狀況。受制於人會導致你無法做自己想做的事，這就是為什麼球賽中有 body-check（用身體阻擋）這種動作，也是為什麼政府要受制於 checks and balances（權力分立）。

後來 check 或 cheque 漸漸被用來指稱負責防止事情出錯的人，例如 Clerk of the Cheque（王室造船廠事務官），根據十七世紀英國政治家塞繆爾·皮普斯（Samuel Pepys）寫下的日記，這個職位要負責為王室造船廠獨立記帳，還要防止詐騙，和提供好

詞源

吃的午餐：

> 我邊走邊問各種事務和生意的狀況如何，沒過多久就走到了王
> 室造船廠事務官的住所，並且在那裡享用了一些美味的牙買加
> 肉料理。

你應該可以從這段文字看出 check 就是用來防堵不正直行為
的手段，舉例來說，在 hat-check（寄存衣帽間），你會拿到一張
check（寄存單），用來證明你沒有偷拿其他人的帽子。銀行支票
最早是用來代替本票，而之所以稱為 check 或 cheque，就是因為
支票可以防止詐騙。

起初，不論是在大西洋的哪一邊，銀行支票的英文單字都
是以 –ck 結尾。然而，英國人也許是受到了 Chancellor of the
Exchequer（財政大臣）這個詞的影響，決定開始把支票寫成
cheques。從語源學的角度來看，這個決定造成了很耐人尋味的結
果：blank cheque（空白支票）就是沒有 check（核實）的 cheque（支
票）。最早的空白支票是出現在 1812 年，但一直到 1927 年辭典
上才有記錄 bouncing cheque（跳票支票）的用法，這簡直可以說
是奇蹟。

不過在這期間衍生出了 check off（查訖，1839 年）和 check
up（核對，1889 年）的說法。後來懷特兄弟發明了飛機，大家
可以飛來飛去，也可以通過叫做 checkpoint（檢查哨）的特殊地
標。再後來第二次世界大戰爆發，飛行員在接受訓練之後要進
行測驗或 checkout（考核）。接下來商店開始有 checkout（收銀

台），路障變成叫做 checkpoint（檢查哨），大家會去找醫生進行 checkup（健康檢查），旅客會穿著 checked shirt（格紋襯衫）從飯店 check out（退房）以及在 check-in（飯店櫃台）辦理 check in（入住手續）。親愛的讀者，這一切的一切，都是因為古波斯駕崩的「沙」。

以上這些都和捷克共和國無關，因為他們的元首是總統而不是沙。話雖如此，捷克裔網球選手伊凡・藍道（Ivan Lendl）的太太應該可以理直氣壯地說自己贏了一局，因為她的伴侶來自捷克（Czech mate）‡。

　　　‡　Czech mate 和 checkmate 在英文中的發音很接近。——譯注

Sex and Bread
性與麵包

　　心理學家佛洛伊德（Sigmund Freud）曾說，凡事隱隱都和性有關；但語源學家都知道，性隱隱都和食物有關。

　　舉例來說，mating（交配）最原始的意思其實只是和對方共享 meat（這裡指的是任何一種食物，而不只侷限於肉類）。同樣地，companion（同伴）就是你共享麵包的對象（因為這個詞源自麵包的拉丁文 panis）。

　　在古英文中，麵包叫做 hlaf，後來演變成我們熟知的麵包量詞 loaf（一條）。另外，在古英文中，分工模式是女人負責製作麵包，男人負責守護麵包，所以女人叫做 hlaf-dige，而男人叫做 hlaf-ward。

　　hlafward 和 hlafdige
　　hlaford 和 hlafdi
　　lavord 和 lavedi
　　lord（先生）和 lady（女士）

　　至於在 nude（裸體）這個詞裡，則是有印度麵包，不過進一步解釋之前，我必須先談一下全世界有一半的語言是怎麼開始發

性與麵包

展的，或者保守一點地說，關於這個問題最可信的理論是什麼。

在很久很久、久到不行的以前，大概是拿撒勒的耶穌誕生的四千年前，有一群人住在黑海和裏海之間的地區。每當有人死亡，其他人就會把屍體埋進坑穴裡，所以他們的文化被稱作「庫爾干豎穴墓」（Kurgan Pit Burial）文化。這些古代人還有一些相當有特色的陶器，以及其他各式各樣普通的新石器時代人類裝備。

基本上，把這群人叫做庫爾干人（Kurgans）的人是**我們**，畢竟沒有人知道他們怎麼稱呼自己。在那個時代，書寫技術還沒發明，網路更不用提，所以我們也無法得知他們說什麼語言，但我們可以用受過教育的頭腦猜一下，而這個有教育背書的猜測就是原始印歐語（Proto-Indo-European），或是簡稱 PIE。

庫爾干人可能發明了雙輪馬車，也可能用雙輪馬車來侵略鄰居，不過他們的侵略方式缺乏組織到令人搖頭。他們並沒有全體集合在一起，然後往同一個方向攻擊，而是分散開來，有的往這邊攻擊，有的往那邊。一部分的庫爾干人最後跑到了印度北邊，有些則跑到了波斯；一部分的人跑去波羅的海附近又冷又多雨的地區，有些則跑去希臘而且變成了希臘人；還有一些人徹底迷路，最後出現在義大利，總之如果用輕描淡寫的說法來形容，就是一團混亂。

分辨庫爾干人往哪去的方式就是挖出他們的墓穴以及他們獨有的陶器等等，不過這個民族最耐人尋味的部分並不是陶器。庫爾干人隨身帶著走的東西也包括他們的語言——原始印歐語，而且還傳遍了了整個歐洲和亞洲。

我們當然會希望這個過程像是在地面延伸的巴別塔†，很可

惜並非如此。你知道嗎，這些群體全都發展出不同的口音，而且口音變得太重，以至於他們再也無法理解彼此的語言。幾百年之後，印度北部的庫爾干人已經聽不懂義大利的表親在說什麼了。對了，如果現在想親身體驗什麼叫做因為口音太重而聽不懂英文，就去一趟蘇格蘭的格拉斯哥（Glasgow）吧。

於是古印度人叫爸爸的時候會說 pitar，希臘人則會說 pater，羅馬人也說 pater。然而，日耳曼人卻開始用非常奇怪的方式發出 P 的音，聽起來比較像是 F，所以他們把父親叫做 fater，英文則是 father，因為英文源自古日耳曼文。

同理可知，原始印歐語裡的詞彙 seks 在日耳曼文裡變成 sechs，也就是英文的 six、拉丁文的 sex、梵文的 sas 和希臘文的 hex，純粹是因為希臘人的 S 發音很奇特。

發音自有一套規則，例如德文的 P 會像 F，以及希臘的 S 會像 H，這表示我們可以回溯這些基本的詞彙。循此方法我們就能往回推理，然後用受過教育的大腦猜出原始印歐語大概是什麼樣子。話雖如此，事情並不是永遠都這麼簡單。

直接觀察發音變化的方法很適合用在亙古不變的概念，例如父親和數字。然而，有很多詞彙會隨著傳播而詞義改變，就讓我們來看看原始印歐語的 neogw，意思是沒穿衣服。

在日耳曼語言（英文也是其中之一）中，neogw 變成了 naked；在拉丁語言中則是變成 nude。不過在波斯，卻發生了一件和烹飪有關的怪事。

---

† 根據《舊約聖經》，以前所有的人類都說同一種語言，但他們開始建造一座可以通往天堂的高塔，也就是巴別塔。上帝認為人類太過驕傲自滿，於是決定讓人類說不同的語言而且無法理解彼此。——譯注

你知道嗎，古波斯人烹調肉的方法是把肉埋進木炭裡，但是把麵包放進爐子裡烤的時候，麵包上不會覆蓋任何東西。由於古波斯人仍然會使用 neogw 這個原始印歐語詞彙，所以他們把麵包叫做 nan。

Nan 這個詞傳入印度文之後變成 naan，現在你走進印度餐廳，還是可以買到這種膨起的可愛麵餅「饢」（naan），而從語源學的角度來說，這就是一種裸體的麵包。

有些麵包的名字甚至更怪，例如 ciabatta（巧巴達麵包）在義大利文裡是拖鞋的意思，matzoh（無酵餅）原本的意思是吸乾，而 Pumpernickel（黑麥麵包）的意思則是惡魔的屁。

那麼黑麥麵包和鷸鴣又有什麼關係呢？

隱藏版的屁

英國作家約翰·奧布里（John Aubrey）的著作《名人小傳》（*Brief Lives*，暫譯）中有一則悲傷的故事，主人翁是第十七代牛津伯爵（Earl of Oxford）：

> 這位牛津伯爵向伊莉莎白女王深深鞠躬時，正好放了個屁，為此他感到極為窘迫又羞愧，於是踏上長達七年的旅途。伯爵歸來時，女王親自歡迎他重回家鄉，並對他說：伯爵，我早已忘了那個屁。

屁來得又急又快，被忘掉的速度卻慢得不得了。相較之下，英文花了比七年還長的時間，才讓世界忘記這個語言曾經釋放過臭氣，原始詞義的臭味花了很久才慢慢消散。

以片語 peter out（慢慢消散）為例，沒有人能確定這個說法從何而來，不過最可信的理論之一是這源自法文的 peter，也就是屁的意思。可以肯定的是，法文的屁讓我們有了 petard 這個詞，用來形容些微的爆炸破壞力，原因不需要我多說了吧，有吃過豆子的人都知道怎麼回事。

不過，當哈姆雷特（Hamlet）說：「看見砲兵被自己的

petard 轟上天也是頗為有趣」（Tis sport to have the engineer hoist with his own petard），他的意思並不是那位可憐的砲兵放屁的力道有如噴射機所以整個人飛上天，而是真的被自己發射的砲火炸飛，於是屁從此不再有臭味了。

相同的變化也發生在 fizzle out（逐漸終止），這個片語以前是表示放屁的另一種說法，有本十九世紀的辭典委婉解釋為「從後面釋放出的東西」。同一本辭典對於 fice 的解釋是：

fice　　從後面釋放的一陣微小氣流，相較於耳朵，對鼻子更為刺激。老太太通常會把這東西歸咎於趴在她們腿上的寵物狗。

Fice 源自古英文的 fist，同樣是屁的意思。在伊莉莎白一世的時代，很臭的狗會被叫做 fisting cur（放屁的雜種狗）。而到了十八世紀，任何一種小狗都一律叫做 feist，這就是 feisty 一詞的由來。小狗動不動就會對任何東西吠叫，所以氣燄高漲的小女孩會被形容成 feisty（好鬥），由來就是很久以前都這樣稱呼放屁的狗。下次當你看到有影評用到 feisty heroine（好鬥的女主角）這種說法，應該會很難不想起這個詞是從哪裡來的。

屁味會久久不散。

鷓鴣的英文 partridge 源自古法文的 pertis，而後者又源自拉丁文的 perdix，這個詞源自希臘文的 perdix，再往前追溯則是希臘文動詞 perdesthai，意思是放屁，因為鷓鴣飛翔的聲音聽起來就像在放屁。這種鳥類擺動翅膀發出的聲響低沉又震耳欲聾，讓人

聯想到體內氣流釋放時衝擊屁股的聲響。

　　有個文雅甚至可說是優美的詞彙，可以用來形容讓屁股轟隆作響的食物——就是 carminative（驅風劑）。以前有用驅風劑製成的藥品，因為大多數人都認為放屁有益身體健康，就像這首兒歌唱的一樣：

　　豆子啊豆子，對你心臟好。
　　吃得越多，屁就放到飽；
　　放屁放到飽，身體就越好。
　　就讓我們餐餐吃豆，真有效。

　　這種認為放屁有療效的觀念，起初是建立在精神健康的概念上。當時認為人體充滿了各種可能會徹底失衡的物質，而屁就像是整理羊毛並清除打結的梳子或器具。梳毛器的拉丁文是 carmen，和歌劇《卡門》（Carmen）沒有任何關係，但是卻一樣讓人聯想到「激烈叫囂」（heckling）。

羊毛

　　heckling 指的是（或者說曾經是）從羊毛上清除打結的過程。大家都知道，綿羊向來不修邊幅，所以把羊毛做成好看又溫暖的毛衣之前，一定要先梳理過。

　　應該不難看出，梳開羊毛和整理打結為什麼可以用來比喻糾正演講和打斷講者，不過兩者之間的關聯可能比這還直接得多，而且可以追溯到蘇格蘭的第四大城丹地（Dundee）。

　　丹地在十八世紀是個充滿激進氣氛的地方，這裡是蘇格蘭的羊毛貿易中心，所以到處都是 hecklers（梳毛工人）。這群梳毛工人是所有勞工中最激進的一群，他們集合起來組成團體，也就是今天所謂的工會，並且運用集體協商來確保梳毛工人可以獲得良好的薪水和福利。他們的福利多半都是以酒精的形式提供，不過這在蘇格蘭沒什麼好大驚小怪的。

　　這群梳毛工人很關心政治，每天早上當大部分的工人都忙著整理羊毛，其中一個人會站出來大聲朗讀當天的新聞。因此，他們對於所有議題都有堅定的立場，而如果有政治人物和重要官員試圖向他們發表演講，演說內容就會跟羊毛一樣，受到梳毛工人非常仔細透澈地梳理，這就是 heckling（對演講者激烈叫囂）這種說法的由來。

英文裡到處都可以看到羊毛：如果你有手機，那麼你可能每天都在用羊毛和朋友交談卻不自知，畢竟你現在讀的就是羊毛。或者說，你有沒有注意過 text（文字）和 textile（紡織品）之間的關聯呢？

用手機傳送充滿羊毛的訊息、閱讀羊毛、引用《聖經》裡的羊毛，這些全都要從羅馬時代的演說家坤體良（Quintilian）說起。坤體良是當時最有名的演說家，有名到羅馬皇帝圖密善（Domitian）指派他擔任兩個皇侄孫的家教，而且這兩個侄孫就是皇位繼承人。沒有人知道坤體良到底教了他們什麼，不過圖密善沒多久就流放了他的侄孫。

坤體良最值得我們討論的兩句話出自《演說術理論》（*Institutio Oratorico*），這套多達十二冊的大作確實從頭到尾都是在探討修辭。坤體良在書中指出，選擇好詞彙之後，你必須把詞彙全部編織成布料（in textu iungantur），直到你製作出精美細緻的紋理或織品（textum tenue atque rasum）。

類似的說法在英文裡再常見不過了，我們會 weave（編織）故事、embroider（修飾）†故事，還會努力不要 lose the thread（失去頭緒）。坤體良的譬喻就這樣流傳下去，已故的古典作家世代沿用了 text 的說法，用來指稱書中的任何一小段文字，接著我們這一代用 text 來指稱任何書面上的文字，後來又有人發明了簡訊，text 從此又有新的詞義。簡訊這種寫作方式其實非常適合寫在羊皮上，畢竟如果要決定一本書該寫得多長，還得考慮到羊有多大隻。

中國大約在兩千年前發明造紙術，但西方一直到十四世紀才

---

† embroider，原意為刺繡。── 編注

學會這項技術。即便在當時，紙仍然被視為來自東方的稀奇物品，英國到了 1588 年才有第一座造紙廠。在紙普及以前，要閱讀的話有兩種選擇，其中一種是埃及盛產的紙莎草，把紙莎草壓碎之後可以做出很像紙的東西——像到英文直接從 papyrus（紙莎草）衍生出 paper（紙）這個詞。

可惜英國的紙莎草數量非常少，所以英國人用的是羊皮，現在你也可以跟著做，配方如下：

一、找一頭羊。

二、把羊殺了之後剝皮（請務必要依照這個正確的順序）。

三、用水把血淋淋的羊皮洗乾淨，然後把皮浸泡在啤酒裡幾天，直到羊毛剝落。

四、把羊皮平鋪在叫做 tenter（張布架）的木架上乾燥。為了要讓羊皮保持緊繃和平坦，記得要用 tenterhook（張布鉤）固定。

五、幾天之後，羊皮應該會變得很接近長方形，但原先是羊腿的地方會有四個看起來很悲慘的突出物。

六、把腿切掉丟棄。

七、裁剪剩下的部分，直到羊皮確實變成長方形。

八、把羊皮對折。

九、現在你應該會有四個頁面（而且封面和封底有花紋），尺寸和現代的地圖集差不多大，這就叫做「對開本」（folio）。現在如果你想要製作超過四頁的地圖集，只需要找來更多羊就行了。

十、把對開本再對折，你就會有八個頁面，大約是現代百科

全書的大小。你還得把頁面頂端切開才能翻頁，這就叫做「四開本」（quarto）。

十一、再對折一次。

十二、假設你一開始選的是一般尺寸的中世紀綿羊，現在你手上應該會拿著和精裝本小說差不多尺寸的東西，這就叫做「八開本」（octavo）。

十三、再對折一次。

十四、這就是大眾平裝本（mass-market paperback）。

英國商人威廉・卡克斯頓（William Caxton）在十五世紀打造印刷機的時候，是打算用在羊皮上而不是紙上。最後當紙終於引進英國，還是以符合現有印刷機的規格來製造，這就是為什麼你現在讀的文字以及印有這些字的書本都是從綿羊發展而來。

當然，你有可能是用電子書閱讀器在讀這段文字，不過既然閱讀器的設計也是在模仿一般書本的尺寸，你還是得感謝綿羊。

英文裡到處都是羊毛，穆斯林中的冥契主義者被稱為 Sufis（蘇非派），因為他們穿的羊毛衣就叫做 suf。另一方面，Burlesque（滑稽歌舞雜劇）舞者呈現的是一種風格荒謬或輕浮的表演，名稱源自拉丁文 burra，意思是一束羊毛。古時候會將羊毛鋪在書桌上，而英文的 bureaus（局處機構）和 bureaucracies（官僚體系）就是這麼來的。

羊毛還有各式各樣的分類：喀什米爾（cashmere）羊毛源自印度北方的喀什米爾地區（Kashmir），安哥拉（Angora）羊毛則是來自土耳其首都安卡拉（Ankara）。

當然囉，土耳其（Turkey）‡就是耶誕節會出現在餐桌上的那個國家。

‡　土耳其和火雞的英文都是「Turkey」。──譯注

土耳其／火雞

　　火雞是美洲的原生種動物，最早踏上美洲的探險家曾發現成群的火雞在木蘭森林裡唱歌。阿茲特克人（Aztecs）甚至圈養了火雞來食用。這種家禽為什麼會用小亞細亞的國家來命名，原因雖然有點奇怪，但也不是毫無道理可言。

　　其實很多動物的名稱都不太精確，以 Guinea pig（豚鼠、天竺鼠）來說，雖然英文名稱字面上的意思是「幾內亞豬」，但牠們既不是豬，也不是來自幾內亞。豚鼠來自南美洲的蓋亞那（Guyana），所以發音只要有一點偏差，牠們就會瞬間移動到大西洋的另一邊；至於豬的部分就真的是莫名其妙了。

　　相同的狀況也發生在 helmeted guinea fowl（珠雞，學名為 *Numidia meleagris*）身上，這種鳥類是馬達加斯加（Madagascar）原生種，並不是來自幾內亞。珠雞是一種很醜的鳥，頭部頂端有個明顯突出的球形骨骼（所以英文俗名字面上的意思是「戴頭盔的幾內亞家禽」），不過吃起來倒是很美味。

　　於是很多人開始從馬達加斯加進口珠雞到歐洲，而經營進口事業的人多半都是土耳其貿易商。土耳其（Turkey）商人的名號非常響亮，所以他們引進的家禽就被叫做 turkey。但是這種火雞並不是大家和親戚一起在耶誕節搭配麵包醬（bread sauce）

享用的那種鳥類，餐桌上的火雞叫做「野生火雞」（*Meleagris gallopavo*），也一樣美味好吃。

在木蘭森林裡找到野生火雞並且引進歐洲的人，是十六世紀前往美洲的西班牙征服者，這種家禽先在西班牙流行起來，接著又傳入北非。雖然野生火雞和珠雞品種不同，但這兩種鳥類卻意外地長得很相像。

當時的人常常搞混，兩種鳥看起來差不多，吃起來也差不多，又都是從海外引進的異國新食材。因此大家都以為牠們是同一種家禽，美洲的野生火雞之所以也叫做 turkey，就是因為大家誤以為這種鳥類是來自土耳其。

至於土耳其人本身，他們當然不會犯這種錯，他們知道這種鳥不是土耳其原生種。所以土耳其人完全誤解成另一回事，把野生火雞叫做 hindi，因為他們猜想這種鳥應該是從印度來的。法國人的想法也差不多，到現在仍然把火雞叫做 dindon 或 d'Inde，意思同樣是「來自印度」。火雞大概是史上最讓人摸不著頭緒的鳥類，但卻好吃得不得了。

事實上，雖然火雞在 1520 或 30 年代才引進英國，但卻美味到 1570 年代就已經成為耶誕節必備料理。以上種種都無法解釋為什麼有時候人會 talk turkey（談論火雞）†，而且是要求別人談論火雞。這時就不得不提到一則老笑話，但我必須說，實在是不怎麼好笑。

這則笑話是關於火雞和鵟鷹（buzzard）。我不太確定現在有沒有機會吃到鵟鷹，但我從來沒在菜單上看過這類鳥，所以還是心存懷疑。我懷疑鵟鷹是一種很不討喜的鳥，而這就是這則笑話

　　　　　　　　　　　　　　　　　　　詞源

的重點。

　　從前從前，白人和美洲原住民一起去打獵，他們獵到一隻美味的火雞和一隻鵟鷹。於是白人對同伴說：「你拿鵟鷹，我拿火雞吧。或者如果你想要的話，我可以拿走火雞，你拿走鵟鷹。」

　　結果美洲原住民回答：「你完全沒有談到火雞。」

　　這則笑話在十九世紀的美國極受歡迎，甚至有人在國會引用，雖然沒有辦法從歷史紀錄得知到底有沒有人笑。總之，這則笑話流行到催生出兩則片語。

　　到了 1919 年，「談論火雞」產生了一點變化：大家開始在這種說法加入形容詞 cold（冷掉的）。talking cold turkey（談論冷掉的火雞）和 talking turkey 的意思差不多，只不過程度又更勝一籌，你不只是要直指重點，還要鎖定要點中的要點。talking cold turkey 就是最直截了當的說話方式。

　　幾年之後，在 1921 年，大家開始用 cold turkey 形容最直截了當戒除藥物的方法。

　　總之，冷掉的火雞和耶誕節過後一整週都要硬吞下去的剩菜完全無關，冷掉的火雞根本就不是食物，雖然真的聽起來很像。這是一種不拐彎抹角的說話方式，也是一種急遽戒除藥物的方法。

　　話雖如此，如果你給其他人的是 cold shoulder（冷肩）‡，那就真的是食物了。

---

† 　Talk turkey：有話直說。──譯注

‡ 　Cold shoulder：故意冷落。──譯注

侮辱人的食物

　　訪客分成兩類:受歡迎和不受歡迎。東道主沒辦法直說你是哪一種,不過他可能會給你一些線索。

　　如果東道主為你煮了一頓美味又熱騰騰的晚餐,你應該就是受歡迎的那種客人。如果他給你的是昨天的剩飯剩菜,例如冷掉的羊肩,那麼他大概是希望你不要出現在這裡。

　　不過這還不是最糟的狀況——東道主也有可能要你吃下 humble pie(卑微餡餅)。卑微餡餅使用的食材是 umbles(鹿內臟),以下是 1736 年內森・貝利(Nathan Bailey)在著作《家事大全辭典》(*Dictionarium Domesticum*,暫譯)中提供的食譜:

> 用滾水將鹿內臟煮到非常柔軟,放涼之後再切成絞肉餡餅用的碎肉大小,接著加上適量切成絲的牛板油、六顆大蘋果和約 230 公克的醋栗,還有適量的糖。用鹽、胡椒、丁香和肉豆蔻調味,可依照個人口味調整。把所有食材攪拌均勻,接著把餡料放入麵團時,倒入半品脫的 sack,也就是一顆柳橙和兩顆檸檬打成的果汁,再把餡餅封起來,烘烤之後趁熱上桌即可。

　　想當然,內臟是鹿身上最沒價值的部分。有錢人花了一整天

辛苦獵鹿之後，晚餐時間會享用鹿肉，只有樓下的僕人才必須將就著吃鹿內臟（所以才會是卑微的）餡餅。

Folk Etymology
民俗語源學

　　在 umble 前面加上 h 就是所謂民俗語源學的例子：有人不知道 umble 是鹿內臟的意思，看到 umble pie（鹿內臟餡餅）這個詞之後覺得很困惑，後來這些人又發現鹿內臟餡餅是一種卑微（humble）的食物，於是推斷應該是其他人漏掉了 h，便決定把這個字母加回去。因此 umble pie 就變成了 humble pie，這就是民俗語源學。

　　duckling 是 little duck（小鴨）的意思，gosling 是 little goose（小鵝）的意思，darling 是 little dear（小親親）的意思，而依照相同的規則，站在重要人士身旁的小男生以前被稱為 sideling（童僕）。

　　後來 sideling 這個詞的起源被遺忘了，十七世紀的人判斷這個詞想必是動詞的分詞型態，就像 leaping 是 leap 的分詞型態，sleeping 是 sleep 的分詞型態。這個理論唯一的問題就在於：似乎沒有動詞對應到 sideling 這個名詞。於是有人發明了相應的動詞，從此以後 sideling 就變成 sidle（悄悄走過）的人。到了今天，已經沒有多少貴族和童僕了，所以 sideling 這個詞本身也隨之消失。現代人還是會 sidle around（悄悄走近）和 sidle up（悄悄貼近）彼此，但我們之所以能做出這樣的動作，純粹是因為民俗語源學的錯誤推論，並用反向構詞法創造出了新詞。

另一種常見的民俗語源學形式是,眾人為了要讓奇怪或不熟悉的詞顯得比較容易理解,而改變詞彙的拼寫方式。舉例來說,有一種小型嚙齒動物總是昏昏沉沉的,所以法國人以前把這種動物叫做 dormeuse,意思是「睡覺的她」。在英文裡,這種生物叫做 dormouse(睡鼠),儘管睡鼠既不是一種老鼠,對於 door(門)也沒有特殊的愛好。這樣命名是因為英文裡有 field mice(田鼠)和 town mice(城市老鼠),所以說英文的人當然會看著 dormeuse,然後推斷有人肯定是拼不出 mouse(老鼠)這個詞。

　　相同的規則也可以套用在 fairies(精靈)一詞上,或者精確一點來說,fairies 這個詞彙的消失。很久很久以前,相信精靈存在是很普遍的事,精靈並不是住在花園底下,而是樹林之中,還會在樹林裡玩各式各樣神祕的遊戲。精靈會在夜晚找上人類飼養的牲口偷擠奶,或是藏在花朵和樹下,基本上就是做盡各種會害我們這些人類被逮捕的事,通常大家會用 the Folks(仙子)來稱呼他們。天氣變冷時,仙子喜歡戴上手套,這也就是為什麼有一種花叫做 folks' glove(仙子的手套),或者應該說曾經叫這個名字。

　　然而,精靈全部都死光了(也有可能是變得更會躲貓貓),從許多年前以來,大家也不再用仙子來指稱他們,所以「仙子的手套」這種花名就變得有點怪異。後來有個腦筋靈光的傢伙認為,這種花其實根本不叫做「仙子的手套」,肯定是叫做 fox-gloves(狐狸手套)才對,因為狐狸的腳是如此小巧可愛,這種誤解就這樣流傳至今。現在,毛地黃的英文俗名就是 foxgloves,而且這種叫法會一直沿用下去,直到某個人產生了更有創意的誤解。

　　基於相同的邏輯,淡水龍蝦的英文原本是 crevis,但現代的拼

寫和發音方式都變成了 crayfish，儘管這種生物不太像 fish（魚）。蟑螂的英文則是從西班牙文裡的 cucaracha 變成 cockroach，因為英文裡有 cock（公雞）這個詞。而最令人感到不可思議的是，獴的英文是從印度文的 mangus 變成 mongoose，雖然這種毛茸茸的食蛇哺乳類和 goose（鵝）實在沒有太多共通點。

在眾多民俗語源學的例子中有個例外，就是 butterfly（蝴蝶）。蝴蝶確實和 butter（奶油）有一些關聯，雖說沒有人能真的確定到底是什麼關聯。蝴蝶喜歡在牛奶桶和奶油攪拌器附近飛來飛去，這是可能的解釋之一；很多蝴蝶品種是黃色的，這也是很合理的命名原因。不過還有另一種更讓人感到不安的可能性：蝴蝶和所有生物一樣，都無法抗拒排泄的慾望，而蝴蝶的便便剛好是黃色的，和奶油一樣。

現在，你可能會想問自己，到底是什麼樣的人會特別跑去盯著蝴蝶的大便，然後用這項觀察來為眼前的昆蟲取名字？顯然，答案就是荷蘭人。或者保守一點地說，在古荷蘭文中，蝴蝶就叫做 boterschijte，字面上的意思是「奶油屎」。

當然，你可以認為上述的理論是胡說八道，不過當你這麼想的時候，可別忘了胡說八道的英文 poppycock 源自荷蘭文的 pappe-cack，意思是「軟屎」。

在我們進行下一段聯想之前，要不要先猜猜看蝴蝶和精神病學以及義大利麵之間有什麼關聯？

世界各地的蝴蝶

　　不知道為什麼，這個世界花在研究蝴蝶名稱的心力遠多於其他所有生物，從挪威到馬來西亞，相關的詞彙真是令人嘆為觀止。

　　馬來文的複數形式和英文完全不同。在英文裡，你只要在名詞後面加上 S 就行了；但是在馬來文中，要重複名詞才能表示複數，所以不只一張桌子就必須寫成「桌子桌子」。這種系統自有一套邏輯：如果有超過一個以上的字，就表示有超過一個以上的東西。對於使用馬來文的人來說，這種複數文法沒有什麼問題，只要原本的單數名詞的結構不是重複詞語本身就行了，像蝴蝶的馬來文就是一個例子。蝴蝶的馬來文是 rama-rama，所以不只一隻蝴蝶就是 rama-rama rama-rama。然而不只如此，馬來文還會重複動詞來強化語氣，所以「我非常喜歡」就會變成「我喜歡喜歡」（suka suka）。英文有時候也會用這種方式來增強語氣，像是有人會說：I've got to, got to see that film.（我一定、一定要去看那部電影。）總之，我愛蝴蝶的馬來文就是：

Saya suka suka rama-rama rama-rama

　　在義大利文中，蝴蝶叫做 farfalle，還有一種形狀像蝴蝶的義

大利麵也叫做這個名稱，你可以在大多數的超級市場買到。不過，出了義大利之後，沒有多少人知道這種麵叫做蝴蝶麵，例如在美國，大家完全無視原本的義大利名稱，改把蝴蝶麵稱為「領結麵」（bow-ties），因為蝴蝶和領結的形狀很類似，如果緊急狀況下沒有領結，大概可以用蝴蝶來代替。

俄羅斯人對於這種服飾配件則有不同的理解，他們把領結稱為蝴蝶。而且，蝴蝶的俄文在字面上的意思就是小淑女，所以在俄文中，領結、蝴蝶和小女孩都叫做 babochkas（字面意思是「像老太太〔babushkas〕一樣」）。

在陰冷的挪威冬季，根本看不到半隻蝴蝶，所以當蝴蝶在陰冷的挪威夏季破蛹而出，挪威人就把蝴蝶叫做 somerfogl（夏天的小鳥）。

至於法文，法國人就只是無趣地看著蝴蝶的拉丁文 papilio，然後決定把蝴蝶叫做 papillons。但後來，法國人突然靈感湧現，他們發現國王在比武和馬上槍術大賽所用的華麗帳篷就像蝴蝶翅膀，於是把這種帳篷稱為 papillons，在英文裡則是稱為 pavilions，這也代表英國板球總部板球場（Lord's Cricket Ground）的其中一側有隻大蝴蝶。

為什麼會有這麼多複雜難解的蝴蝶名稱呢？大家根本就懶得去管如其名 fly（飛）個不停的噁心 fly（蒼蠅）、別名是 biter（咬人蟲）的 beetle（甲蟲）、別名是 quiverer（顫抖的蟲）的 bee（蜜蜂），或是名字取得很 lousy（差勁）的 louse（蝨子）。

造字的人把所有的注意力都放在蝴蝶身上，也許是因為在很多各有特色且毫不相關的文化中，蝴蝶都被認為是人類靈魂的化

身，脫離塵世的苦海之後，快樂飛向璀璨的來世。

紐西蘭原住民毛利人（Maoris）和阿茲特克人都有這樣的信仰，而且在後者的神話中，黑曜石蝴蝶女神伊茲帕帕洛特爾（Itzpapalotl）的靈魂被囚禁在石頭裡，只有另一個名字也很拗口的神祇特斯卡特利波卡（Tezcatlipoca）能夠釋放她。

這種信仰似乎也在古希臘人之間陰魂不散：蝴蝶的希臘文是psyche，而代表靈魂的女神就叫做 Psyche（賽姬）。有一首浪漫的寓言詩就是以賽姬為主角，叫做〈丘比特與賽姬〉（Cupid and Psyche）。另外，「研究靈魂」的精神分析（psychoanalysis）也是源於賽姬。

精神分析與釋放蝴蝶

　　創作最棒的一點，就是你可以幫成品取名。要不是讓另一個人頂著你取的名字過活實在是件有趣的事，到底誰能夠忍受養小嬰兒的開銷和幫他把屎把尿？

　　基於這個理由，我們應該可以想像出西格蒙德・佛洛伊德（Sigmund Freud）坐在位於維也納的書房想著賽姬（Psyche），也就是希臘神話中代表靈魂以及神祕蝴蝶的女神。這正是佛洛伊德在分析（analysing，重音要放在前兩個音節[†]）的主題，於是他決定要把自己的發明取名為 psychoanalysis（精神分析）。在希臘文中，analysis 的意思是釋放，所以佛洛伊德的新技藝在字面上的意思就是「放蝴蝶自由」，多美啊！佛洛伊德大概是因此變得太自滿了，於是他開始發懶，其他大部分的心理學專有名詞都是出自瑞士心理學家榮格（Carl Jung）。

　　榮格是佛洛伊德的門徒，有一天他做了一個和性無關的夢。榮格在告訴佛洛伊德這麼尷尬的事之前很猶豫，向精神分析學家坦承你做了一個純潔無邪的夢，幾乎就等於是向祖母坦承你做了春夢。佛洛伊德勃然大怒，他質問榮格，到底是什麼樣的瘋子才會做不下流的夢？根本無法置信。最後佛洛伊德斷定榮格已經瘋得差不多了，他的夢絕對很下流，榮格只是沒有完全說實話而已。

榮格則是堅持自己的夢和性沒有關係，實際上他是夢到祖父母被藏在地窖裡。於是榮格拒絕接受佛洛伊德的泛性論（pansexualism，這個詞的意思不能從字面上解釋，不是和鍋子〔pan〕發生性關係的罪行，而是認為一切事物的本質都是性的理論），就落跑出去自立門戶，建立了榮格學派。

　　由於榮格發明出屬於自己的精神分析架構，他有了命名的權利。所以決定心理問題應該要稱為「情結」的人不是佛洛伊德，而是榮格。後來榮格又提出了內向和外向的概念，到了最後，他發現命名實在是太容易了，並發想出 synchronicity（共時性）和 ambivalent（矛盾）的說法。有了這些成就之後，榮格變得滿足於現狀，把心思都放在被關在地底下的祖父母。

　　話雖如此，心理學專有名詞的大統領和最偉大的發明家既不是佛洛伊德也不是榮格，而是地位同樣重要卻在當代較不為人知的一號人物：理查德．克拉夫特─埃賓（Richard von Krafft-Ebing）。

　　克拉夫特─埃賓比佛洛伊德醫生早出生十六年，比榮格早出生三十五年。基本上，他可以說是史上首位動手把患者不合常理的性行為記載在病例紀錄上的醫生。

　　克拉夫特─埃賓根據這些病例在 1886 年出版了《性心理疾病》（*Psychopathia Sexualis*，暫譯），由於書中內容實在是太過聳動，有一大部分篇幅都是用拉丁文寫成，就是為了防止色迷迷的大眾看懂。他的邏輯是：如果你聰明到可以讀懂拉丁文，就不太可能會是變態（但完全沒有人向羅馬帝國暴君卡利古拉〔Caligula〕提過這個論點）。

---

† anal，作者意指佛洛伊德分析人格發展所提出的五階段理論，第二階段即為肛門期（anal stage）。──編注

由於克拉夫特—埃賓是先驅，他時不時就得發明專有名詞。人類社會嚴懲錯誤行為的歷史淵遠流長，卻鮮少將錯誤分門別類，所以《性心理疾病》的翻譯本問世之後，homosexual（同性戀）、heterosexual（異性戀）、necrophilia（戀屍癖）、frotteur（摩擦癖）、anilingus（舐肛）、exhibitionism（露陰癖）、sadism（施虐癖）和 masochism（受虐癖）等詞彙才首次出現在英文中。

　　事實上，施虐癖一詞已經存在於法文裡一段時間了。法國作家薩德侯爵（Donatien Alphonse François Marquis de Sade）最為人所知的成就便是寫出很惡劣的書，內容是關於人們在床上對彼此做出很惡劣的事，真的非常惡劣。從《索多瑪 120 天》（*One Hundred and Twenty Days of Sodom*）‡這種聳動的書名應該就可以看出端倪，不過以下這項事實更能顯現出薩德侯爵作品的本質：1930 年代，歷史學家傑佛瑞・戈拉爾（Geoffrey Gorer）正在研究薩德侯爵，他想前往大英博物館翻閱一些收藏在館內的薩德侯爵著作，然而館方卻告訴他，依據規定，民眾只有在「坎特伯里大主教和另外兩名受託人在場的情況下」，才能閱讀薩德侯爵的書籍。

　　所以應該不難看出，為什麼薩德（Sade）的特殊名聲足以讓他最愛的施虐癖（sadism）在法文裡用他的姓氏命名。不過，克拉夫特—埃賓還是得為相對於施虐癖的概念取個名字：受虐癖。

　　利奧波德・馮・薩克—馬索克（Leopold von Sacher-Masoch）就是受虐癖（masochism）一詞的由來，沒有太多人知道這號人物，或者該說是知名度比較低。這似乎是很合理的結果，畢竟當薩德侯爵趾高氣揚地拿著精裝版《索多瑪 120 天》把名氣聲望踩在腳下，可憐的利奧波德卻無人聞問地待在某個破爛的地下室，

身穿束縛衣對著一本《穿皮裘的維納斯》（*Venus in Furs*，暫譯）嗚噎啜泣。

1870 年出版的《穿皮裘的維納斯》是馬索克的知名作品，內容敘述名叫塞弗林（Severin）的男子和一位女士（我是以相當寬鬆的定義在使用這個詞彙）簽訂合約，因此這位女士：

> ……不僅有權在她認為有必要的情況下懲罰她的奴隸，即便是因為最輕微的疏忽或失誤，也有權可以在情緒一來時或僅為打發時間折磨他……

就如你所想像的，《穿皮裘的維納斯》說不定滿適合當作讀書會的指定讀物，或是當作受洗禮物。話雖如此，馬索克的傑作現在已經變得比較知名了，因為在「地下絲絨」（Velvet Underground）這個樂團的某首歌裡，歌詞和馬索克的原著小說有非常不明顯的關聯，基本上就是提到了塞弗林這個名字。

《穿皮裘的維納斯》主要是根據馬索克的經歷改編寫成：他遇見了一位名字稍嫌荒謬的女孩凡妮・皮斯特（Fanny Pistor）‡，他們簽下類似小說中的合約，然後一起前往義大利佛羅倫斯，由馬索克假扮成她的僕人。凡妮・皮斯特花了多少時間、又是怎麼度過這次遠行，都沒有相關的文字紀錄，我們也最好不要試圖想像是怎麼回事。

1883 年，當克拉夫特—埃賓在苦思一種性變態新類型的名

---

‡ 索多瑪（Sodom）是《聖經》中提到的城市，因違反戒律而遭神毀滅，由此衍生出的詞彙多半帶有貶義。──譯注

‡ Fanny 有女性生殖器或臀部的意思。──譯注

稱，他想起了薩克—馬索克的小說。他在《性心理疾病》中寫道：

> 我認為將這種性方面的異常稱為 Masochism 十分合理，因為作
> 家薩克—馬索克（Sacher-Masoch）經常有這種性變態行為，
> 在他的時代，科學界仍對這種癖好所知不多，他卻正是以此做
> 為其作品的基礎……薩克—馬索克是有天分的作家，因此假若
> 他寫作的動力是源自正常的性慾，肯定會有一番真正的成就。

當克拉夫特—埃賓挪用馬索克的姓氏當作心理疾患的名稱
時，可憐的馬索克仍然在世，顯然他因為這個專有名詞而感到惱
火。不過容我提醒一下，說不定他其實很享受這種被羞辱的感覺。

The Villains of the Language

語言中的反派

歷史是勝利的一方留下的紀錄。伊莉莎白女王時代的詩人約翰·哈林頓爵士（Sir John Harington）曾經這麼寫：

叛國永不可能成功。原因為何？
正因，如果叛國成功，便無人膽敢稱之為叛國。

不過比起語言，歷史還是公正得多。語言會搶走你的名字，然後套用在任何說得通的地方。然而有些時候，語言確實是公正的，quisling（賣國賊）一詞就是個好例子。

維德孔·奎斯林（Vidkun Quisling）是挪威數學神童，還發明了自己的宗教。他也在第二次世界大戰出了一點洋相，因為他試圖要讓挪威向納粹投降，好讓自己可以成為傀儡總理。奎斯林的計畫確實成功了，就在他就任的十週後，《泰晤士報》（*The Times*）寫道：

奎斯林少校（Major Quisling）為英文帶來了新的詞彙，對於作家來說，Quisling 簡直是上天賜予的大禮。如果作家奉命要發明一個新詞來指稱叛徒……他們絕對沒辦法想出比這更有才

氣的字母組合。就聽覺而言，這個詞巧妙地同時散發出又狡猾又不正直的氛圍。就視覺而言，這個單字以 Q 開頭實在絕妙，長久以來在英國人心中，這個字母既扭曲、不定又些微不正道，令人聯想到 questionable（有問題）、querulous（愛抱怨）、quavering of quaking quagmires（身陷令人顫慄的困境時聲音的顫抖）以及 quivering quicksands（顫動的流沙），還有 quibbles（吹毛求疵）和 quarrels（爭吵不合），更遑論 queasiness（噁心）、quackery（假醫術）、qualms（不安）以及狄更斯筆下的反派角色 Quilp（奎爾普）[†]。

被這麼批評當然是奎斯林活該，不過語言可不是一向都站在正義的一方。看看下列三個名字：Guillotine（吉約丹）、Derrick（德瑞克）和 Jack Robinson（傑克・羅賓森），你認為哪一個比較邪惡？

[†] 在英國作家狄更斯（Charles Dickens）的長篇小說《老古玩店》（The Old Curiodity），奎爾普（Quilp）是個邪惡、脾氣暴躁又醜陋的侏儒。
　　——譯注

兩個劊子手和一位醫生

　　從前從前，幾乎任何一種罪行都會被處以絞刑。就連伊莉莎白一世時期的知名詩人班·強森（Ben Jonson），犯下謀殺這種「微罪」之後也被判死刑。不過強森證明了自己識字，並因此獲得神職人員特權（Benefit of the Clergy），所以刑期得以減輕。最後他沒有遭到處決，而是在大拇指上被標示了一個字母 T，收到警告後便被遣送回家。T 代表泰伯恩（Tyburn），就是以前執行絞刑的地點。我們甚至還能得知當初負責對班·強森處刑的人是誰：他叫做湯瑪斯·德瑞克（Thomas Derrick）。

　　湯瑪斯·德瑞克品行惡劣。當時申請擔任行刑者的人數不足，於是埃塞克斯伯爵（Earl of Essex）以接下這份工作當作交換條件，赦免了一名強姦犯，這名犯人就是德瑞克。

　　德瑞克是個糟糕的人，卻是出色的劊子手，兩者之間說不定有某種關聯。事實上，德瑞克就某方面而言算是頗有創新能力，他不只是把繩子吊上木架就了事，而是發明出由繩子和滑輪組成的複雜系統。在 1601 年，他甚至親手處決了埃塞克斯伯爵，不過據說貴族有種特權，所以伯爵是以砍頭的形式接受處刑，而不必被吊死。

　　這段故事是有寓意的，但我一頭霧水，而且一想到竟然是德

瑞克的名號流傳下來，而不是埃塞克斯伯爵，這其中的道德標準又顯得更匪夷所思了。後來德瑞克發明的繩索系統被用在碼頭裝卸貨物，這就是為什麼現代的起重機仍然有一種類型叫做 derrick（長臂起重機），這可是強姦犯和劊子手的名字。這個世界根本沒有正義可言：看看傑克‧羅賓森（Jack Robinson）吧。

形容事情發生之快，有一種說法稱為 before you can say Jack Robinson（連叫傑克‧羅賓森都來不及）。†為什麼會有這種說法，有三種比較主流的理論。第一種理論是 Robinson 過去在法文裡有雨傘的意思（典故來自《魯賓遜漂流記》（*Robinson Crusoe*），因為主角除了一把雨傘之外沒有什麼其他的東西），而且法國的僕人通常都名叫雅克（Jacques），所以當法國有錢人前往英國，被總是會下大雨的天氣嚇得措手不及，他們就會大喊：「雅克，雨傘！」（Jacques, robinson!）話雖如此，根本沒有證據支持這個理論。

第二種理論是十九世紀初期在倫敦有個古怪的傢伙，他會不告而別地離開派對，通常你根本來不及叫出他的名字——傑克‧羅賓森。然而，當代並沒有證據顯示這位奇怪的傑克‧羅賓森曾經存在，所以第二種理論看起來就和第一種一樣讓人存疑。

第三種理論是最可信的一種：這則片語源自約翰‧羅賓森爵士（Sir John Robinson），這號人物絕對存在過，還在 1660 年到 1679 年間擔任倫敦塔的保安官，因此他要負責管理處決工作。‡比起莊嚴肅穆，他更重視效率，他會要求囚犯列隊、戴上墊頭木，接著立刻斬首，囚犯沒有任何機會發表臨終遺言或是嚎啕大哭，甚至沒有時間向監督處決的官員告饒，囚犯「連叫傑克‧羅賓森

都來不及」就人頭落地了。

總之，長臂起重機（derrick）和一瞬間（before you can say Jack Robinson）的英文說法都是源自冷血又瘋狂的劊子手。相對的，斷頭台（guillotine）則是以一位大好人命名。

約瑟夫－伊尼亞斯·吉約丹（Joseph-Ignace Guillotin）醫生和斷頭台的發明完全無關，事實上就大家所知，這位醫生的立場是反對死刑。沒有人能確定是誰設計出第一個現代斷頭台，但我們可以肯定的是，打造斷頭台的是名叫托比亞斯·施密特（Tobias Schmidt）的德國大鍵琴工匠。

吉約丹是出於好意，才讓這種機械以他命名。你知道嗎，在經歷大革命之前的法國，窮人只有被吊死的份，貴族才有被斬首的權利，因為他們認為後者比較不痛苦（雖然沒有人能確定他們怎麼得出這個結論）。因此，當法國的貧困階級起義革命，他們的主要訴求之一就是擁有被砍頭的權利。

吉約丹醫生是處決改革委員會的一員，他認為絞刑太過駭人，用斧頭砍頭也很沒效率；不過，來自德國的新奇機械有可能是現有最不痛苦、也最人道的處刑方式，如果真的**有必要**執行死刑，最好的做法就是採用這種新裝置。吉約丹醫生大力推薦斷頭台。

後來在 1789 年 12 月 1 日的爭論過程中，吉約丹醫生說了一段有點傻的話：「如果用我的這台機器，一眨眼就能砍下你的頭，而且你還絕對不會有感覺。」

巴黎人愛死了這段話，他們覺得非常爆笑，甚至還為這段話

---

† before you can say Jack Robinson：一瞬間。——譯注

‡ 倫敦塔（Tower of London）：位於倫敦市中心的一座城堡，曾用作國庫、軍械庫、監獄、刑場等。——編注

寫了一首滑稽歌曲。從此以後，吉約丹醫生的名號就和大名鼎鼎的行刑工具連結在一起了。湯瑪斯・德瑞克和傑克・羅賓森都是虐待狂和冷血無情的惡棍，他們的名聲就算稱不上是光榮地流傳下去，至少也可以說是變清白了。吉約丹醫生可憐的家人則是覺得太過丟臉，所以不得不改掉姓氏，這世界根本沒有正義可言。

有時候這些和真人同名的發明實在是讓人搞不清楚，到底是物品名稱還是人物先出現？發明 crapper（馬桶）的湯馬斯・克拉普（Thomas Crapper）就是典型的例子。

湯馬斯・克拉普

　　有一種說法是，crap（排泄物）一詞是因為沖水馬桶發明人湯馬斯・克拉普（Thomas Crapper）才被創造出來。另一種說法是，crap 這個詞並非源自湯馬斯・克拉普。至於事實是什麼，則要取決你來自哪裡，如果你覺得這聽起來很怪，那是因為排泄物本來就是很棘手的東西。幸好，本人一如往常地，對此頗有涉獵。

　　第一個需要澄清的誤會：「湯馬斯・克拉普（1836 生，1910 歿）是馬桶的發明者。」他才不是，史上第一個沖水馬桶是由伊莉莎白一世時代的詩人約翰・哈林頓爵士發明出來（這號人物在前幾頁出現過，我引用了他針對叛國所寫的一段文字）。

　　約翰爵士把他的發明裝設在位於薩默塞特郡凱爾斯頓（Kelston, Somerset）的宅邸，據說伊莉莎白女王一世本人曾經在這裡使用過馬桶。哈林頓對這個裝置實在太滿意，甚至寫了一本以馬桶為主題的書，叫做《舊瓶新酒：Ajax 的蛻變》（*A New Discourse Upon a Stale Subject: The Metamorphosis of Ajax*，暫譯）。書名之所以會出現 Ajax 這個詞，是因為在伊莉莎白一世時代，廁所的俚語就是發音相似的「一個傑克」（a jakes）。

　　從以下這段摘文，應該就能稍微看出這本書的風格，以及過去英國人的排泄情形：

因為我發現不僅在我寒酸雜亂的小屋，甚至在這個國家最高階也最富麗的宮殿也是如此，儘管我們不乏下人艱苦地打掃和洗刷拱頂、排水道、爐架，那股混帳噁心的臭味依舊不散，就算已經不得不下令禁止這東西出現在大門之內，我們的鼻子還是痛苦不堪，就算我們希望離那東西越遠越好……現在，由於造成臭味翻騰或是翻騰時產生這種臭味的東西之中，最難避免的就是尿液和糞便，這是人人身上都有的東西（這個觀念提醒了我們是什麼樣的生物，又應該採取什麼樣的作為），因此就如我先前所言，過去有無數人為了解決這個問題而苦思解方……然而（就如猿類之於其子孫）我認為我的解方無古人能及。

美國人習慣用 going to the john（去約翰）來表達去一趟廁所，也有理論指出這種說法是為了紀念約翰・哈林頓。可惜的是，這個理論不太可信，因為一直到哈林頓去世一百年之後，約翰和廁所之間的關聯才出現。話雖如此，約翰很有可能是另一個版本的傑克，又或者，講英文的人就是喜歡用小男孩的名字來命名房子裡最小的空間。

哈林頓的發明並沒有變成流行，除非已經有下水道和自來水設施，否則沖水馬桶永遠都不可能普及到大眾市場。這就像是在沒有電網的情況下擁有電燈，或是在沒有下雪的情況下擁有滑雪板。

下水道和自來水設施到了十九世紀中期才出現在英國，而且一般英國民眾想到馬桶時，腦中浮現的多半是愛德華・詹寧斯（Edward Jennings）在 1852 年取得專利的產品。

那麼克拉普到底是誰？1836年湯馬斯·克拉普誕生於約克郡（Yorkshire），後來在1853年，也就是詹寧斯取得專利的隔年，他前往倫敦成為水管工學徒。克拉普很擅長水管工作，而且1850年代又是馬桶商的黃金年代，新的下水道就代表人人都能把家裡的不堪和臭味沖掉，水管工的生意當然也蒸蒸日上。

克拉普建立了自己的公司「湯馬斯·克拉普公司」（Thomas Crapper & Co.），還設計出自己的產品線。他發明了馬桶注水的浮球栓系統，可以避免浪費水，還加裝特別裝置來防止沖水後有可怕的東西回流到馬桶。克拉普的產品是最頂級的馬桶，水管界的巔峰。

克拉普的馬桶獲得威爾斯親王（Prince of Wales）的青睞並裝設在住所，公司還承包了西敏寺（Westminster Abbey）的水管工作，一直到今天，你都還可以在西敏寺的人孔蓋上看到克拉普的名號。Crapper 這個品牌名稱隨處可見，但是排泄物（crap）這個詞彙的歷史更悠久。

所有的辭典都記載排泄物一詞首次出現在1840年代，但事實上，這個詞可以追溯到1801年以及由J·邱吉爾（J. Churchill）所寫的詩。邱吉爾的詩訴說了一則故事（據稱是以事實為基礎），是關於一名陸軍中尉感受到大自然的呼喚，他跑到邊房廁所後卻發現已經有一名少校在那裡，由於少校的軍階比他高，他只能被迫等待，當中尉覺得自己快要忍不住了，又有更倒楣的事發生，有一名仗勢欺人的上尉出現：

上尉直接表示（只是想著要一號）[†]：

[†]　這也是史上首次有人用「一號」來指稱上廁所。大多數的權威參考資料都認為這是二十世紀才出現的用詞。── 作者注

「我等會要先上，等少校上完之後」

而，中尉，現在，陷入，最糟糕的困境；

於是，顧不得輕重緩——急，

扭捏片刻；「好吧！」他說：「那麼，親愛的朋友『必須離開』了。」

Crap！Crap！是溼潤的那種！是真真正正的屎！

接著，發現已經無法，阻止屎流成河；

「天殺的！」他說：「那麼，來吧！我已經忍到熟透；所以，我要爆炸了。」

　　這首優美的詩是在湯馬斯・克拉普誕生的三十五年前就寫成，等於是他展開水管工職業生涯的半個世紀前，所以 crap 一詞的由來絕對不可能是克拉普。說不定這就是姓名決定論的典型例子，如果你運氣差到有克拉普這樣的姓氏，除了完成天命到底還有什麼選擇呢？

　　然而，儘管克拉普和排泄物一詞的由來無關，但他確實讓自己的名號和這個領域緊緊連結在一起。他所有的馬桶產品都印有字體花俏的 Thomas Crapper & Co.，而且英國各地都裝設了這個品牌的馬桶。但是在美國，根本沒有人聽過克拉普的品牌或人物，甚至沒有聽過 crap 這種說法。

　　整個十九世紀，美國都沒有在使用 crap 一詞，精確一點地說，在第一次世界大戰之前都完全沒有。後來在 1917 年，美國向德國宣戰，並且把兩百八十萬名士兵送到大西洋對岸，到了那裡美國人才開始認識在每一間廁所都會看到的 Thomas Crapper & Co.。

一直到一次大戰結束後，crap（排泄物）、Crapper（克拉普）、crapping around（做蠢事）和 crapping about（胡扯）等說法才出現在美國。這麼看來，雖然 crap 在英文裡並不是源自克拉普這號人物，但以美語來說確實是如此。克拉普沒有發明 crap，卻把這個詞發揚光大到全世界。

縮寫迷思

你可以接受再花一章的篇幅來討論相同的話題嗎？太好了，因為我們必須要釐清一些詞彙： shit（屎）和 fuck（幹），或者精確一點來說，是 SHIT 和 FUCK。

你可能聽說過這兩個詞其實是縮寫的故事，簡直是胡說八道。

故事是這樣的：糞肥會釋放出甲烷，目前這部分是真的，但接下來故事卻是糞肥經由船隻運送時，必須存放在船的正上方，避免甲烷在船艙累積到會爆炸的程度。因此以前要把糞肥送上船之前，會在糞肥袋印上 Store High In Transit（運送時置於高處）的字樣，後來這幾個詞變成用第一個字母的縮寫，也就是 S.H.I.T.，而這就是 shit（屎）的由來。

這是個很巧妙的詮釋，不論是誰想出這個故事，他的想像力都值得獲得稱讚。可惜的是，這整個故事根本就像屎一樣不可信。shit 一詞可以回溯到古英文動詞 scitan，意思和現在一樣是「拉屎」；再往回則可以追溯到原始日耳曼語的 skit，現在的德國人還是把屎叫做 scheisse；還可以再一路往回追溯到西元前四千年原始印歐語的 skhei，意思是分離或分割，應該是指人將自己和糞便分離開來的過程。皮膚脫落中的「脫落」（shed）就是源自相同的字根，教會內部「分裂」（schism）也是同樣的來源。

這段語源歷史有點怪異的地方是，當原始印歐語傳入義大利半島，skhei 不僅用來表示分離，也有「區分」的意思。如果你能夠區分兩種事物，就表示你瞭解這些事物，所以拉丁文的「瞭解」就變成了 scire。接下來衍生出的拉丁詞彙是 scientia（知識），由此又衍生出 science（科學）。所以從語源學的角度看來，科學就是屎。再更進一步地說，當你很瞭解自己的屎，就表示你很擅長物理化學。

　　另外，conscience（良心）也是源自相同的字根，所以 I don't give a shit（關我屁事）的說法不論從哪個角度來看都是相當貼切。

　　我們必須破解的另一個縮寫迷思是：「fuck（幹）是法律專用名詞。」根據這個廣為流傳的迷思，很久很久以前，在性方面的問題會把你送進大牢的時代，人有可能會因為 For Unlawful Carnal Knowledge（非法的肉體接觸）這項罪名而被告上法庭。以上理論沒有任何一個部分屬實，而且英國法律裡從來就沒有存在過這種專有名詞。

　　史上第一個被記錄下來的 fuckers（亂搞的人）其實是修道士。英國的伊利市（Ely）有一座修道院，而在十五世紀的一首匿名詩中，作者提到眾修道士可能染上了一些下流的習慣。這首詩很奇怪地混用了拉丁文和英文，不過值得我們注意的幾行如下：

Non sunt in celi
Qui fuccant wivys in Heli

字面上的意思是：

他們不屬於天堂

因為他們上了伊利的婦女

　　Fuck 這種近代寫法最早的紀錄是出現在 1535 年，而且這一次，被記錄下來的主角是主教。另外根據一位現代作家的說法，主教「可以亂搞到夠，並維持不婚狀態」。介於以上這兩段紀錄的時代，牛津大學青銅鼻學院（Brasenose College, Oxford）院長則在著作中簡短提到 fuckin Abbot（亂搞的修道院院長）。這樣看來，中世紀的教會似乎沒有把獨身禁慾的規範當成一回事。

　　話雖如此，有些學者追溯到 fuck 更久遠的根源。語源學家卡爾・巴克（Carl Buck）宣稱他發現 1278 年有一名姓氏相當放縱的男子叫做 John Le Fucker，但之後沒有人能找到相關的參考資料，有些人甚至懷疑巴克只是在亂編笑話。順道一提，就算 John Le Fucker 真的曾經存在，他真正的名字八成是 John Le Fulcher，也就是「是軍人的約翰」的意思。

　　恐怕我必須斷言，縮寫的理論多半都是迷思而已：posh（時髦）並沒有 Port Out Starboard Home（左舷出發，右舷回家）的意思，而且 wog（外國佬）†也從來都不是 Wily Oriental Gentleman（狡猾的東方紳士）的縮寫。有個赫赫有名的陰謀集團（cabal）是由 Clifford、Arlington、Buckingham、Ashley 和 Lauderdale 五人組成，目的是聯手對付英王查理二世（Charles II），但這純粹只是巧合，cabal（陰謀集團）一詞早就存在好幾個世紀了。

但是有些縮寫確實是真的，只是會讓你有點意外而已：《真善美》（*The Sound of Music*）和施洗約翰（John the Baptist）可是有不為人知的直接關聯。

John the Baptist and The Sound of Music

施洗約翰與真善美

大約兩千年前，有位出身極佳的淑女名叫伊莉莎白，她懷孕之後丈夫就啞了，一直到孩子出生之前，他一句話都說不出來。這個孩子叫做約翰，而約翰長大之後，開始對其他人說他們很不乖，然後把他們丟進河裡。如果是你我試圖耍這種花招，應該會被警察狠狠教訓。但是約翰沒有，而且雖然很難置信，眾人都認為他企圖淹死人的做法相當神聖，於是當時的人稱他為「施洗約翰」（John the Baptist）。

七百年後，有人又變啞了，或者至少可以說是很嚴重的喉嚨痛。他是義大利人，堅守他枯燥的名號「保羅執事」（Paul the Deacon）應盡的本分，於是寫了一篇祈禱詩歌獻給施洗約翰：

Ut queant laxis

resonare fibris

Mira gestorum

famuli tuorum,

Solve polluti

labii reatum,

Sancte Iohannes.

噢，讓您的僕人歌頌您的奇蹟，
透過釋放的聲音與無罪的嘴唇，聖約翰。

又過了 400 年，在十四世紀，有人把這一小段詩寫成音樂。他（也有可能是她）寫出動人的爬音階旋律，每行樂句的第一個音都比上一行更高，一直唱到 Sancte Iohannes（聖約翰）這個詞再降回最低音。

所以第一個音是落在 Ut 這個音節，第二個樂句開頭是 resonare 的 re，而且比剛才的音高一階，接著是 Mira 的 Mi，再接下來分別是 fa、So、la……。

不過 Ut 的問題在於，這是一個偏短的音節，對於唱歌的人來說很難維持長音，你試試看就知道了。於是 Ut 被改成 Do（大概是取自天主〔Dominus〕這個詞，但沒有人能確定），從此就有了 Do、re、Mi、fa、So、la，最後再加上 Sancte Iohannes 的 Si。後來有人指出，已經有 So 是 S 開頭，而且不能讓兩個樂句都用相同的字母開頭，所以 Si 又改成了 Ti。

Do re Mi fa So la Ti Do

這就是施洗約翰頌的縮寫，而這種縮寫技巧是由名叫阿雷佐的圭多（Guido of Arezzo）的音樂理論家所發明。

總之，和電影《真善美》裡唱的不一樣，Do 不是一隻 doe（小母鹿），re 也不是一束金色的 ray（陽光），馮·崔普（Von Trapp）一家人都被狠心欺騙了。

可憐的 Ut 就這樣被塵封在歷史裡，或者幾乎是如此，這種說法以另一個方式存續下去。最低的音符也被稱為 gamma，是以希臘字母命名，所以音階中最低的音曾經被稱為 gamma 或 ut。後來完整的音階開始被稱作 gamma-ut，這也就是為什麼我們會用 run through the gamut（完成整個音階）這種說法來形容經歷某個領域的一切。追根究柢這些都和教會音樂有關，教會音樂其實和組織犯罪很類似，因為組織（organised）犯罪的意思就是教會管風琴（organ）演奏出的犯罪。

有機、組織、風琴／器官

organic（有機）食物是從 organ（教堂風琴）長出來的食物；organised（組織）犯罪則是 organist（風琴演奏家）做的壞事。

好吧，至少從語源學的角度來說是這樣。

從前從前，古代希臘人會使用 organon 這個詞，意思是「你用的東西」，organon 可以是工具、用具、樂器或是人體的一部分。但現在，我們先把範圍集中在音樂層面就好。

起初，organ 可以指任何一種樂器，長期以來都是如此。到了十九世紀，大家認為每一座教堂都應該要有管風琴（pipe organ），至於原因，就如英國詩人約翰・德萊頓（John Dryden）所說的：「人聲怎有可能如同神聖的風琴一般歌頌上帝？」

漸漸地，大家開始省略 pipe organ 的 pipe，於是其他樂器不再被稱為 organ（口琴〔mouth organ〕則是例外。如果你仔細想想，這種說法聽起來其實有點猥褻）。這就是為什麼現在只有教堂裡的風琴在英文裡叫做 organ。

好的，讓我們把話題拉回希臘人身上，由於 organ 的詞義仍然包含「你用的東西」，所以也有人體器官的意思，就像那則老笑話：「為什麼音樂家巴哈有二十個小孩？因為他的 organ（風琴／器官）從不休止。」

一堆器官組合在一起就叫做 organism（有機體），因此有機體產出的物質會是 organic（有機的）。在二十世紀，當人工肥料大面積用於不怎麼環保的農田，大家開始區分這種方式和有機農耕，這就是有機食物的由來。

　　人體的設計不僅優美還很有效率（至少我的身體是如此），每一個器官都有特定的功能：我的手可以握住玻璃杯，嘴巴可以喝杯裡的東西，肚子可以裝滿液體，還有肝臟可以排除毒素等等。心臟、頭部、肺臟、肝臟、腎臟和結腸，全都各司其職，而最後的結果，親愛的讀者，就是我這等值得讚頌的存在。

　　如果你負責管理一群人並分別指派工作給每個成員，你就像是把他們當作 organs（人體器官）一樣協調，而這就是在 organize（組織）人力。

　　因此所謂的 organization（組織），指的是其中所有成員就像是人體中的每一個器官各司其職。這樣的詞義變化發生在十六世紀，當時人人都喜歡有關「國民一體」（body politic）的譬喻。不過，一直到 1929 年的芝加哥，犯罪才開始有組織，那個年代正是艾爾・卡彭（Al Capone）在擔任老大領導黑幫（mob，正式的說法其實是 mobile vulgus，mob 只是簡寫而已）。

縮略詞

　　當 mobile vulgus（善變的農人）這類片語被簡化成 mob（暴民或黑幫），語言學家把這個過程稱為縮略（clipping），而且縮略詞比你想像得還要常見：

Taxi cab（計程車）＝ **Taxi**meter **cab**riolet（里程表汽車）

Fan（粉絲）＝ **Fan**atic（狂熱的人）

Bus（公車）＝ voiture omni**bus**（公共汽車）

Wilco（遵辦）＝ **Wil**l **co**mply（領悉照辦）

Van（廂形車）＝ Cara**van**（大篷車）

Sleuth（警犬）＝ **Sleuth**hound（大獵犬），一種嗅探犬

Butch（肉販）＝ **Butch**er（屠夫）

Cute（可愛）＝ A**cute**（精明）

Sperm whale（抹香鯨）＝ **Sperm**aceti **whale**（鯨蠟鯨）

Film buff（電影迷）＝ **Buff**alo（水牛）

水牛

原本用來指稱水牛的 buffalo 怎麼會變成是愛好者的意思？這種動物和音樂迷之間有什麼關聯？為了要解答這個問題，首先你必須明白，buffalo 其實不是水牛，而且 buffalo 可以說是英文裡最耐人尋味的詞彙之一。

古希臘文的 boubalos 指的是某個品種的非洲羚羊，後來這個詞的寫法變成 buffalo，用來指稱各種圈養的牛。現在所說的水牛（*Bubalus bubalis*）就是這麼來的。以前在歐洲，任何一種牛都可以叫做 buffalo。

後來，發生在火雞身上的事，水牛也遇到了：探險家登陸北美洲之後，看到了一些美洲野牛，而且誤以為牠們和歐洲的牛是同一個品種。從生物學的角度而言，這兩種牛之間毫無關聯，一直到今天，如果科學家聽到有人把美洲野牛（bison）叫成水牛（buffalo）還是會暴怒，但是根本沒有人在乎吧？總之這種叫法就延續下去了。

現在，讓我們跳到大西洋的另一頭，再好好研究一下那些歐洲牛。歐洲的牛叫做 buffalo，不過經常簡化成 buff，以前這些牛被屠宰之後會再剝皮，因此產出的皮革就稱為 buff 或是 buffe leather。

這種皮革非常適合用來磨光打亮，所以現在 buff 還是有擦亮東西的意思。東西擦亮之後會看起來很亮眼好看，從這一點開始聯想的話，我們可以把花了太多時間在健身房像發瘋的沙鼠一樣跑步的人叫做 buff（狂熱的人）。

剛才提到的牛皮有個奇怪的特徵：看起來很蒼白，甚至和人的皮膚很相似。這就是為什麼我們會用 in the buff（披著牛皮）來形容裸體的人，因為看起來真的很像。

有些人確實會把牛皮拿來穿，畢竟這是一種堅韌的好材料。舉例來說，十九世紀紐約消防員的制服就是以牛皮製成，消防員本身也經常被稱為 buff。

紐約的消防員是英雄，而人人都愛在火場旁看熱鬧，每當紐約有建築物開始燃起熊熊大火，消防員就會被呼叫到現場，成群的紐約客也會現身來為他們加油打氣。有些人會跑到城市的另一頭，只為了看一看嚴重的火場，小男生則會對消防員的打火技術崇拜不已，這些紐約迷弟後來也被叫做 buff。所以在 1903 年，《紐約太陽報》（*New York Sun*）這樣寫道：

buff 就是對火場、滅火和消防員的熱愛表露無遺的男人和男孩。

這就是為什麼現在會有 film buff（電影迷）、music buff（音樂迷）和專精其他領域的「牛」。

在紐約州遙遠的另一邊，位於尼亞加拉河（Niagara River）畔，有一整座城市都叫做 Buffalo（水牛城）。這有點讓人猜不透，因為這個地區根本沒有任何美國野牛，從來都沒有過。不過，尼

亞加拉河非常美，所以水牛城的名稱由來很有可能是「美麗的河流」的法文 beau fleuve 的變體。但姑且想像一下水牛城有美國野牛好了，在倫敦的鴿子叫做倫敦鴿；在加州的女孩叫做加州女孩；因此如果你在水牛城找到了任何野牛，這種牛就會叫做 Buffalo buffalo（水牛城牛）。

牛是體積龐大的動物，所以最好不要和任何一頭牛起衝突，這也是為什麼美語俚語有個源自 buffalo 的動詞：bully（霸凌）。這麼說來，如果你霸凌來自尼亞加拉河畔大城市的野牛，用英文來表達就會變成 buffaloing Buffalo buffalos。

你還可以繼續延長這個句子，水牛城大學（University of Buffalo）的一位語言學家就這麼做了。他苦思後發現，如果有隻來自他所在城市的牛遭到另一隻來自相同城市的牛霸凌，而遭到霸凌的牛決定把氣出在另一隻也是來自相同城市的牛身上，那麼這個狀況就可以寫成：

Buffalo buffalo Buffalo buffalo buffalo buffalo Buffalo buffalo.

覺得很難懂嗎？和下面這個版本對照著看，文法就會比較好理解了：

Buffalo bison [whom] Buffalo bison bully [then] bully Buffalo bison.
水牛城牛〔遭到〕水牛城牛霸凌，〔接著〕霸凌了水牛城牛。

詞源

這是英文中只用單一詞彙和正確文法所能組成的最長句子，文字迷（word buff）肯定會很愛。

同形異義雙關修辭

從修辭的角度而言，Buffalo buffalo Buffalo buffalo buffalo buffalo Buffalo buffalo 是個同形異義雙關的句子，意思是句子一直用相同的詞來表達不同的詞義。從有語言開始，人類就一直樂此不疲地使用同形異義雙關修辭，羅馬人曾經想出了這個拉丁文句子：

Malo malo malo malo.

意思是：

我寧願在蘋果樹裡，也不要成為陷入麻煩的壞男孩。

然而，不論羅馬人或是水牛城的野牛，都無法達到經過精心設計的中文境界。中文極為仰賴聲調來改變字詞，只要稍微改變說出詞彙的聲調，就能改變詞彙的意思。只要把這項優勢加上 Buffalo buffalo 和 malo malo 這類句子背後的組成規則，就可以創造出更長的文字片段。華裔美籍的語言學家用這種方法寫出了一首詩，內容西化之後讀起來就像這樣：

Shíshì shīshì Shī Shì, shì shī, shì shí shí shī.

Shì shíshí shì shì shī shī.

Shí shí, shì shí shī shì shì.

Shì shí, shì Shī Shì shì shì.

Shì shì shì shí shī, shì shī shì, shī shì shí shī shìshì.

Shì shí shì shí shī shī, shì shíshì.

Shíshì shī, Shì shī shì shì shíshì.

Shíshì shì, Shì shī shì shí shì shí shī.

Shí shí, shī shí shì shí shī, shí shí shí shī shī.

Shì shì shì shì.

原文則是：

石室詩士施氏，嗜獅，誓食十獅。氏時時適市視獅。十時，適
十獅適市。是時，適施氏適市。氏視是十獅，恃矢勢，使是十
獅逝世。氏拾是十獅屍，適石室。石室濕，氏使侍拭石室。石
室拭，氏始試食是十獅。食時，始識是十獅屍，實十石獅屍。
試釋是事。

　　這就是同形異義雙關修辭嚇人的經典例子之一，話雖如此，
就像牛的句子一樣，這段文字的英文毫無意義可言，除非經過解
釋，否則就連會讀中文的人也看不懂。

China

中國

　　中文詞彙的發音對於西方人來說極度困難，反過來也是一樣。在十九世紀，英國人飄洋過海到中國，想要推動鴉片貿易，卻發現當地人連 business（生意）這個詞都不會說，而是發出像 pidgin 的音，這就是為什麼奇怪的殖民方言現在仍然被稱為 pidgin English（洋涇濱英語）。

　　由於說英文的人實在太不擅長中文發音，需要引進中文詞語的時候，方法和引進法文詞語完全不一樣，所以他們會直接放棄原文然後翻譯成英文。你覺得以英文為母語的人知道該怎麼唸出「洗腦」這兩個中文字嗎？根本不必擔心，因為他們把這個詞翻譯成 brainwashing 了。（「洗腦」最原始的意思是一種特定的佛教冥想形式）他們也從來不會因為試圖要唸出「丟臉」兩個字而感到丟臉，而是直接把這個詞翻譯成 lose face。至於毛澤東的「紙老虎」思想，在英文裡就寫作 paper tigers。

　　話雖如此，還是有些中文詞彙確實融入了英文，多半是因為這些詞指稱的是美味的食物，這類用詞並未經過翻譯，一般而言算是好事一件。如果英文母語者知道 Kumquats（金桔）和 dim sum（廣式點心）的意思分別是金色的柑橘和貼心，這兩種東西應該會賣得更好。不過，fish brine（魚露）應該就沒辦法和

ketchup（番茄醬）†一樣暢銷，odds and ends（剩菜料理）也不像 chop suey（炒雜碎）那麼有異國風情，而且如果大家知道 tofu（豆腐）字面上的意思是腐爛的豆子，大概也不會有胃口。

話說回來，儘管在西方人的耳裡，中文可能聽起來很像外星語，但我們還是可以從一些地方看出兩種語言的關聯，並不是因為在語系上有相關（兩者完全不是同一個語系），而是因為人類發明語言的過程都是相同的，例如透過模仿聲音，這就是為什麼貓的中文發音是 miau。

而且最奇異的是：中文裡的「賠」剛好和英文裡的 pay（付錢）發音類似。

---

† 番茄醬（ketchup）的說法源自福建的魚露（kê-tsiap），這種調味料傳入西方之後，美國人開始嘗試以番茄作為基底，經過多次改良便成為現代人熟悉的番茄醬。──譯注

巧合與模式

　　中文的「賠」和英文的 pay（付錢）發音類似，伊朗波斯文和英文的「壞」都一樣唸作 bad，烏茲別克文和英文的「剁」也都是唸作 chop，就連已經消失的澳洲原住民語言巴拉姆語（Mbaram）也和英文一樣把「狗」叫做 dog。馬雅文和英文的「洞」都是 hole，韓文和英文的「很多」分別唸作 mani 和 many。還有，在興都庫什山脈（Hindu Kush）地區，如果阿富汗人想要向你展示東西，也會和英文一樣說出 show 的發音。古代阿茲特克人會用納瓦特爾語（Nahuatl）的 huel 來表示「好」（well）。

　　任何傻瓜都可以從以上的現象推論出，世界上所有的語言都有關聯。相對的，任何有合理智商的人則會理解，這些只是一大堆巧合而已。世界上有非常多詞彙和非常多種語言，但是聲音的數量卻相對有限，有時候就是會出現剛好一樣的發音。

　　如果要證明兩種語言有關聯，你必須找出兩者之間變化的模式。例如，拉丁文的山丘 collis 一詞和英文的山丘 hill 一樣有兩個 L，就不能算是有力的證據，這不是可以說服任何人的論點。不過，我們確實可以找到數百個以硬發音 C †開頭的拉丁詞彙，在日耳曼文和英文的對應詞彙中是以 H 開頭。而且，我們還可

以觀察到其他的子音幾乎都沒有變化，因此拉丁文的 cornu 翻譯成古日耳曼文和英文之後就會變成 horn。只要你能找到變化的規則，幾乎就能確認這些語言之間有關聯，現在讓我們來試試看吧。

所以英文的 horn of hounds（獵狗的角）翻譯成拉丁文之後會變成 cornu canum，而 horn of a hundred hounds（一百隻獵狗的角）的拉丁文會是 cornu centum canum，還有 hundred-headed hound with horns（有角和一百個頭的獵狗）的拉丁文則是 canis centum capitum cum cornibus，接下來……總之就是以此類推。

拉丁文和日耳曼文之間的 C 到 H 變化，屬於格林定律（Grimm's Law）歸納出的眾多音變之一，提出這套定律的人是雅各‧格林（Jacob Grimm），也就是大名鼎鼎的格林兄弟之中的哥哥，花了大半輩子在蒐集童話故事。

格林定律還包括了其他音變，例如，拉丁文的 P 在日耳曼文裡會變成 F（所以很多英文詞彙也會如此變化），這就是為什麼 paternal pisces 會變成 fatherly fishes（父親般的魚）。

如果想用簡單一點的方式理解這種變化，想想看現代還會出現的現象就知道了。在倫敦東區（East End of London），當地人並不會發出 H 的音，而且至少近一百年來都是這樣，所以 house of a hundred hounds in Hackney（哈克尼區一間有一百隻獵狗的屋子）的發音就會變成 'ouse of an 'undred 'ounds in 'Acne。對於倫敦東區人來說，分詞最後的 G 也不發音，所以像是 humming（嗡嗡作響）和 hawing（支支吾吾），唸起來就會分別是 ummin 和 awin。

重點在於，當地人的發音模式都是保持一致的，例如 hip hop（嘻哈樂），沒有人會說自己在聽 'ip hop 或甚至是 hip 'op。你

---

† 硬發音的 C 讀作 k，軟發音的 C 則讀作 s。——譯注　　113

只有發出 H 的音或不發音兩種選擇，一旦省略一個 H，其他的 H 也必須全部省略。

當然，東倫敦英文仍然是英文，至少現在是這樣沒錯。然而，如果有人在倫敦東區周圍築起高牆，禁止任何人進出長達數百年，那麼圍城之中的居民就有可能對語言做出越來越多改變，直到他們的語言變得連其他英語世界的人都完全無法理解。

現在還有可能發生這種事嗎？

沒有人能確定運輸和通訊會如何影響語言的分裂。從表面上看來，口音照理說應該會停止發展，因為所有人都會在電視的主宰之下調整成相同的發音，但顯然現狀不是這麼回事。以美國為例，有一種現象叫做「北方城市母音轉移」（Northern Cities Vowel Shift）：底特律和水牛城的居民開始把 block（街區）的發音變成和 black（黑色）一樣，cot（折疊床）的發音則變成和 cat（貓）一樣。後續的影響是 A 的發音也跟著變化，所以 cat（貓）的發音變成了 cee-at，因此底特律人會把那本有名的童書《*The Cat in the Hat*》（魔法靈貓）說成 The Cee-at in the Hee-at。

口音變化難以預測。例如在牙買加，當地人不是省略 H 的音，而是加上去。有明顯牙買加口音的人會把 H 加到任何以母音開頭的詞彙上‡，使得這句英文變成 hadd han haitch honto hany word that begins with a vowel。在紐西蘭，E 會變成 I，所以他們的 have sex（做愛）聽起來就像是 have six（有六）。還有在英國，獎牌（medal）是用金屬（metal）製成，但在美國，獎牌通常是用一種聽起來像是 medal 的物質製成。

這些規則不一定完全沒有例外，但是絕對比你預期的還要好

用。另外，詞彙的意思會變化，拼寫方式也會縮短，所以你沒辦法隨便找來一個英文詞彙套用某種變化規則，然後期待結果會是完全正確的義大利文。話雖如此，所有歐洲語言都有一定程度的關聯，所以基本的詞彙如父親、眼睛、心等等，大概都可以在各種歐洲語言中找到很容易辨識的相似詞。

這實在是很了不起的成果，尤其如果你仔細想想，歐洲是怎麼一次又一次遭到大量講野蠻語言的野蠻人入侵，例如法蘭克語（Frankish）。

---

‡ 這句的英文原文是 add an H onto any word that begins with a vowel。
　　——編注

說實話，親愛的法蘭克福香腸

在很久很久、久到無法想像的以前，有個部落叫做法蘭克（Franks），他們入侵了高盧（Gaul）地區，於是高盧變成了France（這裡的 C 唸作 K 的音）。

法蘭克人用兇殘的手段壓迫高盧原住民，強迫他們吃大蒜和聽搖滾歌手約翰尼・阿利代（Johnny Hallyday）的唱片。只有法蘭克人才是自由的人，所以他們可以 en**franch**ised（獲得選舉權），可以 frankly（自由地）發言，而其他人則會被 disen**franch**ised（剝奪選舉權），也無法 franking（坦誠）討論事情來表達贊同。

那麼法蘭克人是怎麼抵達法蘭西的？是這樣的，法蘭克人在半路上必須橫越美茵河（River Main），方法很簡單：他們找到了一個可以 ford（涉水而過）的 ford（淺水處），後來這個地方就被稱為「美茵河的法蘭克人涉水淺水處（Frank-ford on the Main），也就是現在的美茵河畔法蘭克福（Frankfurt am Main）。

現在法蘭克福最為人所知的特色是作為金融中心，但是卻和廉價的 frankfurter（法蘭克福香腸）共用同一個名字。出於相同的原因，hamburger（漢堡）這個名稱也是源自 Hamburg（漢堡市），而不是因為漢堡裡有放 ham（火腿）──現代很多種漢

堡甚至看不到有放任何肉類。另外，berliner 是一種來自德國首都 Berlin（柏林）的甜甜圈，所以對於德國人來說，美國總統約翰·甘迺迪的名言「我是柏林人」（Ich bin ein Berliner），有種另類的娛樂效果。

在古代法蘭西，最大的出口貨品是香（incense），所以後來這類乳香就被稱作 frankincense。另外，遠征的法蘭克人之中至少有一個人成功跨越大西洋，而且仍然保留了意思是「南方生而自由的地主之子」的姓氏，翻譯成英文就是班傑明·富蘭克林（Benjamin Franklin）的姓。

你應該有注意到這其中的模式，想當然，法蘭克人會用自己的民族來命名好的事物，例如乳香（frankincense）和實話實說（speaking frankly）。語言學的絕對真理就是，壞東西一定都是外來的。

Beastly Foreigners

禽獸般的外國人

英語世界的偏見深深烙印在英文這個語言當中。

現今荷蘭人帶給人無害的印象，甚至可以說是迷人，但以前可不是這麼一回事。荷蘭人曾是海上強權，貿易勢力從英國橫跨到北海，所以荷蘭和英國自然會在海上勢不兩立。即便兩國之間沒有直接開戰，英國還是會發明一些沒禮貌的說法來拐個彎抨擊敵國。

Dutch courage（荷蘭人的勇氣）指的是喝完酒之後才會有的膽子，Dutch feast（荷蘭人的宴會）則是指主人比客人先喝醉的聚餐，Dutch comfort（荷蘭人的安慰）可算不上什麼安慰，畢竟要先發生不幸，才會有 Dutch comfort（不幸中的大幸）。Dutch wife（荷蘭太太）就只是大抱枕而已（在同性戀俚語中則有更惡毒的意思），Dutch reckoning（荷蘭人結帳）指的是商人在客人討價還價之後再哄抬提高的價格，Dutch widow（荷蘭寡婦）則是性工作者，Dutch uncle（荷蘭叔叔）是用來形容一個人既不討喜又嚴肅，還有，只有手頭很緊的人才會堅持吃飯要 going Dutch（平均分攤費用）。知道厲害了吧？

在 1934 年，荷蘭政府終於注意到這些詞彙，他們認為要改變英文實在是為時已晚，於是轉而制定新的規則，限制荷蘭大使在

英語國家只能使用 The Netherlands（尼德蘭）來指稱自己的母國。

也許荷蘭人也有發明相對應的說法來貶低英國人，但是沒有人知道是什麼，因為對於英國人來說，荷蘭文根本就是胡言亂語（double Dutch）。總之，以前英國人就是整天忙著想出惡毒的話來攻擊其他鄰國。

Welsh rarebit（威爾斯乾酪）以前叫做 Welsh rabbit（威爾斯兔肉），原因是當威爾斯人答應要給你某個和兔肉一樣好吃的東西，你很有可能只會吃到吐司麵包加起司。英國人也曾經深信威爾斯人瘋狂熱愛起司，弗朗西斯・格羅斯（Francis Grose）在1811年出版的《俚語辭典》（*Dictionary of the Vulgar Tongue*，暫譯）就記錄了以下的內容：

據說威爾斯人實在太過喜愛起司，所以孕婦難產時，威爾斯產婆會把一片烤過的起司放在「生命之門」（janua vita）上，來吸引和引誘威爾斯寶寶，嬰兒聞到起司的味道之後，會竭盡力氣努力出生。

基於相同的邏輯，Welsh carpet（威爾斯地毯）指的是畫在或沾到地磚上的紋樣，Welsh diamond（威爾斯鑽石）指的是水晶，Welsh comb（威爾斯梳子）則是你自己的手指。

英國的片語發明家霸凌完威爾斯人之後，開始把氣出在愛爾蘭人身上，說他們的 Irish stew（愛爾蘭燉肉）是用剩菜做成。事實上，以前英國人認為愛爾蘭人實在是荒謬愚蠢，所以胡說八道的代名詞就是 Irish（愛爾蘭人）。

話雖如此，英國最大的眼中釘一向都是法國。英國人深信法國人全是不老實的色鬼，這就是為什麼 French letter（法國信件）指的是保險套，而 French leave（法式離場）指的是不告而別、曠課，不過法國人也會用 filer à l'anglais（像英國人一樣逃走）的說法來指稱同一件事，算是報了一箭之仇。

　　後來當英國人開始覺得，只用各國的國名來侮辱人已經不有趣了，他們決定要幫所有人都取些難聽的綽號。

貶義詞

以下會介紹一些指涉歐洲國家的貶義詞以及這些詞彙的起源。

Frog（法國佬）：frog-eater（吃青蛙的人）的簡稱，源於
1798 年。在過去（1652 年）是用來貶低荷蘭人的
詞彙，因為荷蘭基本上就是一塊沼澤地。

Kraut（德國佬）：原本在德文裡是指捲心菜，最早的紀錄出
現在 1841 年，但第一次世界大戰期間才開始廣為
流傳。

Hun（匈人）：早在 1806 年這個詞原本的意思是「美的毀滅
者」，後來才變成貶低德國人的用語。因為匈人
和汪達爾人（Vandal）一樣，都是扳倒羅馬帝國的
部落之一（其實正確的順序應該是汪達爾人、哥
德人〔Goth〕、匈人彼此相爭，一路從現在的德
國打到法國，再到西班牙和北非地區）。英國詩
人馬修・阿諾德（Matthew Arnold）把不懂藝術的
人叫做非利士人（Philistines）是基於相同的邏輯，
總之用古老的部落來稱呼你討厭的人就對了。把匈
人這個詞用在德國人身上的第一人，就是德意志皇

帝威廉二世（Kaiser Wilhelm II），1900 年時他要求派往中國的德軍仿效祖宗（匈人可能是他們的祖先），而且要「不擇手段」（Take no prisoners）。一般認為這句名言是出自威廉二世，雖然以前一定有人已經說過類似的話了，就像大家都認為「我會回來」（I'll be back）是出自電影《魔鬼終結者》。後來在兩次世界大戰期間，匈人一詞的用法變成了貶義，雖然德國人想像中的祖先狂放不羈又強健瀟灑，英國人卻認為他們有如禽獸。

Wop（南歐佬）：1912 年出現的美國用語，源於那不勒斯方言 guappo，原意是花俏的男子或小白臉。

Dago（拉丁佬）：最早出現在 1823 年，（顯然是）源於 Diego 這個常見的拉丁姓氏，原本專指西班牙或葡萄牙的水手。

Spic（西語佬）：1913 年出現的美國用語，指的是任何和西班牙語國家有一點關係的人。源於 No **speak** English（不說英文）這句話，也有可能是 1910 年開始有人用義大利麵（spaghetti）來戲稱西語佬（spiggoty）。

　　儘管有這麼多貶義詞，語言和歷史卻對東歐的斯拉夫人（Slavs）最為殘酷。保加爾人（Bulgars）這個斯拉夫民族長年都在對抗鄰國，而且並不是每一次都會成功，有一任拜占庭（Byzantine）皇帝的名號叫做「保加爾人屠夫巴西爾」（Basil the

Bulgar Slayer），從這裡應該不難想像出當時的慘況。

　　保加爾人屠夫巴西爾曾經抓了一萬五千個保加爾人，然後把九成九的人都弄瞎。每一百個保加爾人之中，會有一人保有一隻眼睛，這樣他才能領著其他九十九個同鄉回家。拜占庭歷史學家聲稱這是高明的戰術，但在我們這些現代人看來，這根本就是該死的侮辱人。

　　基本上，以前斯拉夫人的日子並不好過，就算沒有被南方的巴西爾屠殺，也會遭到北方的神聖羅馬帝國出征，然後被迫過著遭人奴役的生活。由於有太多斯拉夫人戰敗和受到壓迫，Slav 這個詞本身變成了遭到強迫勞動的代名詞， slave（奴隸）一詞就是這麼來的。

　　好的，在進入下一節之前，猜猜看哪一種常見的告別語會讓你淪為奴隸：法文的 adieu、英國上流階級口中的 toodle-pip，還是義大利文的 ciao ？

Ciao Slave-driver
掰囉，慣老闆

　　slave（奴隸）源自 Slav（斯拉夫），雖然在各種西方語言中，代表奴隸的詞彙未必長得都一樣，但最初不論哪國人，擁有的奴隸都是可憐的斯拉夫人。荷蘭人的奴隸叫做 slaaf，德國人的奴隸是 Sklav，西班牙人的奴隸叫做 esclavo，義大利人的奴隸則是 schiavo。

　　中世紀的義大利人是異常嚴肅的一群人，他們會一臉肅穆地走來走去，向彼此宣稱：「我是你的奴隸。」不過，他們說的是中世紀的義大利文，所以原話其實是 Sono vostro schiavo。

　　後來他們懶得說完一整句話，所以這個句子就縮短成 schiavo。在北方的義大利人更是懶上加懶，於是說法變成了 ciao。

　　接下來又過了幾個世紀，義大利人渾身是勁地想要參加第二次世界大戰，於是英軍和美軍被派去教訓他們。[†] 這些盟軍跟著學會了 ciao 這個詞，並且在回國之後把它帶進英文，當時大家都覺得這是一個相當有異國風情的新說法。不過，說出 ciao 的時候還是要小心點：不論你自以為多麼率性和充滿地中海風情，從語源學的角度看來，你其實是在大喊著自己的奴隸身分。

　　和 Ciao 完全相對的招呼語是 Hey, man（嘿，老兄）。在美國南北戰爭終於釐清「自由國度」（Land of the Free）的理念不該容許蓄奴之前，蓄奴的美國人通常會用 boy（小子）來稱呼自

己的奴隸。

南北戰爭的蓋茨堡之役（Battle of Gettysburg）讓奴隸獲得自由，也催生出極具歷史意義的《蓋茨堡演說》（*Gettysburg Address*），但很可惜的是，這場戰役並沒有帶來社會經濟計畫和新的語言。蓄奴的人不能再擁有奴隸，但是他們仍然用很糟糕的方式對待以前的奴隸，而且不停地稱他們為男孩，而這種特殊的稱呼真的讓被解放的黑人惱怒到受不了。

全美國上下，白目的白人都會用 Hey, boy（嘿，小子）的說法來和黑人打招呼。這種現象很煩人，真的煩人透頂。

這就是為什麼在 1940 年代，美國黑人開始換個方式反擊，用 Hey, man（嘿，老兄）的說法來和彼此打招呼。在打招呼時加入這個稱呼語，並不是為了強調性別，而是為了對抗長年被叫做男孩的亂象。

結果反擊成功了，白人完全搞不清楚「嘿，老兄」是怎麼回事，接著 60 年代到來，不論是什麼人種，大家都開始叫對方老兄，直到最初的特殊意涵完全消失。這就是「進步」的典型例子。

好的，在繼續連連看之前，要不要猜猜看機器人（robot）是蓄奴的火星人（Martian slave-owner）、玻利維亞農夫（Bolivian peasant）還是捷克農奴（Czech serf）？

---

† 這其實是一樁美事，因為當時美軍有配給的培根和雞蛋，美國大兵肚子餓的時候，就會付錢給當地的廚師把這些基本的食材煮成義大利麵，這就是培根蛋義大利麵（spaghetti carbonara）的由來。或者至少可以說這是其中一種理論，而且在第二次世界大戰之前，確實沒有任何關於培根蛋義大利麵的紀錄。──作者注

Robots

機器人

　　很久很久以前，在統治了大半個中歐的奧匈帝國，國民有地主（lords）和農民（peasants）之分。地主擁有所有土地，不過會授予農民一部分的地，讓他們可以耕作養活自己。農民不僅要耕種自己那一小塊地，也要照顧地主的土地，農民為自己耕種的地越大，就必須花越多時間耕種地主的田地。

　　這個叫做 robot（強迫勞動）的制度在 1848 年遭到皇帝約瑟夫二世（Emperor Josef II）廢除。

　　雖然制度被廢除了，但想當然耳這個詞存續下去了。72 年之後，在 1920 年，有個名叫卡雷爾·恰佩克（Karel Čapek）的捷克人在編寫一齣未來主義劇本，內容相當驚悚，是關於有座工廠用生物材料製造出服從的僕役。這位恰佩克先生決定要用上拉丁字根 labor（勞動〔labour〕一詞就是從此衍生的），並且把這些工廠製造的僕役稱為 labori。

　　事情本來會是這樣發展的，要不是卡雷爾的兄弟喬瑟夫建議把這群角色改叫做「機器人」（robot）。† 後來卡雷爾接受建議，更動了名稱，作品演出時的劇名是《RUR：羅梭的萬能工人》（RUR: Rossum's Universal Robots），由於這齣劇實在太受歡迎，robot 一詞在兩年後出現在英文裡。

當然，這個詞彙不是沒有在英文中現身過，但只有談到歐洲政治時才會用到，而且對於現代讀者來說實在是很奇怪。例如1854年有個認為社會主義已經失控的奧地利貴族這樣抱怨：

　　　我完全找不到工人，因為強制勞動（robot）已經遭到禁止。現
　　　在我的佃農有自己的土地可以耕種，而這些土地以前都是我的。

　　在英語世界裡，所謂「強制勞動」等同於契約勞動（indentured labour），也就是一個人簽下契約，讓自己在一段時間內變成奴隸。現在沒有 indentured dentist（契約牙醫）這種職業實在很可惜，因為這兩個詞都和牙齒有關。

　　事實上，有很多東西都和牙齒有關：trident（三叉戟）有三個齒狀物，al dente（有嚼勁）的食物適合有牙齒的人吃，dandelion（蒲公英）的法文是 dents de lions，意思是獅子的牙齒。抱歉，我把話題帶偏了。現在我們必須要把重點放在 indentation（縮排），從語源學的角度來說，這個詞的意思其實是「咬痕」。

　　中世紀的契約法實在是慘不忍睹，主要是因為沒有多少人識字，這表示不論你把名字簽在契約的左邊、右邊或中間都沒差別，但是只有少數人才有辦法分辨每一份契約的內容。現代大多數人光是想找到我們知道放在某個安全地方的文件就已經很頭痛了，更何況是那些不識字的古代人。

　　這個問題有兩種解決方法，不過既然其中一種需要讓大家都

---

† 　當恰佩克使用 robot 一詞，含意和現今大眾熟悉的機械裝置不同，他
　　筆下的 robot 擁有人造的骨骼、皮膚、內臟。但詞彙傳入英語後，含
　　意改變並遍及多種語言的科幻小說。——編注

學會識字，實際上就等於只有另一種方法可行，也就是會用到剪刀的那種。

　　當時的合約要由神職人員書寫，再由雙方簽署或密封（大概就是劃上一個 X），接著冉剪成兩半。不過，剪下去的這一刀不會是直線，而是會把合約剪得歪七扭八。接下來雙方各拿走一半的合約，如果有一天需要證明合約屬於誰，只要拼拼看兩張紙的切痕（indentation）有沒有符合就行了。於是簽了契約的僕役就必須一直遵守契約，直到 terminator（終結者）terminate（終止）契約。

終結者與權利損害

termination 就是結束，因為拉丁文 terminus 的意思是界限或限制，而 bus terminal（公車總站）、terms and conditions（條款和條件）、fixed-term parliaments（定期國會）的源頭都是這麼來的，很多 term（詞彙）也是，因為一個詞彙的意義是有限的。

在這層意義之上，我們有 terminate（終止）雇傭關係這種說法。從法律層面來說，終止雇傭關係有兩種方式：一種是終止而不造成權利損害（terminate without prejudice），這表示雇主也許會再度雇用這個可憐蟲；另一種則是終止而造成權利損害（terminate with prejudice），意思是雇主再也不會雇用這個混帳。第二種做法是用來對付行為荒唐、又破壞和背叛雇主信任的員工。

例如美國中央情報局（CIA）會雇用探員，而如果你破壞了 CIA 的信任，把他們的機密洩漏給「對方」，雇傭關係就會遭到終止。想當然，這絕對會是「終止而造成權利損害」的情況。更想當然的是，CIA 通常會確保沒有任何人再次雇用你，而簡便的權宜之計就是偷偷跟蹤你然後往你頭上開一槍，圈內人把暗殺戲稱為「終止而造成極端權利損害」（termination with extreme prejudice）。

CIA 的一切都是機密，所以很難判斷「終止而造成極端權

利損害」這個說法究竟是什麼時候出現的。至於這句話竟然變得眾所皆知，罪魁禍首就是美國陸軍特種部隊（US Army Special Forces）：綠扁帽（Green Berets）。

1969 年，有個名叫蔡克全（Thai Khac Chuyen，音譯）的越南人是綠扁帽（也可能是 CIA，或兩者皆是）的特工或線民，但是他同時也為越共工作，綠扁帽發現這件事之後不太高興。

他們跑去詢問 CIA 的建議（但也可能沒有去，要看你相信哪一方的說法），想知道該怎麼處理這位蔡克全。CIA 告訴綠扁帽，過去的事就讓它過去，應該要試著站在對方的角度看事情，至少 CIA 的說法是這樣。

另一方面，綠扁帽則說，CIA 告訴他們應要用「終止而造成極端權利損害」的做法來處理蔡克全（或他的合約）。

哪一方究竟說了什麼，對蔡克全而言已經沒差了，因為故事的結局是他被射殺身亡。有八名綠扁帽因此被捕，在一片譁然和後續的軍事法庭上，這個 CIA 發明的契約法笑話終於公諸於世。

就是以上的事件牽連了 terminate（終止）這個無辜的詞，以至於「終止」和契約法及公車站漸行漸遠，最後還在電影界插了一腳。最早是 1979 年的《現代啟示錄》（*Apocalypse Now*）用到這種說法：主角的任務是找出寇茲上校（Colonel Kurtz），然後對他採取「終止而造成極端權利損害」的做法。沒多久，「終止」一詞就變成殺人的代名詞，這種誇張、暴力又嚇人的說法深深烙印在大眾腦中，於是在 1984 年，導演詹姆斯·卡麥隆（James Cameron）決定把作品裡誇張、暴力又嚇人的殺手機器人叫做「終結者」（The Terminator）。

晝夜線與赤道

　　如果你用辭典查 terminator 這個詞，應該不太可能會找到任何關於死亡或生化機器人的解釋。你看到的第一個定義應該會和天文學有關，因為 terminator 就是區分星球上亮處和暗處的那條線，所以把月亮分成明暗兩半的直線就叫做 terminator（晝夜線）。

　　天文學和占星學（很久以前這兩個詞指的是同一件事）曾經是紅極一時的產業，直到有人指出巨大又遙遠的氫氣球體不太可能會左右人的愛情。星座運勢就這樣被安插在報紙背面，落得和填字遊戲以及分類廣告一樣的下場。話雖如此，占星學的專有名詞還是留存了下來，而且在英文裡隨處可見。舉例來說，如果某個人的 disposition（性情）友善，那是因為這個人出生的時候，星球所在的 position（位置），或者可以說是星球之間的 distance（距離），導致了這個無可避免的結果，這就是 disposition 一詞的由來。

　　如果你出生的時候，Jupiter（木星）位在上升點，你的性情就會 jovial（和善宜人）。但如果你不和善，而是悲慘又陰鬱，那就是災難一場了，因為 disaster（災難）指的其實是 dis-astro（錯位的星球），disaster 在拉丁文裡的意思是 ill-starred（星相不佳），也就是命不好。

根據莎士比亞的說法，錯不在我們的星相，而是英文本身。

culmination（頂點）、opposition（反對）、nadir（最低點）、depression（沮喪）和 aspect（方面），都是從古代占星和觀星活動借來的詞。不過，人類之所以比較關心天上而不是地上的東西，占星學並不是唯一的原因，單純是因為看不看得見的緣故。以北極來說，這個地區非常遙遠，也無法經由便利的大眾運輸抵達，但是你卻可以從家裡看到北極星（假設你人在北半球）。天球赤道（celestial equator）是地球赤道在太空中的假想投影，任何通過這條天球赤道的星體每天晚上都會閃閃發亮，不論你身在何處都能看到，就算它們距離真正的赤道有一大段路程。這也是為什麼在兩個世紀之前，赤道（equator）一詞還不是用來指稱地球的一部分，而是天空的一部分。

厄瓜多與平等

由於地球的自轉軸會晃來晃去，天球赤道一年只會位在地球赤道正上方兩次，就在日夜等長的春秋分之時。太陽就像是游牧民族一樣，前半年慢慢地往南方移動，直到抵達緯度 23 度，接著又會轉往北方的緯度 23 度移動，到達之後就再一次轉向。

「轉向」的希臘文是 tropos，這就是為什麼 turn of phrase（措辭）對希臘人來說就等於 rhetorical trope（修辭橋段）。這也是為什麼南緯 23 度叫做 Tropic of Capricorn（南回歸線），北緯 23 度則叫做 Tropic of Cancer（北回歸線），還有介於這兩條線之間的地區都叫做 tropical（熱帶）。

在兩條回歸線正中央的就是赤道，像一條長達四萬公里、環繞整個地球的皮帶。[†] 在西班牙文裡，赤道叫做 ecuador，所以當西班牙人找到一個被赤道貫穿的國家，就把這個國家命名為 Ecuador（厄瓜多）。

赤道的英文之所以是 equator，是因為赤道把地球 equal（平均）分成兩部分，equality（平等）這個詞的由來就是如此。在大多數情況下，inequality（不平等）就是 iniquitous（不公平的），

---

† 在莎士比亞的劇作《仲夏夜之夢》（*A Midsummer Night's Dream*）中，精靈帕克（Puck）說：「我就是把地球環繞行上一圈／也只需要四十分鐘。」這表示他的移動時速應該高達五萬九千公里，或是四十九・三馬赫。——作者注

133

但有時候不公平還是有其必要，畢竟不是所有人都能平等。以運動來說，兩個隊伍的地位是平等的，但是有爭議的時候，就需要有更高地位的人在兩隊之間做出判決。這位裁判和參賽隊伍的地位並不相同（not on a par），所以在拉丁文中，裁判叫做 non-par，在古法文中則是 noumpere，不過後來其中的 N 發生了一點意外，因此現在裁判的英文就寫作 umpire。

以 N 開頭的詞彙通常都會有不太體面的遭遇，例如廚師穿的圍裙以前寫作 napron，但是圍裙多半只有沾到汙漬的份，沒有人會把這個詞彙好好寫下來，所以 A 就這樣狡猾地偷走 N 的位置，現在廚師的圍裙也變成寫作 apron。下次你被原本叫做 nadder 的蝰蛇（adder）咬了之後，可以好好想想這個善變的 N 是怎麼回事，不過我建議你不要想太久比較好。

有時候這個不穩定的 N 反而會跑來參一腳：以前 newt（蠑螈）的英文拼法是 ewt，而 nickname（綽號）以前的拼法則是 eke-name，意思是額外的名字。

從拉丁文的 par 也衍生出 parity（同等）、peer group（同儕團體）、peerless（無與倫比）和 peers of the realm（貴族階級）這些詞語。乍看之下你可能會覺得很奇怪，地位高於其他人的貴族怎麼會以 peer（同儕）這個詞來稱呼，原因是查理曼大帝（Charlemagne）手下的十二名貴族騎士地位都相同，所以他們是彼此的同儕。事實上，查理曼大帝根本沒有十二名騎士，只是有這樣的傳說，不過光是傳說就足以衍生出新詞了。

英文裡到處都藏有 par 的蹤跡：如果你看不起某人，讓對方覺得自己不如你，那麼你就是在 disparage（貶低）對方。而如果

你讓年輕女生以互惠的方式住在家裡，那麼對方就叫做 au pair（互惠生）。話雖如此，par 這個詞最常出現的地方還是在高爾夫球場，指的是介於 birdie（小鳥）和 bogey（柏忌）之間的成績「平標準桿」。

柏忌

為什麼比標準桿多一桿的成績要叫做柏忌？

在任何一場高爾夫球比賽當中，參賽選手都有兩種對手，除了要擊敗其他高爾夫球選手之外，還必須戰勝球場桿數，也就是標準桿這個起始值，代表專業高爾夫球選手打完整個球場所需要用到的擊球次數。在這兩種對手之中，球場通常比較難纏。

在維多利亞時代的英國，有一首傳遍大街小巷的歌叫做〈床邊怪物〉（The Bogey Man），內容是關於傳說中的可怕生物會潛入調皮小孩的房間，然後對各式各樣的人造成各式各樣的麻煩。1890 年的某一天，湯瑪士・布朗（Thomas Brown）博士在大雅茅斯（Great Yarmouth）打一回合的高爾夫球時，這首歌就這樣在他的腦海裡揮之不去。

勝過球場桿數的概念在當時還是很新的高爾夫球玩法；起初，高爾夫球界根本沒有平標準桿、老鷹和小鳥等等說法，你只需要把擊球次數全部加起來，然後桿數最少的人就是贏家。

那時布朗博士是第一次依照球場桿數的規則打球，但他不怎麼喜歡這種玩法，而是比較喜歡和其他人一較高下，因為根據他的觀察，球場似乎總是會贏過他。球場桿數就是個敵手，在球場如影隨形地跟著他，卻從來沒有真正現身，到最後布朗博士認定

這個隱形的敵人就像是那首歌裡的「床邊怪物」（Bogey Man）一樣。他的玩笑在大雅茅斯傳開，後來又傳遍了整個高爾夫球界，於是 Bogey（柏忌）就成了桿數的代名詞。

所以，獨自打高爾夫球的人就是在和柏忌對戰，這個詞彙四處流傳，直到大家都知道意思是 par for the course（高爾夫球場上的標準桿）[†]。到了 1940 年代，柏忌的意思變成比標準桿多一桿，但沒有人知道為什麼。

---

†   par for the course：有意料之中、理所當然的意思。——譯注

討人厭的東西和臭蟲

以上的故事還有頗具啟發性的小小後記：沒過幾年，打高爾夫球的人就忘了柏忌的由來，而「高爾夫球場上的標準桿」這個說法則是被歸咎到虛構的高爾夫球選手柏忌上校（Colonel Bogey）身上。1897 年的高爾夫球漫畫書有一句台詞是這麼說的：「我是柏忌上校，我的桿數一向都很穩定，而且通常都是贏家⋯⋯。」

於是在 1914 年，當作曲家肯尼斯・阿爾福特（Kenneth Alford）要為全新的進行曲取名，他選擇把曲子叫做「柏忌上校」，所以 bogey 又回到了它最初發跡的歌曲界。

那麼床邊怪物（bogeyman）到底是什麼人，還是什麼東西？這種怪物有各種型態和大小，有些看起來就像熊，生活在樹林裡，而且會吃掉不聽話的小男孩，這種類型就叫做 bogey-bears（怪物熊）。不過，隨著時間過去，怪物熊存在感也逐漸消退，不論是從威脅感還是詞彙本身的長度來看，這種巨熊的形象都已經削減。現在，所謂的 bogey-bears 就只是 bugbear（討人厭的東西），不再是吃小孩的恐怖生物，而是微不足道的討厭鬼。

同樣地，現在大家都瞧不起另一種類型的怪物 bugaboo，除了詹姆士・龐德（James Bond）之外。詹姆士・龐德對於 bugaboo

異常謹慎，而且經常會檢查自己的床下有沒有這種怪物。好啦，從語源學的角度來說，他確實有這麼做。

在十八世紀，bugaboo（這當然就是另一種型態的 bogeyman）變成小偷對治安官（也就是當時的警察）的俗稱。所以十九世紀的竊賊很怕 bugaboo，或是簡稱為 bug，但他們還是沒有停止偷東西，總之這種犯罪就一直持續到二十世紀。事實上，因為竊盜案實在是太常見了，民眾甚至開始裝設竊盜警鈴，於是到了 1920 年代，竊賊開始把竊盜警鈴叫做 bug，因為這種警鈴的功能就像是自動化的警察一樣。如果謹慎的屋主在家裡裝了警鈴，我們就可以說這棟建築物是 bugged 的狀態。

從這裡開始，bug 這個詞跨界跨了一小步，後來更被用來稱呼可以裝在電話或茶壺裡的迷你竊聽裝置。這就是為什麼詹姆士・龐德在房間裡檢查的竊聽器叫做 bug，還有為什麼從語源學的角度來看，你的床底下可能真的藏著床邊怪物（bogeyman）。

Bogey 和 bug 基本上可以在任何情況下互換。在 1535 年版《詩篇》（*Psalms*）譯本中，翻譯家邁爾斯・科弗代爾（Myles Coverdale）是這樣翻譯《詩篇》第 91 篇的第 5 節：

Thou shalt not need to be afrayed for eny bugges by nights.
你必不怕黑夜的驚駭

後來大多數的《聖經》譯本都是使用 terrors（恐懼）一詞，正因如此，科弗代爾的版本被稱作 The Bug's Bible（怪物聖經）。

接下來到了十七世紀中期，bug 莫名其妙地開始有「昆蟲」的意思，也許是因為昆蟲很嚇人，或者也可能是因為以前的蟲會像床邊怪物一樣鑽進人的床鋪裡。第一種有記錄的六隻腳昆蟲是 1622年的臭蟲（bedbug），不過從此以後，這個詞的意義就擴大到包含任何一種令人害怕的蟲子，也包括那些潛伏在機器裡搗亂工作的蟲。

據說湯瑪斯・愛迪生（Thomas Edison）的其中一項發明一直出錯，他實在想不透為什麼自己做出的機器會一直故障，總之機器就是不對勁。愛迪生檢查了所有零件，運作正常；他檢查了設計，完美無缺；接著他又回頭檢查最後一次，這次他發現問題出在哪了。有一隻小昆蟲在愛迪生的精密電子機器上到處爬來爬去，導致機器動不動就故障。根據這則故事的說法，這就是技術故障的英文叫做 bug 的由來。

雖然以上的故事可能不是百分之百的事實，但可以確定的是，湯瑪斯・愛迪生是把 bug 這個詞用在科技領域的第一人。1878 年，愛迪生在信中寫道：

> 我所有的發明都是如此。第一步是出於直覺，伴隨著靈光湧現，接著障礙就會浮現：發明開始故障，這時所謂的「蟲」（Bugs）——這是我用來表達小錯誤和故障的說法——就會現身，後續必須耗費數個月密集觀察、研究和勞力，才能確認這項發明在商業上是成功或失敗。

後來在 1889 年，《帕馬公報》（*Pall Mall Gazette*）這樣報導：

據消息指出，愛迪生先生已經連續熬夜兩天，試圖找出留聲機裡的「一隻蟲」——這種說法是用於形容排除障礙，可以想像成有某種小蟲子藏身於其中並導致眼前的各種問題。

總之，愛迪生的小蟲故事**可能**是真的，或者單純只是愛迪生認為有床邊怪物的惡靈纏著他的機器，在機械零件裡搞亂。

不論這種說法的起源是什麼，總之大家都開始用 bug 這個詞，所以當你的電腦因為軟體有 bug 而當機，把帳算在湯瑪斯‧愛迪生和床邊怪物的身上吧。

孟喬森的電腦

　　新事物需要新詞彙，但人類往往最後還是用了舊的字詞。最早的電腦（computer）可以追溯到至少 1613 年，當時所謂的電腦是指一種專業技能職業，就是在天文台負責計算工作的數學家。

　　數學家查爾斯・巴貝奇（Charles Babbage）發明出現代電腦的前身之後，把這項發明命名為 Analytical Engine（分析引擎），巴貝奇的兒子改良設計之後，又把這項發明改叫做 Mill（工廠），因為工廠就像這種新機器一樣，需要用到複雜的技術，而且會從一端接收原料，再從另一端產出完全不同的東西。後來到了 1869 年，可以 compute（運算）兩個數字加總的機器開始叫做 computer（電腦），隨著這類機器漸漸擁有越來越多功能，電腦一詞就這樣傳開。當第一台現代電腦在 1946 年正式被命名為「電子數值積分計算機」（Electronic Numeral Integrator And Computer，ENIAC），早就為時已晚了。

　　早期的電腦基本上就是計算機，從英文 computer 字面上的意思「運算機」就可以看出來。後來在電腦上可以使用軟體，不過必須由使用者載入。接著到了 1950 年代，有人發明了一種方法可以讓電腦自行安裝軟體，背後的原理是先載入一小段程式碼，再由這段程式碼載入更多段程式碼，接下來這些程式碼也會載入

更多更多其他程式碼，直到電腦……但首先，我們有必要提一下沼澤裡的孟喬森男爵（Baron von Munchausen）。

孟喬森男爵（1720 年生，1797 年歿）是真實存在的人物，他曾經參與過俄國的戰役，在回到家鄉後，男爵開始訴說自己的奇遇故事，雖然沒有人相信。男爵的故事包括騎在砲彈上、短暫登月，還有拉著自己的頭髮從沼澤中脫身。最後這一段事蹟絕對不可能發生，因為施加在男爵頭髮的向上力量會被他手臂的向下力量抵銷掉。話雖如此，這實在是個不錯的點子，於是孟喬森提出的謬論就被後來的美國人採納了，只不過他們沒有把重點放在頭髮上，而是從十九世紀後期開始用 pulling themselves up by their own bootstraps（拉著自己的拔靴帶往上）的說法來表達自力更生。

就物理學而言不可能的事，在運算的世界中卻可能實現，從譬喻的角度看來，能夠自動載入程式的電腦就是在「拉著自己的拔靴帶往上」。1953 年，這個自動載入的過程開始被稱為 bootstrap，到了 1975 年，大家已經對其中的 strap 感到厭煩，從此以後電腦啟動的英文就簡化成 boot up。

一定要大寫的 SPAM

1937 年，美國市場上出現一種新產品，主要用豬肉和馬鈴薯澱粉製成，因為是喬治・荷美爾公司（Geo A. Hormel & Co）推出的食品，所以原本叫做 Hormel Spiced Ham（荷美爾香料火腿），不過，荷美爾公司的某位副理有個兄弟是演員，這位兄弟想必比較擅長用字遣詞，他建議這款產品的名稱應該要從 Spiced Ham（香料火腿）縮短成 SPAM。另一種說法則指出，SPAM 可能是 Shoulder of Pork And Ham（豬肩肉與火腿）的縮寫。不論哪一種說法才對，荷美爾食品公司一直到現在都堅持，這種產品的名稱要用大寫英文字母拼寫：SPAM，不是 spam。

讓 SPAM 一舉成名的人是希特勒，第二次世界大戰導致英國食物短缺，鮮肉配給量也因此緊縮，所以英國人只好改吃罐頭肉，因為這種食品的配給量比較寬鬆。愛打仗的英國人改吃的罐頭肉就是 SPAM，於是有大批大批的罐頭從美國海運過來。戰爭結束後，SPAM 仍然是英國飲食不可或缺的一部分，尤其在廉價簡餐店裡更是如此，這時候就要談到蒙提・派森劇團（Monty Python）了。

1970 年，蒙提・派森劇團製作了一齣叫做 SPAM 的短劇，內容是兩個人淪落到英國某處一家骯髒的簡餐店，店裡幾乎每一

道菜都有 SPAM。過了一陣子，一群剛好也在店裡的維京人開始
唱起歌來，整首歌的歌詞就只有一個詞：

SPAM

SPAM

SPAM

SPAM

SPAM

SPAM

SPAM

就這樣一直重複，沒完沒了、永無止境。

因為某種不明原因，蒙提・派森劇團相當受電腦程式設計師
歡迎，甚至有一種程式語言就叫做 Python，是以蒙提・派森劇團
的短劇命名。說到這裡，就不得不談到 Multi-User Dungeons（多
人城堡遊戲），或簡稱 MUD（泥巴）。

這個英文詞字面上的意思是「多用戶地牢」，可能會讓你誤
以為是指紅燈區的奇怪地下室房間，但 MUD 其實是 1980 年代
流行的早期網路遊戲形式。

頭腦很好的電腦高手會用 MUD 來向彼此展示自己寫的程
式，但在這些程式之中，最流行的是個非常簡單的惡作劇。

惡作劇程式的第一列指令是在電腦打出 SPAM 這個詞，第二
列指令是回到第一列指令，結果就是一整個螢幕都會顯示蒙提・
派森劇團的 SPAM 歌詞，這個程式會永無止境地往下捲動你的電

腦畫面並繼續打字，而且你沒辦法讓程式停下來。

到了 1990 年，SPAM 變成程式設計師的行話，用來指稱網路上任何不討人喜歡的東西。1990 年代初期，蒙提・派森劇團惡作劇仍然在「使用者網路」（Usenet）[†] 流行，於是 spam 一詞更廣為流傳。這也是為什麼當自稱是奈及利亞王子而且有滿手壯陽藥和小甜甜布蘭妮豔照的人不停寄電子郵件給你，這些垃圾郵件會叫做 spam，或者更精確一點應該要寫成 SPAM，因為可別忘了，SPAM 是有專利的名稱，就像 heroin（海洛因）一樣。

† 使用者網路（Usenet）是分散式的系統，由不同的討論區組成，在其中發表的言論會傳送至數十萬部電腦，但在使用者網路上的電腦大約只有一半是有連線到網際網路。

海洛因

　　很久很久以前，所有的咳嗽藥都含有嗎啡，這讓大家很憂心。你也知道的，嗎啡會讓人上癮，這表示如果你的感冒很嚴重，而且服用咳嗽藥的時間太長，最後你可能治好了咳嗽，但卻落得生理依賴藥物的下場。所以一百年前的咳嗽病人必須面對艱難的抉擇：繼續咳個不停，或是冒著變成嗎啡毒蟲的風險。當時大多數人選擇了繼續咳嗽。

　　於是在 1898 年，德國藥廠拜耳（Bayer）決定要開發替代藥物。他們拿出簡陋的定量吸管和粗魯的回話態度，然後研發出新的化學物質：二乙醯嗎啡（diacetylmorphine），拜耳號稱這是「不會成癮的嗎啡替代品」。

　　就像所有的新產品，這款新藥需要掛上品牌名稱。對於科學家來說，二乙醯嗎啡這個名字沒什麼問題，但是這個詞絕對不可能在藥局櫃台流行起來。拜耳需要一個會大賣的品名，一個會讓消費者大喊「對！我要買的就是那個產品！」的名稱。

　　所以拜耳的行銷團隊開始動起來，他們去問服用過二乙醯嗎啡的人感覺如何，結果答案相當一致：這種藥讓人自我感覺良好，覺得自己像英雄（hero）一樣。於是行銷團隊決定要把新產品命名為 heroin（海洛因），猜猜看後來怎麼了？海洛因真的大賣特賣。

直到第一次世界大戰之前，海洛因都是屬於拜耳的商標。不過後來大家都知道，號稱「不會成癮」的部分其實有點誤導人。

　　這就是為什麼女英雄（heroine）這個詞和海洛因有關聯，一切都是因為以前的人不想要用嗎啡用到無法自拔。

變形的德・昆西與雪萊

morphine（嗎啡）源自 Morpheus（摩耳甫斯），也就是希臘神話中的夢神，他是睡神的兒子以及幻想神方塔索斯（Phantasos）的兄弟，住在冥界附近的洞窟裡，摩耳甫斯會在這裡作夢，然後把夢掛在一棵枯萎的榆樹上，直到這些夢可以使用。

摩耳甫斯是塑造夢的神，他的名字源於希臘文 morphe，意思是形狀。所以如果說一個人是 amorphous，指的並不是這個人把嗎啡都用完了，而是這個人不成人形。

藥物和夢境之間的關聯顯而易見，如果你抽了一管鴉片，很有可能會睡著然後做起白日夢。最出名的鴉片癮君子非十九世紀的托馬斯・德・昆西（Thomas De Quincey）莫屬，這位作家寫了一部回憶錄叫做《一個英國鴉片吸食者的告白》（*Confessions of an English Opium Eater*，暫譯），其中記錄了他用藥之後美好又詭異的夢境：

> 有東西直盯著我看、大聲鳴叫、張嘴大笑、喋喋不休，是猴子、長尾鸚鵡，和鳳頭鸚鵡。我無意間走進塔裡，被關在塔頂還是祕密房間中數個世紀。我是神像，我是祭司，我是被崇拜的對象，我是被犧牲的祭品。我飛奔逃離梵天（Brama）的怒火，

穿過亞洲的所有森林，毗濕奴（Vishnu）怨恨我，濕婆（Shiva）睡著懶覺等我。我突然遇見伊西斯（Isis）和歐西里斯（Osiris），祂們說我做了一件事，讓埃及聖鷺和鱷魚都顫抖不已。我活了數千年，後來被放入石棺裡，身旁有木乃伊和獅身人面巨像，埋葬在永恆金字塔中心的狹小墓室。有東西吻了我，是駭人的吻，是鱷魚的吻，接著我被平放下來，各種難以言喻的崩壞令我不知所措，就在蘆葦和尼羅河的泥水之中。

德·昆西的鴉片夢看起來不怎麼有趣，而且他的自傳有大半篇幅都在敘述他努力想要戒掉這種毒品。與其說這本書很誠實，不如說是動人比較恰當。

事實上，德·昆西在寫回憶錄時，根本就是手頭沒有現金，沒辦法花錢解毒癮。幸好這本書熱賣到他可以下半輩子都吸最高等級的毒品，結果德·昆西的下半輩子長到出乎意料。和德·昆西差不多同時代的作家如雪萊（Shelley）、濟慈（Keats）和拜倫（Byron），不是發生船難、患結核病離世，就是熱血地死在希臘，而德·昆西則是吸毒吸到翻白眼，還比他們都多活了 35 年，在老到不行的 74 歲時因為發燒去世，算起來他吸鴉片的時間長達 55 年。

在德·昆西漫長而曲折的文學生涯中，他可以稱得上是文字發明大師。他那鴉片菸繚繞的大腦簡直和鑄幣廠沒兩樣，以驚人的速度造出一個個新詞彙。《牛津英語辭典》收錄了 159 個德·昆西發明的詞彙，其中有不少像是 passiuncle（小小的熱情）已經被大家遺忘，不過也有很多詞彙存續下去。

如果沒有德・昆西，我們就沒有 subconscious（潛意識）、entourage（隨從）、incubator（孵化器）、interconnection（相互連結），也沒辦法 intuit（憑直覺感受）或 reposition（重新定位）東西。也因為德・昆西，我們才能用 phenomenal（非凡）和 earth-shatteringly（石破天驚）這些詞來形容他的造字能力。他甚至還想出了 post-natal（產後）的說法，在此之後產婦才有罹患 Postnatal Depression（產後憂鬱）的權利。

　　至於 ante-natal（產前），詩人沛爾希・畢西・雪萊（Percy Bysshe Shelley）早就已經發明出來了。雪萊寫了一首名為〈阿沙納斯王子〉（Prince Athenase）的詩，其中（無聊得石破天驚）的故事是這樣的：總之，有個王子，而且他很優秀之類的，但就像任何一首浪漫主義詩裡該死的主角，他莫名其妙感到悲傷，沒有人知道為什麼。

Some said that he was mad, others believed
有些人說他很憤怒，其他人則認為

That memories of an antenatal life
前世人生的記憶
Made this, where now he dwelt, a penal hell
造成了這一切，現在他深陷其中，有如煉獄

　　其他人則認為，雪萊確實有天分，但是需要一個超級厲害的編輯。和德・昆西一樣，當雪萊想不出該用什麼詞彙，就會乾脆

造出新詞。在二十九歲溺死之前，雪萊已經發明出 spectral（幽靈）、anklet（腳鍊）、optimistic（樂觀）以及 heartless（無情）等詞彙。他想出的詞語還有 bloodstain（血跡）、expatriate（驅逐出境）、expressionless（面無表情）、interestingly（有趣地）、legionnaire（退伍軍人）、moonlit（月色明亮）、sunlit（陽光充足）、pedestrianize（設為步行區。雖然他那個時代的用法和我們不太一樣）、petty-minded（心胸狹隘）、steam-ship（蒸汽輪船）、unattractive（沒有吸引力）、undefeated（連勝不敗）、unfulfilling（不得志）、unrecognized（不被承認）、wavelet（小波）和 white-hot（白熱）。

雪萊甚至發明了 national anthem（國歌）這個詞彙。

星條飲酒歌

塑膠亮片的英文 spangle 字面上的意思是小小的 spang，指的是會閃爍的小型裝飾品。所以，如果說一個人處於 spangled 的狀態，就表示這個人全身都沾滿了小亮片，有時候人就是會遇到這種事。

Spangled 這個詞出自湯瑪斯・摩爾（Thomas Moore）的詩，但不是比較有名的那一位[†]，而是一個十九世紀的愛爾蘭打油詩人。他寫道：

As late I sought the spangled bowers
不久前我找到有如撒滿亮片的樹蔭處
To cull a wreath of matin flowers
採下清晨花朵做成花圈

這首詩是摩爾翻譯自希臘詩人阿那克里翁（Anacreon）的作品，這位古代的酒鬼是多情的抒情詩人。他的作品統稱為 anacreontics（阿那克里翁體），主題全都圍繞著喝醉酒以及在希

[†] 比較有名的那一位，是〈出乎意料之事〉小節裡提過的湯瑪斯・摩爾（Sir Thomas More），《烏托邦》的作者。—— 編注

臘的小樹叢裡眉飛色舞地歡愛，所以阿那克里翁就成了「好事」的象徵。

由於阿那克里翁代表好事的形象實在太深植人心，十八世紀有位英國紳士為了紀念這號人物而創立了社團。這個名為「阿那克里翁社」（Anacreontic Society）的社團把「機智、和諧和飲酒」當作宗旨。這裡充滿音樂氣息，還有兩名社員為社團寫了一首飲酒歌，叫做〈致天國的阿那克里翁〉（To Anacreon in Heav'n），約翰‧斯塔福德‧史密斯（John Stafford Smith）負責譜曲，而社長拉夫‧湯姆林森（Ralph Tomlinson）則負責填詞，第一句歌詞是這樣的：

To Anacreon in Heav'n, where he sat in full glee
致天國的阿那克里翁，他滿心歡喜地在此
A few sons of harmony sent a petition,
數名和諧之社的成員向他請願
That he their inspirer and patron would be
願他成為社的啟發者與守護者
When this answer arrived from the jolly old Grecian
這位快活的古希臘偉人回答
'voice, fiddle, and flute,
「歌聲、小提琴聲和笛聲，
No longer be mute,
將不再黯然失聲，
I'll lend you my name and inspire you to boot,

我允許你們借用我的名號並將啟發你們茁壯，

And, besides, I'll instruct you like me to intwine

除此之外，我會指導你們和我一樣

The myrtle of venus with Bacchus's vine.'

將維納斯的長春花和巴克斯的葡萄藤緊密纏繞。」

　　酒神巴克斯的葡萄藤想當然就是指酒，而維納斯則是代表性
愛的女神。〈致天國的阿那克里翁〉是一首朗朗上口（連你都會
哼）的好歌，不過因為要唱好並不容易，十八世紀的警察會特別
用這首歌來檢測酒醉程度，如果你能夠把〈致天國的阿那克里翁〉
的音唱準，就表示你很清醒，那你就可以走了。仔細想想，任何
飲酒歌最後都會落得這種奇怪的下場，而且這對不擅長唱歌的人
來說也很不平。

　　不幸的是，這首歌實在是太受歡迎，後來被法蘭西斯・史考
特・基（Francis Scott Key）這位老兄看上眼然後盜用，他為歌曲
填了新詞，但不是關於喝酒，而是經過大轟炸之後可以看到旗幟
飛揚的心情。

　　法蘭西斯・史考特・基是美國律師，在 1812 年的英美戰爭
期間，他奉派前往和英國軍隊談判釋放特定幾位戰囚。他在英國
皇家海軍艦艇雷鳴號（HMS Tonnant）上用餐之後準備離去，但
這時英軍開始擔心，基已經很熟悉英國艦艇內部，如果他順利上
岸，就很有可能會把這些資訊透露給美軍。這可是個大問題，因
為英國打算要一大早就轟炸巴爾的摩（Baltimore），而如果美國
人發現這件事，那就樂趣盡失了。所以英軍堅持要把基留在艦上，

迫使他在錯誤的一邊看著大轟炸發生（如果從人身安全的角度來看，說不定待在艦上才是正確的那邊）。

槍聲砰砰作響，但巴爾的摩的美國旗幟仍然在高處飄揚，在一片煙霧中清晰可見。基決定要為這幅景象寫一首歌，於是他偷用阿那克里翁社的飲酒歌曲調，然後把新詞填進去：

O, say can you see by the dawn's early light
哦，你可看見，透過一線曙光
What so proudly we hailed at the twilight's last gleaming,
我們在暮色將盡還自豪為之歡呼的旗幟，
Whose broad stripes and bright stars through the perilous fight,
是它的闊條明星經過艱險的戰鬥，
O'er the ramparts we watched were so gallantly streaming?
依然迎風飄揚在我軍碉堡上？
And the rockets' red glare, the bombs bursting in air,
炸彈在空中轟鳴，火箭閃著紅光，
Gave proof through the night that our flag was still there;
一整夜都成為我們國旗依然存在的見證，
O, say does that star-spangled banner yet wave,
哦，那星條旗是否還飄揚在
O'er the land of the free and the home of the brave!
自由的國土，勇士的家鄉！[‡]

最後，他為這首舊時飲酒歌取的新歌名叫做「星條旗」（The Star-Spangled Banner），現在知道我們為什麼一開始要提到小亮片了吧。

‡ 此美國國歌翻譯版本出自美國在台協會（American Institute in Taiwan）。——譯注

Torpedoes and Turtles
魚雷與海龜

英國皇家海軍與美國革命軍之間的衝突,也催生出 torpedo（魚雷）這個詞。torpedo 和 torpid（呆滯）一詞可以說是毫無關聯,但也可以說是緊密相關。

拉丁文的 torpidus 意思是疲勞或麻木,並衍生出形容詞 torpid（呆滯）,一直到現在英文都還在使用這個詞。其實故事到這裡就該結束,但這時產電魚類冒出來了。

大家都知道電鰻,不過還有好幾種魟魚也會發電,事實上魟魚可以產生 222 伏特的電力,足以把人電暈,也就是讓人變呆滯。

以前魟魚的英文名稱是 numb-fish（麻木魚）或 cramp-fish（痙攣魚）,但是魟魚真正的拉丁學名是電鰩目（Torpediniformes）,其中最大的一支是電鰩屬（*torpedoes*）。勞倫斯‧安德魯（Lawrens Andrewe）在 1520 年出版了一本標題很時髦的書《人類以及常見野獸、蛇類、野禽和魚類的生活與天性》（*The noble lyfe & nature of man, Of bestes, serpentys, fowles & fisshes y be moste knowen*,暫譯）,他在書中寫道:

> Torpido 是一種魚,但任何人一旦接觸到就會動彈不得
> 全身無力且什麼都感覺不到

由此可知，有很長一段時間 torpedo 指的是任何會讓人失去行動能力的東西。舉例來說，十八世紀有個時髦的男子叫做比歐·納許（Beau Nash），他機智得沒話說，但是寫作能力大有問題。「以前他總是把筆稱為『torpedo』，因為每當他拿起筆，全身上下的機能都會麻痺。」真是太可惜了，納許理應是那個時代最機智也最有魅力的一號人物，他去世之後，妻子還跑去住在沃明斯特（Warminster）附近的空心樹裡。†

　　不過先讓我們回到故事的主軸：1776 年，美國人正在革命，英國海軍航向紐約，但是美國人反抗的力道實在太強，所以英軍決定要停留在航道上，並且封鎖整個港口。美國人對此很不開心，於是有個叫做布什內爾（Bushnell）的老兄發明了潛水艇，然後用最不光明正大的方式攻擊封住港口的英國船艦。

　　布什內爾無法決定該為新的潛水艇取什麼名字，據說他在 American Turtle（美國海龜）和 Torpedo（電鱝）之間猶豫不決，從形狀來看，潛水艇和這兩種動物都很相似，最後他選擇了後者。

　　這種潛水艇的設計概念是在上頭加裝「彈倉或火藥庫」，然後讓潛水艇緊貼英國旗艦的船身，接著要設定計時器，給潛水艇幾分鐘的時間淨空，最後會發生一場大爆炸，把英國船艦炸到屍骨無存。這個計畫沒有實現，因為英國船艦的船身讓美國反抗軍吃了悶虧：船身底部是用銅打造的。

　　不過美國人可不會輕易退縮，另一個叫做富爾敦（Fulton）的發明家接下布什內爾的未竟之業（布什內爾因為某種原因逃到南方去，還換了新身分）。富爾敦的作戰計畫和先前大致相同，

不過他命名為電鰻的是爆炸裝置，而不是潛水艇本身。另外他也決定要對潛水艇做一點改變，與其讓潛水艇直接頂住敵軍船艦，不如對著敵船發射魚叉，爆炸裝置會以繩索連接在魚叉上，而且其中裝有計時器。所以整個流程會是潛水艇出動，對著敵船發射魚叉，然後在攻擊開始前逃逸無蹤。

　　富爾敦的電鰻也沒有成功，數十年過去了，各種魚雷相關發明和改良都是徒勞無功。魚雷加裝了馬達和其他類似的機關，但是一直到 1878 年，才有可用的魚雷真的擊沉了船艦，是俄羅斯軍艦用魚雷擊毀了鄂圖曼軍艦。

　　這就是 torpedo 怎麼從疲勞麻木變成高速爆炸性武器名稱的過程。

　　好的，開始講下一個故事之前，要不要猜猜看美國維吉尼亞州的維農山莊（Mount Vernon）、英國倫敦的波多貝羅路（Portobello Road）以及頭腦昏沉（groggy）之間的關聯？

從維農山莊宿醉到波多貝羅路

　　從先前的話題可以看出來，英國皇家海軍與美國人之間的關係讓人坐立難安。不過，雙方的關係可不是一直都是如此，要怪就怪美國開國元勳喬治·華盛頓（George Washington）吧。

　　話說回來，喬治有個同父異母的哥哥暨心靈導師叫做勞倫斯·華盛頓（Lawrence Washington），其實他曾經是英國軍人。精確一點地說，勞倫斯是英國皇家海軍的士兵，他以英國自治領北美地區居民的身分接受招募，在加勒比海於海軍上將愛德華·維農（Edward Vernon）麾下服役，並且隸屬於掌控了戰略重點基地關塔那摩灣（Guantánamo）的部隊，雖然這個據點在現代歷史的地位沒有那麼重要。

　　勞倫斯·華盛頓非常敬愛維農上將，忠誠到他返鄉回到家傳的莊園之後，決定把這個一直以來都叫做小狩獵溪農園（Little Hunting Creek Plantation）的地方改名為維農山莊（Mount Vernon）。所以，華盛頓家族的宅邸是以英國海軍上將命名的。

　　不過，維農上將聲名遠播的程度可不只有如此。1739 年，維農帶領英軍攻打波多貝羅（Porto Bello），位於現在的巴拿馬。他手下只有六艘船艦，但在一連串的英勇行動和發揮英國人特有的膽識以及種種之後，維農的軍隊取得了驚人的勝利。由於這場

勝利實在是太出乎意料，有個英國農夫聽到消息之後，飛奔到倫敦西邊的鄉村，然後打造了波多貝羅農場（Portobello Farm）來紀念這場勝仗有多麼讓人意外。沒多久附近的綠色廊道（Green's Lane）就被改稱為波多貝羅廊道（Portobello Lane），後來又改成波多貝羅路（Portobello Road），這就是為什麼位在倫敦的世界上最大規模古董市集會叫做波多貝羅市集（Portobello Market）。

然而，維農上將聲名遠播的終點也不是在這裡。每當海上風雨交加，他總是會穿著 grogram（羅緞，源於法文的 gros graine）這種粗織布料製成的厚重大衣，所以他的下屬私底下會叫他「老格羅格」（Old Grog）。

以前英國海軍會每天配給定量的蘭姆酒，在 1740 年，維農也許是被波多貝羅一役的勝利沖昏頭，也有可能是被勞倫斯·華盛頓帶壞，他下令用水稀釋蘭姆酒。這種混酒最後變成了整個英國海軍的標準飲品，而且也是以維農命名，就叫做 grog（格羅格酒）。

如果你喝了太多格羅格酒，就會變得醉醺醺或是 groggy（頭腦昏沉），而隨後 groggy 的意義也漸漸從昏沉變成琴酒帶來的後果——宿醉。

潘趣酒裡的幾種酒

　　alcohol（酒精）這個詞的語源就如大家所猜測的，非常曲折。首先，alcohol 是阿拉伯文，你可能會覺得很奇怪，畢竟伊斯蘭教是反對喝酒的宗教，不過當阿拉伯人用到這個詞，意思和英文的 alcohol 不一樣。Alcohol 原本寫作 al kuhul，是化妝用的粉末，現在還是有一些女性會用 the kohl（眼影粉）來畫眼線。

　　由於眼影粉是一種萃取物和染劑，alcohol 開始代表任何一種純粹的精華（有份 1661 年的資料就把屁稱為 alcohol），不過一直到 1672 年，才有英國皇家學會（Royal Society）的成員靈機一動想找出酒的純粹精華，酒裡到底有什麼東西會讓人喝醉？酒的 alcohol 又是什麼？沒過多久，wine-alcohol（酒精）就成了大家唯一記得的純粹精華，接著到了一七五三年，大家已經醉到不得不把 wine-alcohol 簡化成 alcohol。

　　會出現在酒櫃裡的 spirit（烈酒）也幾乎是源自相同的字根，只不過這次的源頭是鍊金術（alchemy）。在鍊金術（這個詞也是來自阿拉伯文）的觀念裡，每一種化學物質中都存在著有生命的神靈，也就是住在物質裡而且能讓物質產生有趣反應的小精靈。根據這種觀念，火藥裡存在著火爆的精靈，酸類裡存在著刺痛的精靈，而威士忌和伏特加這類酒裡則存在著最棒的精靈，也就是

會讓你爛醉的那一種。奇怪的是，威士忌和伏特加竟然能讓人醉倒，因為從字面上的意思看來，這兩種飲料都只是水而已。

vodka（伏特加）一詞源自俄文的 voda，意思就是水，而且這兩個詞都可以追溯到相同的原始印歐語字根：wodor。

whisky（威士忌）這個詞則是意外地在近代才出現，直到 1715 年才有相關的紀錄，威士忌在辭海中首次亮相就是出現在這個絕妙的句子裡：Whiskie shall put our brains in a rage.（威士忌會讓我們的大腦掀起一陣暴亂。）不過，文獻學家卻合理推斷威士忌一詞是源自蘇格蘭蓋爾語（Gaelic）的 uisge beatha，意思是生命之水。

為什麼是生命之水呢？蘇格蘭人可沒有憑空捏造出這個名字，而是參考了和鍊金術有關的拉丁文。鍊金術士的終極目標是要將普通金屬變成黃金，雖然無人成功，但值得安慰的是他們發現超級容易就能蒸餾出酒精，並且稱之為 ardent spirits（激情的精靈）或 aqua vitae（生命之水）。

醉醺醺的蘇格蘭人不是唯一把生命之水帶進母語的民族，像北歐人根本就懶得翻譯，直接把自釀的酒叫做 aquavit，至於法國人則把他們的白蘭地稱為 eau de vie。

話雖如此，生命之水其實也可以用來開玩笑且委婉地代表尿液，這種東西應該要適量飲用就好。前印度總理莫拉爾吉·德賽（Morarji Desai）會喝自體釀酒廠出產的酒來展開新的一天，並且把這種液體稱為「生命之水」。據德賽的說法，這個小祕訣是甘地教他的，但甘地研究中心（Gandhi Institute）嚴正駁斥這個說法，還表示德賽根本是在胡說八道（balderdash）。

balderdash 也曾經是一種飲料，不過好心提醒一下，這不是什麼好喝的東西，而是把酒、水或任何其他液體混入葡萄酒，才能便宜賣出。這種飲料怪歸怪，但可沒有 rum（蘭姆酒）那麼 rum（古怪）。

Rum 曾經是小偷用來表示「好」的說法，不過就像大部分的小偷行話一樣，rum 臭名遠播之後，詞義也開始轉變成「怪異」或「有點可疑」。加勒比海地區有一種烈酒原本叫做 kill-devil（殺死惡魔），後來被暱稱為 rumbullion，這個酒名究竟是源自「怪異」還是「有點可疑」，實在很難下定論。或者，也有可能這種酒本來就只是不同版本的蘭姆酒，和蘭姆酒一樣有又烈又甜的風味。還有一種說法，是這個酒名和英國德文郡（Devon）方言的 rumbullion 有關，意思是吵鬧──但也有可能，是先有了酒名，德文郡方言才衍生出這個詞。再或者，rumbullion 也許指的是 rum bouillon（奇怪的清湯）。不論真相是什麼，蘭姆酒的紀錄最早出現在 1654 年，到了 1683 年，就已經有人開始在調 rum punch（蘭姆潘趣酒）了。

伏特加、威士忌、生命之水、胡說八道和蘭姆酒全部混在一起，就正好足以調出能讓你昏死過去的潘趣酒。特別提醒一下，一定要「正好」這五種，因為 punch（潘趣酒）這個詞源自 panch（印度文的「五」）。原因就在於，嚴格來說，潘趣酒應該要含有五種不同的材料：烈酒、水、檸檬汁、糖和香料。在印度有個地區內有五條河流，地名叫旁遮普（Punjab），同樣也是衍生自 panch。

panch 是來自 pancas（梵文的五），再往前則可以追溯到

penkwe（原始印歐語的五），傳入希臘文之後變成了 pent，後來衍生出英文的 pentagon（五角形）。

　　不過，如果你想要醉得徹底一點，就需要酒中之后——香檳。

香檳作戰的冠軍溜出營地

　　根據傳說（傳說是事實的姊姊，而且還更美[†]），發明香檳的人是名叫唐・培里儂（Dom Pérignon）的本篤會修士，他曾經對著其他修士同僚大喊：「快來，我嚐到星星的味道了。」

　　當然，這是胡說八道。製作氣泡酒很簡單，難的是裝瓶。如果你把有氣泡的酒裝進一般的瓶子，瓶子會因為無法承受壓力而爆炸，香檳瓶必須要能夠承受六標準大氣壓的壓力。即使到了現在，酩悅香檳（Moët and Chandon）的酒莊還是平均每灌裝六十瓶香檳就會遇到一次酒瓶爆炸而造成損失。另外，讓裝瓶技術更上一層樓的其實是英國玻璃工匠，因為他們想要保留蘋果酒的氣泡口感，法國人只是把這項技術偷去裝他們生產的氣泡酒。

　　champagne（香檳）原本只是用來稱呼 vin de campagne（鄉村的葡萄酒），一直到了十八世紀才變成專指來自埃佩爾奈（Épernay）附近特定區域的葡萄酒，埃佩爾奈就是第一次世界大戰期間發生很多慘事的地方，香檳見證了史上最慘烈的壕溝戰，其實並不是巧合。

　　1914 年德意志帝國軍的進攻起初相當順利，他們以日耳曼式

[†] 這句敘述衍生自英國作家魯德亞德・吉卜林（Rudyard Kipling）的名言：「小說是真相的姊姊。這很顯而易見，因為在有人開口說故事之前，沒人知道真相是什麼。」──編注

的效率橫掃法國北部，直到在香檳倉庫前停了下來。找到全世界香檳的供應源頭就是有種魔力，就連德軍指揮官也不得不找個理由暫停一下，而這個暫停對法軍和英軍來說可是求之不得。於是協約國聯軍抵達戰線，雙方都挖起戰壕來，後來的發展就像戰爭詩歌描寫的那樣。

德軍的作戰在夏天展開，這是他們唯一的選擇，因為當冬天來臨，軍隊基本上必須要找到溫暖的地方躲起來，等待大風雪過去。接著到了春天，他們會再次準備展開行動，這就是為什麼軍隊總是會在夏季發動作戰（campaign），字面上的意思就是「在鄉村」。

Campaign 源自拉丁文的 campus，意思是場地，而在場上最優秀的戰士就叫做 campiones，並且衍生出英文的 champion（冠軍）一詞。所以，champion of a champagne campaign（香檳作戰的冠軍）基本上是同一個詞重複了三遍。

你可以在場地上做很多事，例如你可以蓋一座大學在上面，這樣一來就有了 campus（大學校園）。不過，作戰中的軍隊最常做的事只有拿出帳篷和帳篷繩來 camp（紮營）。

事實上，軍隊也很常做另一件事。軍隊裡大部分都是男性，而且是年輕男性，身邊沒有任何女性作伴，這表示軍人非常有可能試著溜出營地來解決性慾。溜出營地的行為在羅馬人口中叫做 excampare，在法國人口中叫做 escamper，但英文用的是 scampering。

這些年輕士兵溜出去尋找的女性就是營妓（camp follower），她們有的是生意頭腦而不是道德觀念，營妓會跟著軍隊到處移

動，並且以小時計費出租她們的熱情。

在女性之中，營妓稱不上是特別體面的一群。順帶一提，所謂的 broad 就是專指在外（abroad）拋頭露面的女人。營妓的妝容通常會過濃，導致她們看起來不太像真正的淑女，衣著則是太過鮮艷，還染著一頭不怎麼樣的髮色。在第一次世界大戰期間，英國士兵開始把營妓的打扮形容為 campy（營地風格），還把這種不正當的偷溜尋歡行為簡稱為 camp。從這裡開始，camp 的意思又稍微延伸了一點，用來指稱化妝（也許還穿了連身裙）並且從事不正當性行為的男子，而這就是為什麼現在我們會說有化妝的豔麗男性是在 camp it up（裝女人），他們手上通常還會拿著一杯粉紅香檳。

在戰場上，camp 這個詞還傳進了德文變成 Kampf，意思是戰鬥。所以從這個詞的種種歷史來看，希特勒的自傳《我的奮鬥》（Mein Kampf）也不是不能用「女性化」（camp）來形容。

Insulting Names
侮辱人的名字

　　說來有趣，希特勒並不會自稱為納粹。事實上，每當有人說他是納粹，他都會覺得頗受冒犯，他認為自己是「國家社會主義者」（National Socialist）。Nazi 這種說法是一種侮辱，一直以來都是。

　　希特勒是國家社會主義德國工人黨（Nationalsozialistische Deutsche Arbeiterpartei）的領導人，雖然這個黨名乍看很有說服力，不過就像為劍橋大學籃網球隊（Cambridge University Netball Team）†命名的人一樣，他沒有認真思考過這個名稱可能代表的意義。是這樣的，希特勒的對手發現可以把 Nationalsozialistische（德文的國家社會主義）簡寫成 Nazi（納粹），那麼為什麼要這麼做呢？因為 Nazi 本來就已經是個被用到爛掉的詞（雖然意思完全不相關），而且已經好多年了。

　　每一種文化中都有不同的笑柄：美國人會嘲笑波蘭佬（Polacks‡），英國人會嘲笑愛爾蘭人，愛爾蘭人則會嘲笑來自愛爾蘭南部科克（Cork）的人。在二十世紀初，德國人的笑柄是呆頭呆腦的巴伐利亞農夫，而就像愛爾蘭笑話裡總是會有個男人叫做 Paddy（帕迪），有關巴伐利亞的笑話也總是有個農夫叫做 Nazi，因為 Nazi 其實是很常見的巴伐利亞名字依納爵（Ignatius）

的簡稱。

這表示希特勒的對手可以輕輕鬆鬆打中要害，他的政黨裡滿是巴伐利亞鄉巴佬，而且黨名還可以簡寫成笑話裡典型的鄉巴佬名字。（很巧的是，鄉巴佬〔hick〕一詞的來源和納粹一模一樣。鄉村地帶會把理查（Richard）這個名字簡稱為 Hick，後來這個詞就變成用來指稱沒讀書的農夫。）

不妨想像一下，如果有個來自美國阿拉巴馬州的保守右翼人士發起了一場叫做「**新世代**美國的**紅州**」[‡]（**Red** States for the **Next** America）的活動，這會是什麼詭異的光景。基本上希特勒的行動就是這麼回事。

希特勒和手下的法西斯分子不知道該怎麼處理納粹這個有貶低意味的簡稱，剛開始他們對這個詞恨之入骨。不過沒多久，他們開始嘗試搶回這個詞的解釋權，用的方法和同性戀重新定義舊時的侮辱說法 queer（酷兒）差不多。然而他們獲得權勢之後，採取了更簡單的方法：直接迫害對手，逼得他們逃出國外。

於是，難民開始出現在其他地方，一邊抱怨納粹的作為，那麼非德國人當然會以為這就是德國執政黨的正式名稱。同時，所有留在德國的德國人會順從地把黨稱為國家社會主義德國工人黨，至少警察有在聽的時候是如此。一直到今天，大多數人都還

天真地誤以為納粹會自稱為納粹，但事實上如果你在他們面前講出這個詞，很有可能會被毒打一頓。

總之，一切的源頭就是 Ignatius（依納爵）這個名字太過普遍。在巴伐利亞，這個名字這麼常見的原因，是大多數的巴伐利亞人都是天主教徒，所以相當喜愛耶穌會（Society of Jesus，比較為人所知的說法是 Jesuits）的創始人聖依納爵・羅耀拉（St Ignatius of Loyola）。

耶穌會創立於十七世紀，目的是與新教的興起抗衡，當時新教已經是英國的國教。耶穌會很快就因為才智過人而聲名大噪，不過由於耶穌會把大部分的聰明才智都用在對付英國的新教徒，這些新教徒就用他們的名號造出形容詞 Jesuitical（像耶穌會一樣），並用來形容太賣弄聰明、只顧耍弄邏輯的奇技淫巧，卻不符合常識的把戲。

對於耶穌會的成員而言，這種說法實在不太公平，畢竟他們的教育可是催生出一些歷史上最知名的人物：古巴革命領袖斐代爾・卡斯楚（Fidel Castro）、前美國總統比爾・柯林頓（Bill Clinton）、前法國總統夏爾・戴高樂（Charles de Gaulle）、法國首席大臣及樞機主教黎希留（Cardinal Richelieu）、美國電影導演勞勃・阿特曼（Robert Altman）、愛爾蘭作家詹姆斯・喬伊斯（James Joyce）、美國作家湯姆・克蘭西（Tom Clancy）、法國喜劇作家莫里哀（Molière）、英國小說家亞瑟・柯南・道爾（Arthur Conan Doyle）、歌手平・克勞斯貝（Bing Crosby）、皇后樂團主唱佛萊迪・墨裘瑞（Freddie Mercury）、法國哲學家勒內・笛卡兒（René Descartes）、法國哲學家米歇爾・傅柯（Michel

Foucault）、德國哲學家馬丁・海德格（Martin Heidegger）、英國導演亞佛烈德・希區考克（Alfred Hitchcock）、美國小說家埃爾莫爾・倫納德（Elmore Leonard）、美國演員史賓塞・屈賽（Spencer Tracy）、法國哲學家伏爾泰（Voltaire）和比利時數學家喬治・勒梅特（Georges Lemaître）。

如果你對上列名單中的最後一號人物不太熟悉，那就太不應該了。喬治・勒梅特神父是二十世紀最重要的科學家，他在 1927年提出很了不起的「太古原子」（Primeval Atom）理論，想必你從來沒聽過。

這是因為太古原子理論就像國家社會主義德國工人黨一樣，名稱太過失敗，就這樣被一種有侮辱含意的說法取代了。

太古原子理論認為宇宙並不是一直都存在，而是在一百三十七億年前開始發展，所有的物質都容納在單一的點：太古原子。這個點爆炸之後開始擴張，接著太空冷卻、銀河成型等等。

很多人不認同這個理論，包括英國天文學家佛萊德・霍伊爾爵士（Sir Fred Hoyle）。他認為宇宙一直都存在，並且決定要讓勒梅特的理論聽起來不太可信，方法就是為理論取一個傻里傻氣的名稱。於是他絞盡腦汁，竭盡所能想出最傻的名稱——「宇宙大爆炸」（Big Bang Theory），因為他希望「大爆炸」可以突顯出這個理論有多麼幼稚單純。

美名不是你能主動爭取贏來的東西，而是別人賦予而得。通常命名的人根本不知道自己做了什麼好事。有時候，名稱的由來甚至只是小孩講錯話而已。

彼得潘

　　還有一些時候，名字幾乎是莫名其妙冒出來的。威廉‧歐內斯特‧亨利（W.E. Henley，這位詩人除了寫出名作〈永不屈服〉〔Invictus〕之外，就沒有什麼其他知名的作品了）†有個女兒叫做瑪格莉特。瑪格莉特五歲時就去世，不過離開人世之前，她認識了小說家詹姆斯‧馬修‧巴利（J.M. Barrie），她很喜歡巴利先生，想要用 friendy（好友友）這個詞來稱呼他，不過由於瑪格莉特只是個體弱多病的五歲小孩，她的發音聽起來像是 wendy（溫蒂）。

　　於是巴利在和瑪格莉特分開後寫了一部戲劇，內容是一個名叫彼得潘（Peter Pan）的男孩帶著一個女孩和她的兩個弟弟去夢幻島（Neverland）。巴利把書中女孩取名為溫蒂，以便紀念年幼的瑪格莉特‧亨利，這等於是讓她獲得了某種形式的永生，因為這齣戲受歡迎到父母都開始用女主角的名字幫自己的女兒取名。但話說回來，為什麼你為女兒命名時，會想要選和陌生男孩一起逃家的女孩的名字？而且他們家的狗根本沒有在看門，簡直是一大謎團。

　　不幸的是，在《彼得潘》這部劇中，溫蒂中箭死亡。不過，她的死其實沒那麼嚴重，因為在一小段奇幻經歷之後，她恢復得非常好，甚至可以在睡夢中唱歌。溫蒂唱的歌內容是她想要

一座房子，於是彼得和一群夥伴在她沉睡的身軀旁打造了小木屋，想當然，這就是為什麼遊戲室也叫做「溫蒂之家」（Wendy House）。

遠在倫敦，溫蒂的父親達令先生（Mr. Darling）因為家裡的小孩失蹤而心情沉重，他認為這一切都是自己的錯，因為他強迫家裡養的狗睡在戶外的狗窩。於是為了懺悔，他決定自己去睡狗窩，更誇張的是，他一步也不離開狗窩，甚至是用人在狗窩裡的狀態搭車去上班。達令先生一絲不苟地保持禮貌，每當有女士往狗窩裡面看，他都會拿起帽子致意，但他就這樣一直待在裡頭。由於《彼得潘》實在是太受歡迎，達令先生淪落到待在狗屋（in the doghouse）的遭遇還變成了片語，意思是惹麻煩。

總之，有一個名字、一個名詞和一個片語，全都源自同一則故事。不過，巴利也有借用早就存在的名稱。

《彼得潘》的粉絲之中，最有名的莫過於膚色變來變去的歌手和作曲家麥可・傑克森（Michael Jackson），他把自己的住所叫做夢幻島。由此可知，傑克森應該是讀了小說版本，因為在《彼得潘》的原版劇本中，彼得並不是住在 Neverland（夢幻島），而是 Never Never Land（永永遠遠不要之地），巴利可是參考了真正存在的地名。

在澳洲最邊陲也最不宜人的地區，也就是昆士蘭州（Queensland）和北領地（Northern Territory）一帶，就叫做 Never Never Land，意思是不毛之地，不過現在澳洲人通常只會簡

稱為 The Never Never。為什麼要選「永不」（never）這種指稱時間的說法，當作某個地點的名稱呢？關於這一點有很多種解釋。

據說在 1908 年，這個地帶被叫做 Never Never（永永遠遠不要）是因為當地人永永遠遠都不想離開，這個說法沒有說服力的程度簡直可以得獎了。更早一點也更可信一點的說法則來自 1862 年的《紳士雜誌》（*Gentleman's Magazine*）：

> 在澳洲的某個地帶，有一大片寬闊荒涼的土地，這令人心碎的地區被冠上 Never Never（永永遠遠不要）的名號。我認為，這一帶之所以有這名號，是因為這片土地帶給旅人的第一印象就是所到之處皆是無情久旱的荒原，令人毫無再度造訪之意。

話雖如此，這個地名真正的起源其實還更久遠一點，也和種族比較有關聯。1833 年有本書如此描述當地原住民之間氣氛莫名和平的戰爭：

> 在雙方的對戰中，談話絕對比打鬥還常發生，因此，希望有一天他們會派遣幾位族人作為信使，來說服文明國家，比起在人死之後吃掉屍體，更糟的是活活殺死人。
>
> 無法和利物浦平原（Liverpool Plains）的部落接觸令我深感失望，但貨物管理員告訴我，他們正和 Never-never 的黑人開戰，之所以如此稱呼他們，是因為這個民族到目前為止都與白人不相往來。

　　　　　　　　　　　　　　　　詞源

因此，巴利腦中的夢幻島其實是參考澳洲某個以黑人民族命名的地區，而且這個民族永永遠遠都不想和白皮膚的人有任何牽扯。仔細想想這個起源，再想想麥可‧傑克森，真是弔詭啊。

植物溝通法

　　就在澳洲的不毛之地（Never Never）獲得這個名號的同時，英國人認定一個溫暖、陽光普照還有美麗海灘的國家，顯然是流放囚犯的絕佳地點。如果你在維多利亞時代初期的英國因為偷了一條麵包而被逮捕，就會被送去澳洲，那裡的麵包比較少，但陽光可多了很多。這項制度在 1850 年廢除，當時有人從澳洲把消息帶回英國，表示那裡其實是很適合居住的地方，所以不能算是一種刑罰。於是政府判定在耶誕節悠閒躺在海灘上，並不構成法官所謂「合理程度的痛苦」。

　　流放地的受刑工人可能會被迫做粗重的勞動，或是更可怕的行政工作，而有些比較有開創精神的犯人則會前往內陸（Outback），然後在當地鍥而不捨地繼續犯罪。澳洲警察會追緝這些罪犯，想要逮捕犯人並且把他們遣送到其他地方。然而，這裡大部分的人都比較喜歡手腳不乾淨的 bushranger（荒地盜賊），而不是警方，所以他們會向鬼鬼祟祟的不法之徒透露法網的漏洞所在。後來這種惱人的民間溝通體系被稱為 bush telegraph（荒野電報），也就是小道消息。

　　「荒野電報」一詞的相關紀錄到了 1878 年才出現，不過這是因為在 1853 年之前，澳洲完全沒有在使用電報。在美國，電

報從 1844 年開始深入民間，美國人只花了六年就發明出美國版的「荒野電報」。

在美國內戰期間，grapevine telegraph（葡萄藤電報）開始流行起來，但沒有人知道是誰發明的或是為什麼。南方邦聯軍似乎自認是他們發明了「葡萄藤」，而且還認為這種說法充滿南方情懷和慵懶氣息。有一份出自當代美國北方人之手的資料也證明了以上的看法：

> 我們以前會把叛軍的電報線路稱為葡萄藤電報，因為他們的電報通常都是在晚餐後和酒瓶一起傳遞。

然而，另一種理論卻指出，南方的奴隸（尤其是負責摘採葡萄的奴隸）才是葡萄藤電報真正且最早的使用者。在這個版本的理論中，葡萄藤電報可以說是另一種型態的「地下鐵路」（Underground Railroad），這個詞是在比喻把奴隸從南方送往北方自由生活的祕密逃亡路線。

接著在 1876 年，亞歷山大・格拉漢姆・貝爾（Alexander Graham Bell）取得電話的專利，電報從此變成歷史（old hat）†，不論是荒野電報、葡萄藤電報還是其他種類都一樣。

電話對英文有很正面的影響。一方面，電話讓之前意義不明的招呼詞 hello（哈囉）變得廣為流傳。在電話問世之前，大家會彼此問候早安、午安和晚安；但是當電話另一頭的人可能不值得你說一句午安，你就需要另一種問候法了。亞歷山大・貝爾本人

---

† 有部 1776 年的辭典對「舊帽子」（old hat）的解釋是「女性的私處，因為通常都是毛氈材質」。──作者注

堅持要在通話開始時說出虛張聲勢的航海招呼詞 ahoy，但是並沒有流行起來，於是「哈囉」趁勢興起，成為英語世界的標準問候語。

電話帶來的另一種影響是讓電報聽起來很過時，所以非正式溝通管道的說法就簡化成 grapevine，這就是為什麼在 1968 年，歌手馬文．蓋（Marvin Gaye）會唱出他是從「葡萄藤」聽到愛人另有計畫而覺得喪氣。

詞源

爸爸曾是滾動的石頭

〈我從傳聞得知〉（I Heard It Through the Grapevine，暫譯）這首歌並不是馬文·蓋自己寫的，而是出自諾曼·惠特菲爾德（Norman Whitfield）和巴瑞特·史壯（Barrett Strong）之手，他們的另一首經典作品〈爸爸曾是滾石〉（Papa Was a Rollin' Stone，暫譯），也是改編自俗諺。

滾來滾去的礦物在搖滾樂名人堂裡早就已經取得（會動搖的）一定地位：巴布·狄倫（Bob Dylan）寫了一首歌叫做〈像滾石一般〉（Like A Rolling Stone，暫譯），還有幾個來自倫敦的學生組成了叫做「滾石」（The Rolling Stones）的樂團，命名由來是馬帝·瓦特斯（Muddy Waters）的歌曲〈滾石〉（Rollin' Stone）。

這些搖滾樂歌手其實都在間接引用「滾石不生苔」（a rolling stone gathers no moss）的概念，而觀察到這個現象的人是 1530 年代的詩人湯瑪斯·懷亞特（Thomas Wyatt）：

A spending hand that alway powreth owte
花錢如流水的手總是往外伸
Had nede to have a bringer in as fast,

必須越快拿到好處越好，

And on the stone that still doeth tourne abowte

而在滾動個不停的石頭上

There groweth no mosse: these proverbes yet do last.

生不了青苔。這些諺語確實有其道理。

這句諺語也出現在思想家伊拉斯謨（Erasmus）1500 年的《箴言集》（Adages），而且是拉丁文的版本：saxum volutum non obducitur musco。但是這些石頭到底為什麼會滾來滾去？你也許偶爾會親眼看到石頭往下滾，通常石頭沒幾秒就會觸底然後停下，這段短暫的旅程不太可能會磨掉大量青苔，就算真磨了，青苔之後也會長回來。如果石頭上完全沒有青苔，就表示石頭「經常」在滾動。

這就是為什麼原本的滾石指的並不是從山頂崩裂掉下的巨石。事實上，根據 1611 年的辭典精準而實用的定義，那種不生苔的滾石是一種園藝工具，用來讓草坪看起來美觀又平坦。敬業的園丁如果每個週末都有滾草坪，就會發現他的「滾石不生苔」。

這就意味著，米克・傑格（Mick Jagger）、巴布・狄倫、馬帝・瓦特斯等等的歌手，其實都是在唱有關勤勞整理花園的歌。更不用說，二十世紀最知名的樂團之一，根本應該被歸類在園藝領域才對。

其實，這句諺語中「不生苔」的部分比園藝工具滾石還要早出現。你可以從十四世紀中期的石造路面看出端倪：

Selden Moseþ þe Marbelston þat men ofte treden.

　　簡單翻譯出來的意思就是「青苔不會長在常被踩踏的大理石上」，這句話是出自一首帶有神祕色彩的預言詩《農夫皮爾斯》（The Vision of Piers Plowman）。好的，在我們繼續之前，猜猜看皮爾斯（Piers）和鸚鵡（parrot）之間有什麼關聯吧？

飛翔的彼得

Piers Plowman（農夫皮爾斯）是 Peter Plowman（農夫彼得）的變體，因為在這首詩中，農夫代表的是基督的理想門徒，是使徒之首和首位教宗，而這號人物的真名當然不會是彼得。

很久很久以前，有個漁夫叫做西門（Simon），他遇到了一位叫做耶穌的男子，耶穌幫他取的暱稱是「石頭」（The Rock，大概是要準備進軍職業摔角界吧），寫成希臘文就是 Petros。

耶穌對他說：西門巴約拿，你是有福的！因為這不是屬血肉的指示你的，乃是我在天上的父指示的。我還告訴你，你是彼得，我要把我的教會建造在這磐石上；陰間的權柄，不能勝過他。†

所以，基本上西門被嚇壞了，而這位耶穌老兄可不只想要重新幫朋友取名字而已，還決定要走在水面上，徹底違背常人所認知的健康和安全原則，然後鼓勵彼得也這麼做。結果不太順利。

夜裡四更天，耶穌在海面上走，往門徒那裡去。門徒看見他在海面上走，就驚慌了，說：是個鬼怪！便害怕，喊叫起來。耶穌連忙對他們說：你們放心！是我，不要怕！彼得說：主，如

果是你，請叫我從水面上走到你那裡去。耶穌說：你來吧。彼得就從船上下去，在水面上走，要到耶穌那裡去；只因見風甚大，就害怕，將要沉下去，便喊著說：主啊，救我！

聽過這個故事之後，你會怎麼稱呼總是在暴風前夕現身而且還會把腳浸入水面的海鳥？當然是 storm peter（暴風彼得）。接著再稍微調整一下字母，就像比較年輕的 cock（公雞）叫做 cockerel（小公雞）一樣，這種海鳥的正式名稱就成了 storm petrel（海燕）。

Peter 進入法文之後變成了 Pierre（皮耶）， Little Peter（小彼得）則是 Pierrots，所以基於某種費解的原因，法文的麻雀就叫做 perots。接著又因為某些更沒有人知道是什麼的原因，英國引進了這個詞並寫作 parrot。parrot 一詞最早是出現在一部押頭韻的噱頭之作，都鐸王朝時期的作家約翰・斯克爾頓（John Skelton）對這個詞情有獨鍾，所以用來命名他的詩作。斯克爾頓寫了一首諷刺樞機主教沃爾西（Cardinal Wolsey）的詩，叫做〈說吧，鸚鵡〉（Speke, Parrot，暫譯），這首詩的一些片段有留存下來，只能說可惜了。

在十六世紀末，湯瑪斯・納許（Thomas Nashe）發表了同樣沒什麼重點但書名很吸睛的《與你同去薩弗倫沃爾登》（*Have with You to Saffron-Walden*），這部難懂的作品充滿令人費解的辱罵，但也讓 parrot 一詞多了動詞用法，也就是像鸚鵡一樣學舌重複。

從語言的角度來說，鸚鵡扮演很重要的角色，因為牠們可以保存死人說過的話。十九世紀初有位名叫亞歷山大・馮・洪保德

---

† 本書之聖經翻譯，若未特別註明，均出自中文和合本聖經。——譯注

（Alexander von Humboldt）的探險家，他在委內瑞拉找到了一隻老鸚鵡，仍然會重複說著亞雀族（Ature）部落語言的詞彙。世界上已經沒有其他人會說這種語言，因為亞雀族在幾年前就已經全數滅亡，另一個部落對他們趕盡殺絕，帶回的戰利品之一就是一隻寵物鸚鵡，這隻鸚鵡還記得養大牠的部落所說的語言，儘管牠只會重複一些詞彙。就這樣，委內瑞拉的一部分文明只殘存在一隻鸚鵡的模仿與複述聲中。

委內瑞拉、維納斯與威尼斯

　　Venezuela（委內瑞拉）這個國名和 Venus（維納斯）沒有半點關係，但想出這個名稱的人倒是和維納斯有姻親關係。

　　亞美利哥‧偉斯普奇（Amerigo Vespucci）是佛羅倫斯探險家，他出名的原因有三個：首先，最少人知道的是，他是貴族馬可‧偉斯普奇（Marco Vespucci）的表親，馬可娶了西蒙內塔‧卡塔內奧（Simonetta Cataneo），她堪稱是史上最美麗的女人。由於西蒙內塔實在是太美了，即使在她於 1476 年過世之後，畫家波提切利（Sandro Botticelli）仍然用記憶中的西蒙內塔（以及既有各種版本的肖像畫）當作代表作《維納斯的誕生》（*The Birth of Venus*）的模特兒。

　　不過，這裡的重點是亞美利哥。他的貴族血統不如表親純正，所以被派去銀行工作。然而，金融界關不住亞美利哥，在葡萄牙國王的邀請下，他啟程前往新世界進行初步考察。在回程途中，他寫下幾段關於這趟旅程的紀事，這些內容是以拉丁文寫成，所以署名的時候他簽的是拉丁文的亞美利哥：Americus。

　　其中一份紀事落入了馬丁‧瓦爾德澤米勒（Martin Landsee-muller）† 的手中，於是身為製圖師的他跑去做了一份地圖，並且在上面標示出新世界。原本瓦爾德澤米勒打算要把新世界取名為

---

† 正式名字為 Martin Waldseemüller。——編注

亞美利哥（Americus），但最後他認為一個洲的名稱如果以 us 結尾實在是行不通，Africa（非洲）、Asia（亞洲）和 Europa（歐洲）全都是採用拉丁文的陰性字尾 A，所以這個洲便改叫做 America（美洲）。

最後，亞美利哥‧偉斯普奇把南美洲的某個部分命名為 Little Venice（小威尼斯），寫成西班牙文就是 Venezuela（委內瑞拉），因為當地部落民族的住所大多都是以支柱蓋在水上的小屋，看起來有點類似搖搖欲墜的迷你威尼斯。

里阿爾托有什麼新消息？

　　威尼斯由於有嚴重的排水問題，為英文增添了不少詞彙，像 terra firma（陸地）一詞就是其中一個例子。這座城市有好幾個部分都變成了英文詞彙，最早的 Ghetto（貧民窟、某個團體的群聚區）和 Arsenale（造船廠與軍械庫）都是出現在威尼斯。首次的賽船節（regatta）是在威尼斯的大運河上舉辦；而且威尼斯所在的潟湖（lagoon）就是最早被稱為潟湖的地方。lagoon 和 lake（英文的湖）以及 loch（蘇格蘭文的湖）系出同源，甚至也是 lacuna（書籍空白處）一詞的同源詞。

　　威尼斯是史上第一個現代民主政體，這就是為什麼 ballot（投票）源自威尼斯的詞彙 ballotte，意思是小球。精確一點地說，投票一詞是隨著威廉・湯馬斯（William Thomas）的《義大利史》（*The Historie of Italie*，暫譯）進入英文世界，因為書中記載威尼斯人會把不同顏色的小球放入袋子來進行投票。

　　古代雅典的投票活動也衍生出相關的詞彙：當雅典人想要流放不夠符合傳統的人，他們會把黑色或白色的陶器碎片放進盒子來表決，白色代表當事人可以留下來，黑色則代表流放。這些陶片叫做 ostrakons，所以才會有 ostracism（放逐），這個詞和

[†]　里阿爾托（Rialto）是威尼斯的中心地帶，也是商業活動最繁盛的地區。

ostriches（鴕鳥）完全無關，但是稍微可以和 oysters（牡蠣）扯上一點關係，因為這兩個詞都和骨頭有關。

這種投票方式和專有名詞流傳至今，變成了 blackballing（投票反對）。在倫敦的紳士俱樂部，只要投票箱裡有一顆黑球，申請成為會員就可能會遭到拒絕。

在古代的希臘城邦希拉庫莎（Syracuse），流放投票使用的不是陶器碎片，而是橄欖葉，所以他們的流放制度就叫做 petalismos（葉片放逐），相較之下有美感多了。

威尼斯也最先採用了現在我們稱之為報紙的發明，這種讀物在十六世紀中期出現，是以小紙條的形式記錄貿易、戰爭、價格和任何其他威尼斯商人所需要知道的資訊。這種報紙非常便宜，叫做「值半個硬幣的新聞」，用威尼斯方言來說的話就是 gazeta de la novita。Gazeta 是一種幣值非常小的威尼斯錢幣，名稱來自這種硬幣上印有喜鵲（gazeta）的圖案。因此，從兩方面來說，gazette（報紙）是再適合不過的名稱：不僅點出了新聞的廉價特性，也點出報紙從一開始就和喜鵲七嘴八舌的內容一樣不可靠，有如偷竊成性的喜鵲在巢裡塞滿無用的劣質小物。伊莉莎白女王時代的語言學家約翰·弗洛里奧（John Florio）就曾說，報紙是「每天由羅馬和威尼斯義大利人寫出的冗長報告、日常消息、無用情報或鬼扯故事。」

看來和我們比較現代的雜誌差不多呢。那麼，你可以猜得到為什麼雜誌這種寫滿新聞的亮面印刷品，也可以說是塞滿子彈的金屬物品嗎？

Magazines
雜誌

　　從前從前，阿拉伯文有個詞彙 khazana，意思是儲存，從這個詞又衍生出 makhzan（倉庫），複數型態寫成 makhazin。而這個詞從地中海（Mediterranean，字面上的意思是「地球的中間」）北漂之後，變成了義大利文 magazzino，接著又一路走到法國演變成 magasin，最後跳上郵輪並以 magazine 之姿融入英國人的語言，而且仍然保留了原來的語意「倉庫」，通常是指和軍事有關的倉庫，所以槍的彈匣也叫做 magazine。後來，愛德華・凱夫（Edward Cave）登場了。

　　愛德華・凱夫（1691 年生，1754 年歿）想要印製定期出刊而且內容會讓受過教育的倫敦人感興趣的讀物，主題可以是政治、園藝或玉米的價格。他絞盡腦汁想為自己的新想法找個名字，最後決定取名為《紳士雜誌：貿易商每月情報誌》（*The Gentleman's Magazine: or, Trader's Monthly Intelligencer*）。目前為止我們可以推斷（既然沒辦法通靈，我們只能猜測凱夫先生的思考過程），他想要暗示這份出版品中的資訊可以讓紳士的頭腦具備戰力，或是他想要暗示這種讀物就像是資訊的倉庫。

　　第一版的《紳士雜誌》在 1731 年 1 月上市，大部分的篇幅都是出現在其他出版品的報導摘要，不過其中也有獨家專欄，匯

集了來自世界各地的有趣故事，例如以下這則：

來自法國迪戎（Dijon）的消息：有個人不見蹤影，於是他的親戚控訴他的死敵謀殺了他，並且用極其激烈的手段折磨審問死敵。為了盡快擺脫折磨，被刑求的人承認犯下罪行，於是他被活活打死，另外兩名幫凶也被吊死。沒多久，理應遭到謀殺的那個人就回家了。

這篇來自法庭的簡報也相當精彩：

在今日，一位名為提姆·克羅尼（Tim Croneen）的犯人因為在巴里沃蘭（Ballyvolane）對聖烈治（St. Leger）夫婦犯下謀殺與搶劫罪，將被處以吊刑兩分鐘，接著將頭砍下，再把腸子拿出丟在臉部上；他的身體會被分為四等分，並分別放置於四個十字路口。他原本是聖烈治先生的僕役，與喬安·康登（Joan Condon）共謀犯下這起謀殺案，而後者被處以火刑。

事實上，第一期的內容大多數都是關於謀殺和處決的報導 †，由於廣大的讀者向來都對有點血腥的內容愛不釋手，《紳士雜誌：貿易商每月情報誌》當然大受歡迎。不過雜誌名稱還是有點拗口，所以在 1733 年，「貿易商每月情報誌」的部分就從標題中刪除，替換成標語：比起任何同類型、同價位的書籍，內容含量更高、資訊種類更多。

不過請想像一下，要是凱夫決定要改刪掉標題中 magazine 的

部分，現在我們就可能只能買得到 intelligencer（情報誌）。凱夫的突發奇想改變了英文，如果沒有他，色情雜誌現在可能就叫做肉體情報誌了，我敢說那肯定會是一個比較好的世界。

另外，凱夫的雜誌讓一位年輕、貧困又沒沒無名的作家找到了工作，他的名字就叫做山繆·約翰遜博士（Dr Samuel Johnson）。

Dick Snary

辭典又叫做迪克・史奈瑞

像本書這樣的書，絕對有必要也很適合用一個章節來專門談談山繆・約翰遜的辭典，所以我們偏不要這麼做。畢竟，約翰遜又沒有編寫出史上第一本英文辭典，前有不少古人，後也有不少來者。約翰遜的辭典最值得推薦之處就在於他把咳嗽定義為：「肺部抽搐，由刺激的漿液所引起的抽動。」

在這位博士聲名大噪之前，辭典就已經有很長的歷史了。約翰遜的辭典在 1755 年出版，但理查・史奈瑞（Richard Snary）這個帶有玩笑含意的人名最早的紀錄則是出現在 1627 年。那麼誰是理查・史奈瑞？

> 有個鄉巴佬因為老是用教名來稱呼別人而被責罵，主人派他去借一本辭典，結果他為了顯示自己的出身，便開口要了一本理查・史奈瑞（Richard Snary）[†]。

一定是先有詞彙，後來才會衍生出相關的雙關笑話。dictionary（辭典）一詞是名叫加蘭的約翰（John of Garland）的英國人在 1220 年所發明，不過當時指的並不是我們所熟悉的辭典，他只是寫了一本幫助讀者瞭解拉丁文用語（diction）的書而已。

詞源

第一部符合我們認知的辭典，是供譯者使用的多語辭典。舉例來說，如果你想知道「老是被拍肩的年輕女子」的拉丁文是 scapularis ‡ 的話，1552 年出版的《英文拉丁文辭典》（*Abecedarium Anglico Latinum*，暫譯）就會超級實用。這本辭典也收錄了美感難以形容的英文詞彙，像是 wamblecropt（飽受噁心之苦），而且這個詞從此以後就從英文世界裡消失了。

　　功能不只限於協助譯者的第一本辭典是羅伯特・考德瑞（Robert Cawdrey）在 1604 年出版的《字母排序表》（*Table Alphebetical*，暫譯），基本上就是一份「常見艱澀英文詞彙」的清單，例如 concruciate（折磨或纏繞在一起）、deambulation（在海外散步）、querimonious（滿口抱怨和苦水）、spongeous（像海綿一樣）以及 boat（船）。

　　不過，第一本真正自稱為辭典的英文辭典其實是亨利・科克蘭（Henry Cockeram）的《英文辭典：艱澀英文詞彙解釋》（*The English Dictionarie: Or, An Interpreter Of Hard English Words*，暫譯），在 1623 年正式印刷出版。同樣地，這本辭典並不全面，但是很實用。在 1623 年之前，真的有人不知道 acersecomicke 的意思是從來沒剪過頭髮的人，或是 adecastick 指的是隨心所欲的人。在 1623 年之後，他們就可以查到這些實用的詞。接著再過四年，迪克・史奈瑞就誕生了。

　　接下來出現的辭典是奈森・貝利（Nathan Bailey）在 1721 年

---

† Richard 這個名字通常會暱稱為 Dick，所以將 Richard Snary 替換成 Dick Snary 後，發音就會很類似 dictionary（辭典）。——譯注

‡ 原本指的是聖母瑪利亞贈與聖西滿・史托克（St. Simon Stock）的棕色外袍，也就是「聖母聖衣」，後來也泛指一般遮住肩膀的斗篷。——譯注

出版的《通用語源學辭典》（*Universal Etymological Dictionary*，暫譯），其中收錄四萬個詞彙，和約翰遜博士的辭典相比只少了幾千個詞。約翰遜的辭典之所以受到推崇，並不是因為內容比其他辭典多或是比較精確（雖然這麼說也沒錯），而是因為約翰遜的辭典是出自約翰遜之手，這位全英國最有學識的人將他的一生所學都挹注在辭典的書頁上。

想像一下你是十八世紀早期的英國人，正在和朋友爭論 indocility（不受教）的意思。你拿出一本奈森‧貝利的《通用語源學辭典》，

翻呀翻地終於找到：

Indo'cibleness Indo'cilness Indoci'lity

〔 indocilitas indocilité indocilità（拉丁文）〕
缺乏學習或受教的能力。#

你往後一靠，舒服地坐著，並露出得意的微笑，但這時你朋友問了一句，這個奈森‧貝利到底是誰啊？「呃⋯⋯」你支支吾吾地回答：「他是倫敦斯特普尼區（Stepney）的老師。」

聽起來不怎麼樣。

相對來說，約翰遜博士可是全英國最頂尖的學者，他對 indocility 的定義是：

Indoci'lity（名詞，單數）〔法文寫作 indocilité。可分割為「否定」（in）和「順從」（docility）兩個部分。〕

無法教導，拒絕接受指導。

　　以上內容可是有約翰遜博士的權威性背書，然而即便如此，貝利的辭典還是比約翰遜的辭典暢銷不少。

　　下一棒是諾亞・韋伯斯特（Noah Webster），這號人物一點也不有趣，為了節省時間可以先略過，這樣我們就能直接開始談《牛津英語辭典》，也就是史上最有地位的辭典。但是以英格蘭為中心的愛國主義者就不會這麼想了，因為《牛津英語辭典》大部分都是蘇格蘭人和美國人合作的成果。這部辭典的故事有關於謀殺、妓女和各式各樣有趣的情節，說實在的，心臟不好的讀者應該要跳過下一節內容，因為《牛津英語辭典》對大多數人來說都太驚悚了，可能會害你做惡夢。

　　還是決定不離不棄嗎？好的，想要繼續看下去的讀者請猜猜看，「自宮」的醫學術語是什麼，和《牛津英語辭典》又有什麼關聯呢？

Autopeotomy

自行閹割

　　《牛津英語辭典》是史上最具代表性的參考書目，而且大部分的內容都是出自一名十四歲就輟學的蘇格蘭人以及一名前科累累的瘋狂美國人之手。

　　這位蘇格蘭人叫做詹姆士・莫雷（James Murray），曾經是牧牛人，他自學過拉丁文、德文、義大利文、古希臘文、法文、古英文、俄文、東加文（Tongan）……好吧，其實沒有人知道他到底會幾種語言，一般認為是二十五種。後來莫雷成為學校老師，接著在 1860 年代為了太太的健康搬到倫敦，並加入語文學學會（Philological Society）。

　　當時語文學學會正在努力編寫出一部史上最全面的英文辭典，他們最後和牛津大學出版社（Oxford University Press）簽約，並由那時仍是老師的詹姆士・莫雷擔任編輯。

　　《牛津英語辭典》的宗旨是要追溯英文中每一個詞彙的發展歷程，並且依照時間順序列出每一個詞在各時期的定義，同時附上引文作為證據。蒐集引文這項作業說難不難———只要讀過每一本用英文寫成的書就行了。

　　就連莫雷也沒辦法獨自完成這項工作，於是他刊登廣告招募閱讀志工[†]，這些人必須願意奮力翻過所有能找到的書，然後把

看起來很重要的句子抄錄下來。

現在，讓我們暫時把莫雷放到一邊，把注意力轉到 1834 年的斯里蘭卡島，這裡有一對來自美國新英格蘭（New England）的傳教士夫婦，試圖想讓島上的異教人口都改信耶穌。他們的名字分別是伊斯特曼・麥納（Eastman Minor）和露西・麥納（Lucy Minor），剛剛產下一子叫做威廉・麥納（William Minor）。

麥納夫婦超級虔誠，在小威廉還非常年幼的時候就認為他對小女孩太有興趣，也許只是因為他們是清教徒所以採用高壓教育法，不過看看後續發生的事件，他們很有可能是在打其他的算盤。

總之，麥納夫婦認定威廉對異性的迷戀（一）是個大問題而且（二）八成和斯里蘭卡人脫不了關係。於是他們打包好之後就把兒子送去寄宿學校，而且這學校還位在認為冷水澡有益身體健康的十九世紀美國。

威廉・麥納在寄宿學校的性生活沒有留下任何紀錄，真是讓人鬆了一口氣。我們唯一知道的是，他最後進了耶魯大學醫學院，所以當美國南北戰爭爆發，他加入北方的聯邦軍成為戰地外科醫生。

一般而言，醫生是個讓人開心的職業，你治好患者之後他們會很開心，就算你沒有治好患者，他們還是會看在你盡力了的份上心懷感謝。然而，麥納被指派的工作是烙印逃兵，其實稱不上是醫療行為。

如果有士兵逃離聯邦軍又被逮著，臉頰上就會被烙印上一個

---

† 嚴格來說，這些廣告在莫雷被指派為編輯之前就已經公開，但我不
　想把事情弄得太複雜。──作者注

大大的大寫 D 字母，這樣大家就會知道他是逃兵（deserter）和懦夫。麥納就是負責處理烙印的那個人，在他手下毀容的士兵之中至少有一個人是愛爾蘭移民，這一點在後來的故事裡會是一大關鍵。

戰爭結束後，麥納被派駐到紐約，但是他實在花了太多時間在應召公司，以至於軍方感到丟臉而把他轉調到佛羅里達。找過的妓女多到你變成紐約的醜聞主角，可以算是很了不起的事蹟；而找過的妓女多到連軍方都擔心你太過沉迷，也可以算是很了不起的事蹟。威廉‧麥納的父母也許才是對的。

後來麥納所做的事根本就是瘋了，於是軍方決定讓他徹底退伍。麥納移居到英國療養，並且定居在倫敦的蘭貝斯（Lambeth），當時這一帶（剛好）到處都是妓女。不過，問題不在於妓女，真正的問題在於烙印逃兵，這段往事在麥納的腦中揮之不去。

有一天麥納遇到了一位名叫喬治‧梅瑞特（George Merret）的愛爾蘭人，然後沒來由的認定梅瑞特就是他曾經烙印過的士兵，目的是要對他報仇，於是麥納掏出槍擊斃了梅瑞特。這個舉動毫無道理可言，因為梅瑞特臉頰上並沒有 D 的烙印痕跡，而且嚴格來說，這是犯法。

在後續的審判中，法庭認定威廉‧麥納已經徹徹底底瘋了，並且把他關進布羅德莫（Broadmoor），也就是專為精神失常的犯人設立的全新精神病院。布羅德莫這地方其實不算太差，畢竟這裡是醫院而不是監獄，而且麥納有錢到可以負擔貼身男僕和看一輩子的書，他就是在布羅德莫看到了莫雷徵求閱讀志工的廣告。

麥納有的是時間，而且還有個優勢，是他精神失常到有犯罪

傾向，這對編纂辭典來說絕對是一大加分。於是麥納開始看書，一本接著一本，寫下一份又一份筆記，然後把這些筆記寄給莫雷，他寄給莫雷的筆記多達數百份，後來甚至多達數千份。麥納對《牛津英語辭典》的貢獻大到莫雷在事後表示，從都鐸王朝時期到現今的現代英文發展全貌，只要用麥納找到的例句就可以一覽無遺。

但是麥納從來沒有表明過自己的身分，他似乎不太好意思提起那起謀殺案，布羅德莫精神病院也稱不上是英國最氣派的地址。麥納寄給莫雷的所有信件都是以「伯克郡克羅索恩，W・C・麥納」（W.C. Minor, Crowthorne, Berkshire）署名，其實這也不算是謊言，因為距離布羅德莫最近的城鎮就是克羅索恩。

一直到 1890 年代，詹姆士・莫雷才發現造就他的辭典的明星助手，事實上是個瘋子殺人犯。莫雷發現真相後，隨即啟程去拜訪麥納，兩人從此變成摯友。他們在各方面都非常不同，不過巧的是兩人看起來很像兄弟，他們都留著大鬍子和飄逸白髮，而且也都熱愛文字。莫雷努力想成為麥納的情感支柱，但效果不太好，因為在 1902 年，麥納故意把自己的陰莖切掉。

這個動作的專有名詞是 autopeotomy（自行閹割），在未經審慎考慮之下不該輕易嘗試。麥納倒是有很好的理由這麼做，在監禁期間，他判斷他的父母和軍方是對的，在他身上發生的所有問題，最根本的原因就是性慾過剩。也許麥納的想法沒錯，不過想要抑制性衝動的男性大多數都會很明智地只切掉睪丸（古代的基督教作家俄利根〔Origen〕就是這麼做）。自行閹割會造成很多問題，但最嚴重的問題就是會難以排尿，威廉・麥納的麻煩大了，而且苦不堪言。

莫雷接下麥納的案子，並且在 1910 年說服英國內政大臣將麥納釋放並遣返美國。麥納回到家鄉並在此長眠，不過他帶走了幾套當時已編完六部的《牛津英語辭典》。至於這些書本是不是撫慰了他失去陰莖的痛苦，歷史並沒有留下相關紀錄。

　　現在，來猜猜看那位釋放麥納的內政大臣是誰，他又幫忙命名了什麼武器？

俄羅斯的抽水馬桶

下令釋放威廉・麥納的內政大臣是溫斯頓・邱吉爾（Winston Churchill），在辭典作者的眼裡，邱吉爾是一個熱愛文字的人。他寫了一本名為《薩伏羅拉》（*Savrola*）的小說，在 1899 年出版時獲得了常見的委婉評價：「褒貶不一」。他發明的片語包括 out-tray（待發文件盒）、social security（社會安全）和 V-sign（V字手勢）；他還發明了 seaplane（水上飛機）、commando（特攻隊）和 undefendable（無法防禦）等詞彙。他讓以 crunch 一詞來表達關鍵時刻的用法普及，更在 1953 年獲得諾貝爾文學獎。看著邱吉爾在語言方面的種種成就，很容易就忘了他在閒暇時也是政治人物。

就在沒有命根子的威廉・麥納坐船返回美國的同時，歐洲已經準備好迎接戰爭。1911 年，溫斯頓・邱吉爾的職位從內政大臣變成第一海軍大臣，負責開發出更新更致命的方法來殺死敵軍。

邱吉爾負責監管的其中一個草案是陸上戰艦（landship）。當時全世界的海洋都由英國皇家海軍稱霸，不列顛是海上的統治者，巨型蒸汽砲艇在全球趾高氣揚地巡迴，確保大英帝國的太陽永不落下。這些艦艇的外層是鋼鐵，因此能抵擋敵軍的砲火，而且還裝配了大型槍砲，足以摧毀其他船艦。然而在陸地上，英軍

就沒那麼無敵了，英國陸軍仍然是由士兵和戰馬組成，這些可都是血肉之軀而不是鋼鐵，失去數百萬條性命並非不可能的事。

於是，在邱吉爾的監督下，軍方祕密派遣一架飛機運送鐵甲戰艦的設計原則，並且套用在陸戰。英國開始設計陸上戰艦，會像軍艦一樣採用鋼鐵，像軍艦一樣以馬達發動，也會像軍艦一樣裝備槍砲。這種戰艦的規格和驅逐艦一樣，只不過不是用在海上，而是陸地上。進一步落實這個想法的人物是名叫歐內斯特‧斯溫頓（Ernest Swinton）的軍官，包括擬定計畫和聯絡製造商，但一切都是在嚴加保密的情況下完成。陸上戰艦從未在大眾面前被提及，這就是為什麼現在這種武器不叫做陸上戰艦。

由於陸上戰艦實在是保密到家，就連戰艦工廠裡的工人也不知道自己在打造什麼。到了1914年戰爭爆發時，俄國是站在協約國這一方，於是斯溫頓決定要為這種新武器取個巧妙的代號，便在所有文件上都把陸上戰艦稱為 Water Carrier for Russia（俄羅斯水上運輸車），不過當斯溫頓告訴邱吉爾他的計謀，邱吉爾卻忍不住爆笑出聲。

邱吉爾提醒他，Water Carrier 可以縮寫成代表 water closet（廁所）的 WC，這樣大家會以為英國是在製造廁所。於是斯溫頓很快地動了動腦，建議把武器名稱改成 Water Tanks for Russia（俄羅斯水塔）。這次邱吉爾找不到反對的理由，於是這個代號就沿用下去了。

好啦，其實這個說法沒有流傳到現在，Water Tanks for Russia 有點太長，所以 water（水）的部分先被省略了。後來大家又發現這些 tank（塔）根本沒有要送去俄羅斯，而是要部署在西方戰線

的戰壕裡，所以 Russia（俄羅斯）也被去掉了。這就是 tank（坦克）這個名稱的由來，要不是溫斯頓·邱吉爾那麼在意原本的名稱會讓人聯想到馬桶，現在坦克可能就會叫做 carrier（運輸車）；而要不是斯溫頓這麼小心翼翼，現在坦克絕對會叫做陸上戰艦。

坦克是很有用的作戰武器，但不幸的是，德國人那時就已經在打造自己的祕密武器，而且名稱實在是不怎麼得體。

胖根希爾達

　　英國在研發坦克的同時，德國正在打造槍砲。精確地說，德國正在打造有絕對殺傷力的巨大槍砲：重達 43 公噸，可發射超過 800 公斤的彈藥，射程有 4 公里。這種武器的正式名稱是「十二倍徑四十二公分擲雷器型短程艦砲」（L/12 42-cm Type M-Great Kurze Marine-Kanone），不過這實在不太順口，於是克魯伯軍備公司（Krupp Armaments）的設計師做了一件心狠手辣的事：用老闆的名字命名武器。這家公司的經營者是個胖女人，名叫伯莎・克魯伯（Bertha Krupp），所以工程師就把新型槍砲取名為德文的「胖伯莎」（Dick Bertha），後來英文裡比較常見的說法是壓頭韻的 Big Bertha。[†]

　　用女性的名字來為大砲命名實在是有點怪，就算你不是西格蒙德・佛洛伊德的狂熱信徒，應該也能看出槍砲有些微的陽具象徵意涵。然而，歷史和佛洛伊德總是意見不合：不知道是什麼原因，槍砲向來都有女性化的名稱。

　　在越戰期間，進入美國海軍陸戰隊的新兵必須要用女孩子的名字來稱呼自己的步槍，通常會用他們在家鄉的戀人名字命名。不過這種做法可是有更悠久的傳統。大英帝國標準配備的燧發步槍叫做 Brown Bess（棕貝絲），作家魯德亞德・吉卜林（Rudyard

Kipling）就曾開玩笑地表示，有眾多男人都被她的魅力刺穿心臟。在愛丁堡城堡（Edinburgh Castle），有一座巨大的中世紀大砲叫做 Mons Meg（蒙斯・梅格），有可能是為了紀念蘇格蘭國王詹姆斯三世（James III of Scotland）的妻子瑪格莉特（Margaret）。

為什麼槍砲要取女孩子的名字？這個問題其實有點蠢，因為 gun（槍砲）這個詞本身就是一個女孩的名字。目前可以確定的是（還有各式各樣的理論在流傳），歷史上最早的槍砲是溫莎城堡（Windsor Castle）裡的一座大砲，在十四世紀初期的文件就提到，「來自康瓦爾的大型槍砲，名為根希爾達皇后」（Una magna balista de cornu quae vocatur Domina Gunilda）。

Gunhilda（根希爾達）是女生的名字，通常會簡稱為 Gunna（根娜），目前就語源學的證據來看，英語世界的所有槍砲都是以溫莎城堡的那位「根娜」──根希爾達皇后所命名。

事實上還真的有根希爾達皇后這號人物，不過她和智慧型手機又有什麼關係呢？

---

†　雖然伯莎・克魯伯的名號被亂用有點可憐，克魯伯的伯莎工廠（Krupp Berthawerk）倒真的是為了紀念她而如此命名，而這就是與奧斯威辛集中營（Auschwitz）相連的那間兵工廠。──作者注

根希爾達皇后與小工具

　　根希爾達是十世紀末期到十一世紀初期在位的丹麥皇后，丈夫是八字鬍斯文（Sven Forkbeard），而就像中世紀黑暗時代的所有皇后一樣，我們對她的瞭解就只有這麼多了。根希爾達是克努特大帝（Canute the Great，字面上的意思是「海浪之人」）的母親，然後大概每天早上都會幫丈夫整理八字鬍，她應該也認識丈夫的父親丹麥國王哈拉德一世（King Harald I of Denmark），他生於西元 935 年，死於西元 986 年。

　　哈拉德國王有藍色的牙齒，但也有可能是黑色的牙齒，沒有人能確定是怎麼回事，因為 blau 這個詞的意思隨著時代不停改變。他的另一項偉大成就是統一了丹麥和挪威戰爭不休的地區，接受同一位國王（他本人）的統治。

　　1996 年有個名叫吉姆・卡達奇（Jim Kardach）的人發明了新系統，讓行動電話可以和電腦通訊。某天忙完一整天的工程之後，卡達奇讀著法蘭斯・甘納・本特松（Frans Gunnar Bengtsson）所寫的歷史小說《長船》（*The Long Ships*，暫譯）來放鬆身心，書中內容是關於維京人、冒險、強暴、掠奪、洗劫等等，時空背景則是設定在哈拉德藍牙在位期間。

　　吉姆・卡達奇覺得自己的工作簡直和這位國王沒兩樣，讓電腦

和電話可以互相溝通，等於是一統了兩個交戰的科技領域。於是，就這樣一時興起，他把專案的暫定名稱命名為 Bluetooth（藍牙）。

「藍牙」本來就不是為了印在包裝上而取的產品名稱，畢竟藍色的牙齒並不是很討人喜歡的形象，還是要交給卡達奇公司的行銷團隊想出更好的名字。行銷團隊確實有想出比較枯燥也比較好賣的名稱：他們打算把這個產品叫做 Pan，意思是「廣泛」。很不幸地，就在這項新科技即將公開時，他們發現 Pan 已經是另一間公司的商標。於是在時間緊迫且產品必須準時上市的情況下，他們只能半推半就地沿用卡達奇取的暱稱，這就是藍牙科技的由來。

Shell
殼牌

公司名稱的歷史總是古怪又出乎意料，還充滿曲折和背叛的情節。舉例來說，為什麼世界上最大的能源公司叫做 Shell（殼牌）？†

這麼說好了，事實上就是在維多利亞時代的英國，貝殼是一大流行，而且非常流行，流行到現代人看了都會覺得詭異的程度。維多利亞時代的人會蒐集和彩繪貝殼，還會用貝殼做各種手工藝。好險，時間會把很多東西掃進歷史的垃圾桶，所以大多數人從過去到未來都不會看到完全只用死掉的軟體動物外殼彩繪做成的假花花束，就連庸俗都不足以形容這種東西。

這些貝殼總是要有供應來源，這大概就是為什麼英文有句順口溜是 she sold seashells on the sea shore（她在海灘上賣貝殼）。不過英國的海灘沒辦法滿足鬼迷心竅的維多利亞時代英國人，於是從地球上各個角落進口更大更閃亮的貝殼，就成了一門活躍的貿易。

馬庫斯・薩繆爾（Marcus Samuel）就是從這門進口生意賺進大把現金的其中一人，他在倫敦東部的溝渠街（Houndsditch）開店，最後成為貝殼商人，所以他把自己的公司取名為「殼牌」是再自然不過的事了。

詞源

殼牌的經營狀況良好，很快就跨足到珍品市場的其他領域，包括廉價飾品、鮮艷的小石子等等。馬庫斯・薩繆爾帶著兒子（他也叫做馬庫斯）經營家族事業，還派他去日本採購俗氣的小玩意。就是在這一趟旅程，馬庫斯・薩繆爾二世發現，在各式各樣的商品之中，有一項商品可能還有一點潛在利潤尚待發掘———就是石油。

　　殼牌並沒有堅守本業，而是捨棄了公司起家的貝殼生意。[†]儘管名存實亡，加油站頂端的殼牌標誌仍然低調紀念著過往的核心業務，也代表石油只是後來的靈機一動。

[†]　殼牌和荷蘭皇家石油（Royal Dutch Petroleum）合併後成為現在的荷蘭皇家殼牌（Royal Dutch Shell）。———作者注

[‡]　本著學者的探究精神，我試圖找出這條產品線究竟是在何時終止，但是親切的殼牌客服小姐以為我在對她開玩笑，所以掛了我的電話。———作者注

簡而言之

    shell（殼）就像到處散落在海灘一樣，在英文裡隨處可見。例如，火砲轟炸城鎮的動作也是用 shell 這個詞表示，因為最早期的手榴彈和槍榴彈看起來有點像是殼裡的堅果。要把堅果從殼裡取出並不容易，把錢從債務人身上要回來也不容易，這就是為什麼如果你成功把錢拿回來，就可以說是你成功讓對方 shell out（不情願地拿出錢來）。

    哈姆雷特說過，「若不是因為我總是做惡夢，即使把我關在一個果殼裡，我也能把自己當作擁有無限空間的君王」（could be bounded in a nutshell and count myself a king of infinite space, were it not that I have bad dreams），不過這並不是片語 in a nutshell（簡而言之）的出處，真正的出處要追溯到拉丁文作家普林尼（Pliny）筆下一則令人難以相信的精彩故事。

    普林尼是羅馬時代的百科全書學者，基本上想把他所聽到的任何事情都寫下來，他的一部分作品是極其珍貴的知識來源，另一部分則是很難讓人信服。舉例來說，普林尼宣稱有一本《伊里亞德》（The Iliad）小到可以塞進核桃的殼裡，但這個故事怪就怪在可能是真有其事。

    十八世紀初期，法國的阿夫朗什主教（Bishop of Avranches）

決定要檢驗普林尼的說法，他準備好一張 26.7 乘 21.6 公分的紙張（本書的尺寸是 14.8 乘 21 公分），然後開始用他所能寫出最小的字來抄寫《伊里亞德》。他沒有把整部作品都抄完，不過他用一行就寫完了八十個詩節，所以由此可以推算出，既然整本《伊里亞德》有一萬七千個詩節，應該可以輕易全部寫在這張紙上。接著主教開始摺紙，找來一顆核桃，然後證明普林尼的說法是對的，或者可以說是可行的。[†]

---

† 大約在 1590 年有人完成類似的壯舉，有個名叫彼得‧貝爾斯（Peter Bales）的英國人用《聖經》做了一樣的嘗試。—— 作者注

The Iliad

伊里亞德

　　特洛伊城（Troy，又稱為伊里翁〔Ilium〕，所以關於這個城邦的故事就叫做《伊里亞德》）的故事壯麗而宏大，其中英雄人物的英姿至今沒有任何戰士能超越，仕女的美貌和不羈沒有後繼者能敵，還有各式各樣的神祇在背後看好戲。溫斯頓・邱吉爾曾經觀察到，英國政治家威廉・格萊斯頓（William Gladstone）「會讀詩人荷馬（Homer）的作品當作娛樂，而我對荷馬的評價正是如此。」不過，現在荷馬史詩已經沒那麼氣勢磅礴了，像是阿賈克斯（Ajax），這位高大健壯的希臘英雄如果早知道自己的名號會變成家喻戶曉的清潔劑，也許會想要早點自殺。赫克特（Hector）這位神氣的特洛伊英雄勇於挑戰任何人，就連面對最強大的阿基里斯（Achilles）也敢決鬥，現在 hector 卻變成區區一個動詞，意思是大聲辱罵而惹惱別人。

　　還有赫克特的妹妹卡桑德拉（Cassandra），她的名字現在被用來代稱滿口牢騷、發言冷場的掃興人物。就連最重要的特洛伊木馬，現在也成了惹人厭的電腦病毒，專門用來竊取你的信用卡資料和 Facebook 登入資訊。

　　那麼片語呢？其實《伊里亞德》沒有什麼著名的片語，倒是有很多關於特洛伊的名句：

Is this the face that launched a thousand ships
就是這張臉龐使千艘戰船啟航
And burnt the topless towers of Ilium?
讓伊里翁入雲的高塔烽火連天嗎？
Sweet Helen, make me immortal with a kiss.
美麗的海倫，用一個吻讓我永生不死吧。

不過這一段文字是出自劇作家克里斯多福·馬羅（Christopher Marlowe）筆下，而不是荷馬。事實上，在詩人威廉·卡倫·布萊恩特（William Cullen Bryant）的 1878 年翻譯版本中，才有唯一一個真正出自荷馬的片語，這個詞大多數人都熟知，出自阿伽門農在祈禱能成功殺死赫克特的段落：

May his fellow warriors, many a one,
願他的戰士同袍，成群成群，
Fall round him to the earth and bite the dust.
在他身旁倒地，滿口塵土。

如果荷馬在天之靈有知，他唯一讓人有印象的詞句是因為皇后合唱團（Queen）有一首冷門曲叫做〈又一人陣亡〉（Another One Bites the Dust），會感到驕傲嗎？

另外，荷馬史詩裡最有名的英雄所衍生出最有名的詞彙，根本就不是出自荷馬之筆。一直到荷馬死後過了兩千年，才有人開

始用 Achilles tendon（阿基里斯腱）這個詞。根據傳說，由於阿基里斯的母親有魔法，他全身上下會受傷的部位只有腳踝後側，因此才會有用 Achilles' heel（阿基里斯的腳踝）來表達致命弱點的說法，以及醫學專有名詞「阿基里斯腱」。

如果特洛伊戰爭真的發生過，應該是發生在西元前 1250 年。如果荷馬真的存在過，可能是在耶穌誕生前八世紀寫下他或她的傳世之作。菲利普‧維爾海恩（Philip Verheyen）一直到 1648 年才出生在名字聽起來像「無聊」（boring）的比利時城鎮博林（Borring），而他就是那號在最不幸的情況下提出阿基里斯腱這個名詞的人物。

維爾海恩是個非常聰穎的小男孩，原本是牧牛人（和《牛津英語辭典》的編輯一樣），後來卻成了解剖學家。他是最頂尖的解剖專家，所以當他自己的腿必須截肢，就形成了既悲劇又很有吸引力的情況。

維爾海恩是堅定的基督徒，深信人體可以死而復生，因此他不希望自己的腿和身體其他部分分開埋葬，這樣在最後審判日要復活時會很不方便。於是他用化學物質保存自己的腿，隨時都帶在身上，幾年之後，他開始非常細心地分割自己的腿。

用刀分切自己的身體大概會對精神狀態造成不良影響，維爾海恩開始寫信給自己的腿，並在信中記錄他所有的新發現。就是在這些寫給腿的信件中，我們首次發現了 chorda Achillis（阿基里斯腱）這個專有名詞。

維爾海恩在死前徹底陷入瘋狂，他的學生回想在他人生最後一年前去探訪時，維爾海恩在書房凝視著窗外，而在他身旁的桌

子上，擺放著他每一塊都切割成最小單位的腿部組織，而且標示得一清二楚。

人體

　　身體，畢竟是人類最熟悉的東西，因此有無數個詞彙和片語是源自人體。你全身上下幾乎沒有哪個部位還沒有被轉化成動詞，最容易看出關聯性的例子包括從 head（頭）衍生出的 head off（出發），或是從 stomach（肚子）衍生出的 stomach criticism（忍受批評）。有些例子則沒那麼容易看懂，比方說，foot the bill（付帳）乍看之下是很怪的片語，不過當你想起基本的算術規則就會懂了。在結算帳單時，你會把不同的費用寫成直列，然後算出總和，而你寫下總和的地方是直列的最底部，也就是 foot（腳）。帳算完之後，你可能會發現自己 pay through the nose（從鼻子付了錢，代表花了一大筆錢），這個片語的由來似乎就是因為流鼻血很痛苦。

　　還有一些片語是來自你大概不知道自己竟然有的身體部位，例如 heart string（心弦），這個大家又是撩撥又是牽動的東西，可是確實存在而且不可或缺的心臟部位。這個部位的醫學名稱是 chordae tendineae（腱索），如果真的有人拉了你的腱索，輕則導致心律不整，重則有可能會害死你。

　　有些詞彙看似和身體沒有任何關聯，例如 window（窗戶），最初的寫法是 wind-eye（風眼），因為儘管你可以透過窗子觀看

外界，就像用眼睛看一樣，但在玻璃還沒問世的時候，風也可以吹進來。

你的眼睛內部可不是表面上看到的那麼簡單（more than meets the eye）。首先，裡面有蘋果。早期的解剖學家認為眼睛的中心是形狀像蘋果的固體，所以才會有 apple of your eye（眼睛裡的蘋果）一說，代表情人眼裡出西施。在現代，這個部位的名字更古怪，叫做 pupil（瞳孔），對，你沒看錯，和學校裡的 pupil（學生）是同一個詞。

在拉丁文裡，小男孩叫做 pupus，而小女孩是 pupa（昆蟲幼蟲的蛹〔pupae〕一詞就是從此衍生而來），小朋友去上學之後就成了 pupil。現在深深地凝視另一個人的雙眼，任何人都可以。你看到了什麼？你應該有看到自己的小小倒影也在凝視你，這個迷你版本的你就像小孩一樣，所以瞳孔的英文是 pupil。

不過，在你身上所有的部位之中，衍生出最多詞彙的就屬手了。

The Five Fingers
五指

又在迦特打仗，那裡有一個身量高大的人，手腳都是六指，共
有二十四個指頭。

——《撒母耳記下》21:20

　　人類是用十進位來計數，我們會說 21、22、23……以此類推，
直到數到 29，接著就變成 30。接下來又是從 31、32、33、34，
直到我們又數到另一個十的倍數，計數過程就是這樣不停重複。
人類之所以會用這種方式計數，是因為我們一隻手有五根手指，
加起來總共是十根。如果只有三根手指的樹懶會數數，大概就會
採用六進位法。

　　由於用手指算術再自然不過了，所以 digit 的意思從原本的
「手指」演變成現在的「數字」。這也代表，當資訊以數字的形
式儲存，就會變成 digital（數位）的型態。

　　在古英文中，手指的名稱比現在有趣多了。食指曾經叫做
towcher 或 toucher（碰觸指），因為這隻手指常常用來碰觸東西。
現在稱為 index finger（索引指），並不是因為人類總是用這隻手
指劃過書的索引，不論書的索引的 index 還是食指的 index，兩者

都源自拉丁文的 indicare，代表 indicate（顯示）或指向正確的方向，所以 index finger 其實是「指向指」的意思。

名稱了無新意的中指曾經叫做 fool's finger（傻瓜指）。羅馬人把中指形容為無恥、粗俗且失禮，是因為他們發明了對討厭的人比出中指的習慣。羅馬詩人馬提亞爾（Martial）就曾寫了一段機智的短詩：

Rideto multum qui te, Sextille, cinaedum
dixerit et digitum porrigito medium

很不講究的翻譯如下：

如果有人罵你是同性戀，不要停下腳步或逗留
而是要邊笑邊對著那位老兄伸出中指。

無名指在解剖學上結構很奇特，所以古代和現代名稱的由來都是出自這個特點，稱作 leech finge（水蛭指）和 ring finger（戒指指）。

有一條血管是從無名指直接通往心臟，或者應該說，以前醫生是這麼認為的。沒有人知道這個說法是打哪來，因為其實沒有這回事。總之，就是這樣的觀念讓無名指在中世紀醫學界占有一席之地。當時醫生的論點是，如果這隻手指直接連到心臟，那麼或許可以把這一指當作心臟的代表，只要對患者手上的無名指做一些治療，也許就能治好心臟疾病和處理心臟病發。在中世紀，

用來指稱醫生的詞彙是「水蛭」，所以無名指在過去就被稱為「水蛭指」。△

那麼在現代，到底誰會蠢到相信上面這種說法呢？呃，所有已婚的人。你知道嗎，我們把結婚戒指戴在無名指，正是因為那條根本不存在的血管。如果無名指和心臟如此緊密連結，那麼你就可以用金戒指套在那隻手指上，來徹底捆綁愛人的心，這就是「戒指指」的由來。

至於小指呢？古代的英國人常常用這隻手指搔耳朵，所以把小指稱為 ear finger（耳朵指）。

△ 和一般大眾的認知不同的是，醫生之所以叫做水蛭，其實和他們會把水蛭放在患者身上的療法沒什麼關聯。── 作者注

肉體騙局

　　讓我們用 corpus 這個涵蓋一切的拉丁文詞彙來結束這場人體之旅吧。應該很容易能看出來，corpus 讓英文有了 corpse（屍體）和 corporal punishment（體罰）這些詞，比較難看出來的衍生詞則有 magic（魔術）和 fraud（詐騙）。為了解釋清楚，我們得回到大約西元 33 年在耶路撒冷舉行的那場晚餐聚會。

> 他們吃的時候，耶穌拿起餅來，祝福，就擘開，遞給門徒，說：你們拿著吃，這是我的身體。
> ──《馬太福音》26：26

　　耶穌還真是有趣的人；首先，宣稱一塊餅是自己的身體有點奇怪，如果你或我這麼做，根本沒有人會相信，而且一定會被禁止開餅店。話雖如此，由於耶穌是上帝之子 †，我們只能把他的話當真。

　　最讓人想不透的是這種前後邏輯不通的食人言論，如果耶穌說的是：「你們拿著吃，這是普通的老麵餅，不是人肉。」那麼這句話就說得通了。但根據文字，耶穌告訴門徒的是：「這不是

---

† 偶爾會有人想爭論這一點，不過這些人都會在上帝充滿愛意的折磨下永遠焚燒。──作者注

餅，是人肉。而且，這是我的肉，現在就像真正的食人族一樣好好享用吧。」

這簡直讓人一頭霧水。

基督教的食人行為實在太深植於西方文化，以至於我們常常沒有自覺。在十字軍東征期間，穆斯林就對於這一點非常憂心，沒有人知道基督徒的食人行為到底誇張到什麼地步，於是謠言傳遍了整個近東，說有穆斯林被煮來吃。當基督徒試圖解釋他們只吃上帝，似乎只是在自己犯下的罪上多加一條褻瀆罪而已。

你也的確應該要從字面上解讀所謂的食人行為，在當時，基督徒如果否認聖餐變體（transubstantiation）這項鐵錚錚的事實，就會被綁在木樁上燒死。聖餅**確實**有變成耶穌的肉體，原本的餅就只剩下神學研究者稱之為依附體（accidental）的東西，依附體指的是讓餅仍然看起來、聞起來、摸起來和吃起來像餅的特徵，除此之外的部分都已經完全變體。

要讓這種變化生效，就必須由司祭拿起餅然後說出神奇的關鍵句：「Hoc est corpus meum（這是我的身體）。」

接著在十六世紀，新教誕生了，這種新型態的基督教除了進行各種革新之外還堅稱，聖餅並沒有真的變成耶穌的肉體，只是代表耶穌的肉體而已。新教和天主教並沒有像紳士一樣尊重彼此的差異，而是沒風度地爭執聖餅到底是不是基督的身體，然後使出了各種招數，像是互相燒來燒去，把對方釘在木架上，還有嘲笑詆毀對方，讓他們難堪。

在新教徒英王詹姆斯一世（King James I）的宮廷裡，有個弄臣經常表演滑稽的魔術把戲，過程中他會嚴肅地緩緩念出咒語

Hocus Pocus‡。而且，這名弄臣還自稱是「陛下麾下的最高明咒語大師」（His Majesty's Most Excellent Hocus Pocus），後來這個說法就漸漸流行起來。但這句咒語是哪來的？

（根據一篇十七世紀的布道文所述）最有可能的理論是，Hocus Pocus 這種常見的雜耍咒語其實源自 Hoc est corpus meum（這是我的身體），亦即在訕笑模仿羅馬教廷司祭施展聖餐變體伎倆的過程。

從人體到食人，再到宗教和魔法，corpus 這一路真不簡單，不過這可不是終點，Hocus Pocus 後來縮寫變成了 hoax（騙局）。耶穌所說的話經過翻譯、滑稽模仿、簡化之後，現在成了直截了當、毫無掩飾的騙局。然而，這也不是終點，hoax 又再次產生變化，這次不是縮寫，而是加寫。Hoax 變成了 hokum，這個詞是美國用語，意思是胡說、鬼扯或瞎話。其實，這個詞會加上 –kum 的語尾，可能就是因為要聽起來更像 bunkum（瞎話）。

現在，猜猜看 bunkum 是和 bunk bed（雙層床）、golfing bunker（高爾夫球場沙坑）還是 reedy valley（蘆葦叢生的山谷）有關呢？

Bunking and Debunking
胡言與破解

單看字面會很容易以為 debunk（破解）和 bunk bed（雙層床）有關，你可以想像有個錯誤觀念在蓬鬆的棉被下打盹，結果被高大魁梧的理性論述叫醒然後轟出雙層床。但這些，唉，都只是瞎說而已。

所謂 debunk 指的是擺脫 bunk 或 bunkum（胡扯）的說法，雖然我們現在已經知道 bunkum 的意思，但這個詞同時也是美國北卡羅萊納州境內的一個地名。班康郡（Buncombe County）位在北卡羅萊納州西部，這個景色優美的鄉村地帶曾經變成胡言亂語的代名詞。

1820 年，美國國會正在爭論「密蘇里問題」（Missouri Question），這個議題和蓄奴有關，而最後的解決方案就是「密蘇里協定」（Missouri Compromise）。在爭論接近尾聲時，名叫菲利克斯・沃克（Felix Walker）的國會議員站起身來，清了清喉嚨開始發言而且不肯停下來。他一句接著一句，直到大家開始躁動不安，他還是一句接著一句，直到大家開始覺得惱火，他依然一句接著一句，直到大家開始起鬨，他堅持一句接著一句，直到大家開始拍他的肩膀要他停下來，他不動搖地一句接著一句，直到一小群人圍住他並質問他為何不肯停下。

菲利克斯·沃克回答，他不是在對國會發言，他的演說是為了家鄉選民的利益：他是在發表「一場獻給班康郡的演講」。

　　你懂了嗎？菲利克斯·沃克根本不在乎密蘇里問題或密蘇里協定，他只在乎自己可以透過媒體報導獲得向選區選民曝光的機會。這個點子實在是太巧妙（也是所有民主政體中相當常見的做法），連這個片語都開始流行起來，後來 speaking to Buncombe（向班康郡發表演說）縮寫成 speaking bunkum（說班康），最後甚至只剩下 bunkum（班康），也就是需要有人來 debunk（破解）的胡言亂語。

　　值得一提的是，雖然以上的故事是最常聽到的版本，但在另一個版本中，是有個議員無意間經過，發現菲利克斯·沃克對著空無一人的議場演講，他問沃克到底在做什麼，沃克解釋說他正在「向班康郡發表演說」（想必這場演講的稿子副本會寄回他的家鄉）。我個人比較喜歡這個版本，不過真實性不太高。總之，bunkum 從此就用來指稱毫無目的的談話，想當然這個詞彙在北卡羅萊納州的班康郡非常普遍。

　　可憐的班康郡啊！竟然在辭典裡成了胡說八道的代名詞，愛德華·班康（Edward Buncombe）肯定在墳墓裡輾轉難眠。

　　愛德華·班康是出生在加勒比海聖基茨島（St Kitt）的英國人，不過他繼承位在卡羅萊納州的氣派大農園之後便移居美國。愛德華·班康是最早支持獨立運動的人物之一，並且在 1775 年美國獨立戰爭爆發時加入大陸軍（Continental Army），還在日耳曼敦戰役（Battle of Germantown）深受重傷。要不是他在某個晚上溜下床，夢遊走到一段梯子的最高處後摔下來，最後因為傷口

再次裂開而死亡，他其實有可能會康復。

在遺囑中，愛德華‧班康留下超過 809 公頃的農園，還有十名黑人。由於他是這麼一位英雄人物，幾年之後班康郡就用他的姓氏命名以表紀念。所以嚴格來說，愛德華‧班康的姓氏才是被破解的瞎話，或者你可以再往下深究一點。

簡單來說，愛德華‧班康絕對是十四世紀初薩默塞特郡人理查‧德‧班恩康（Richard de Bounecombe）的後代。Bounecombe 字面上的意思是蘆葦叢生的（boune）山谷（combe），而 combe 是古英文中極少數源自凱爾特語（Celtic）的詞彙。至於為什麼只有極少數，這可是天大的謎團，一切的關鍵就在於卑鄙的盎格魯—撒克遜人。

盎格魯一撒克遜之謎

　　從前從前，在兩千年前，不列顛群島（British Isles）上住著凱爾特人（Celts），想也知道這個民族說的是凱爾特語，而且他們身上還有刺青。古希臘人把這些住在霧氣繚繞島嶼上的居民稱為 Prittanoi（不列顛〔Britain〕一詞就是從這裡衍生而來），意思是刺青的民族。儘管用大青在自己身上畫圖可能只是再平常不過的凱爾特習俗，看在希臘人眼裡卻是相當古怪。

　　目前需要釐清一下，於西元 61 年過世的布狄卡（Boadicea）[†]並不是英國人，雖然她確實是住在現在的的英格蘭，但當時英格蘭並不存在。布狄卡是凱爾特不列顛人。

　　大約在西元 400 年，Angles（盎格魯人）從丹麥遷移到不列顛之後，才有英格蘭這個地名，盎格魯人把自己的新國家叫做 Angle-land（盎格魯蘭）或 England（英格蘭）。跟著盎格魯人一起遷徙的民族還有來自 Saxony（薩克森）的 Saxons（撒克遜人），以及來自 Jutland（日德蘭）的 Jutes（朱特人），而這些民族彼此交流的語言就是古英語。

[†] 布狄卡（Boudica，拉丁文 Boudicea 又譯波阿狄西亞）是英格蘭地區古代愛西尼（Iceni）部落的女王，曾領導不列顛的多個部落反抗羅馬帝國的掠奪與統治。雖然最後兵敗身亡，但在伊莉莎白一世與維多利亞時期受廣泛傳頌，成為英國著名的代表英雄之一。——編注

沒多久，他們有了國王，其中一個王叫做阿佛烈大帝（Alfred the Great），他原本是西撒克遜國王，但決定要自稱為盎格魯—撒克遜國王（Rex Angul-Saxonum）。

那凱爾特人呢？那些原本在島上閒晃、身上有刺青的民族都跑去哪裡了？

答案：沒有人知道。目前有兩種理論：語言學理論和史學理論。

每當有一群人征服了另一群人，他們都會習得一點被征服一方的語言，這是無法避免的現象。就算你再怎麼努力不受影響，原生語言還是隨處可見；就算你奴役了當地人，還是得用語言指揮奴隸。你可能一點也不想學會當地語言，但在這個新國家總是會有新的事物無法用你自己的語言來指稱。

以身在印度的英國人為例，英國人只不過在印度活動了一兩百年，期間就學會了 shampoo（洗髮精）、平房（bungalow）、juggernaut（重型貨車）、mongoose（獴）、khaki（卡其布）、chutney（酸辣醬）、bangle（手鐲）、cushy（輕鬆）、pundit（專家權威）、bandana（大頭巾）、dinghy（無篷小船）等等詞彙，而且這些還只是他們有帶回英國使用的詞彙而已。

那麼，盎格魯人和撒克遜人從凱爾特人身上學到了什麼詞彙？

幾乎沒有。

Combe 的意思是山谷，源自凱爾特語的 cym。tor 的意思是石頭，源自凱爾特語的山丘 torr。還有 cross（十字架），似乎是在第十世紀向愛爾蘭傳教士學來的，和當地的凱爾特人無關，然後……

就沒有然後了。

其實這取決於你怎麼解讀這個現象，也有可能還有其他凱爾

特詞彙但沒有記錄下來。盎格魯—撒克遜人就是有辦法占領了一座島嶼數百年，卻幾乎沒有從他們擊敗的民族身上學到任何詞彙。

事實上，從語言學的角度而言，這個過程看起來不太像占領，而是大屠殺。就算只是從表面上推敲，這應該也是一場滿狂暴的屠殺。當然，大屠殺絕對是很糟糕的狀況，但即使如此還是可以合理期望有一些詞偷偷融入古英文，就算只是 ouch（好痛）、no（不要）、stop it（住手）之類的。在英文裡，這一大片空白令人毛骨悚然。

接著歷史學家表示，這完全是胡說八道，他們問了一個很合理的問題：那麼屍體在哪裡？沒有任何屍體，沒有萬人塚，沒有史詩級戰爭的記述，沒有殺戮的紀錄，沒有任何考古學證據。真的什麼都沒有。

總之，語言學家認為是大屠殺，考古學家則認為是和平共存，整件事就是一團迷霧。然而還有第三種可能性，證據就在赫里福德郡（Herefordshire）一座名為 Pensax（彭薩克斯）的山丘，以及在埃塞克斯郡（Essex）一座名為 Saffron Walden（薩弗倫沃爾登）的城鎮。

Pensax（彭薩克斯）字面上的意思是「撒克遜人的山丘」，而重點就在於，這裡的 Pen（山丘）是凱爾特語。所以由此可以看出，至少有一段時間，撒克遜人住在丘陵上，而凱爾特人待在下方的山谷。相同的理論也可以套用在多塞特郡一個名稱很迷人的村莊 Sixpenny Handley（六便士漢德雷），這裡的 Sixpenny 是 Sex Pen（撒克遜人的山丘）的變體，也就是和 Pensax 有一樣的元素，只是組合方式不同而已。

另外，Saffron Walden（薩弗倫沃爾登）顯然是種植 saffron（番紅花）的地方，但 Walden（沃爾登）的部分就很怪了。這個詞是盎格魯—撒克遜語，字面上的意思是「外地人的山谷」，然而 wealh 一詞向來都是用來指稱凱爾特人（沒錯，就是因為這樣英國才會有個地方叫做威爾斯〔Wales〕）。

所以，如果你從地名的證據推論，會得到第三種而且畫面相當怪異的理論：有個國家住滿了盎格魯—撒克遜人和凱爾特人，他們住在彼此附近卻從來不交談。

這也表示，兩個民族之間沒有任何交易、婚姻或任何交流活動，除了幫對方的居住地命名以外，大概是為了要標示哪些該避開。

你可能會推測，雙方都理解對方的語言，只是選擇繼續說自己的純方言而已，但證據顯示並不是這麼一回事。同樣地，這次的證據也是地名。

就如先前提到的，pen 在凱爾特語裡指的是山丘，不過當古英國人遇到名叫 Pen 的山丘，就決定要重新命名成 Pen hul，hul 在古英語裡指的也是山丘。

相同的命名過程在整個英格蘭一再出現，各種地名都是疊字組成，例如 Bredon（布雷頓山）字面上的意思就是「山丘山丘」，River Esk（埃斯克河）則是「河河」。這種現象似乎顯示出一種不太深刻的語言交流，僅止於問出地名是什麼，接著就把知道地名是什麼意思的人趕出去。

上述的現象也造成了一些相當有趣的語源學發展：Penhul 後來演變成 Pendle，接著又過了幾百年，有人又再次發現這裡是丘陵地形，於是把地名改成 Pendle Hill（彭德爾山），字面上

的意思就是「山丘山丘山丘」。這可不是單一事件，伍斯特郡（Worcestershire）的 Bredon Hill（布雷頓山）也是相同的模式，由凱爾特語的 bre（山丘）、古英語的 don（山丘）以及現代英語的 hill（山丘）組成。

我們永遠都無法得知盎格魯─撒克遜人和凱爾特人相處得如何，那個年代太過黑暗，而歷史又太過健忘。然而一味沉浸在憂傷與憤怒之中也不太明智，只要往回看得夠遠，就會發現沒有什麼事物不是偷來的，也沒有什麼國家從未被侵略過。在西元前600 年，凱爾特人也是征服了先前住在不列顛的民族，而後來的盎格魯─撒克遜人則即將遭到兇惡的維京人痛擊，維京人則會引進他們的語言和地名。例如，有個維京人在約克郡找到了一條長滿莎草的小河，決定要稱之為 Sedge-Stream（莎草河），因而催生出全球最大規模的企業。

長滿莎草的小河與全球化

　　維京人是很嚇人的民族，因為某種奇怪的原因，他們的歷史看起來一直都很放縱。想一想強姦、殺戮或是獻祭活人等你會堅決反對的行為，那麼維京人在 793 年抵達英格蘭東北方的島嶼林迪斯法恩（Lindisfarne），似乎就是個不太妙的開始，接著他們開始一路沿著英格蘭的東北海岸往下遷移。沒多久，維京人踏上約克郡，在現今的哈羅蓋特（Harrogate）附近，有個維京人發現了一條長滿莎草的小河，決定要稱之為「莎草河」（Sedge-Stream）。當然，他不是用英文命名，而是古北歐語（Old Norse），而「莎草河」的古北歐語就是 Starbeck（斯塔貝克）。

　　現在斯塔貝克是位在哈羅蓋特東部邊陲的小郊區，那條河還在原處，雖然已經看不出來長有莎草，而且還有一大段是流經鐵軌旁的地下水管。這個地名最早的紀錄是出現在 1817 年，不過就如上文提到的，斯塔貝克的由來一定和維京人有關聯，而且我們還得知，十四世紀時有人生活在這一帶。

　　這些人上床（只要是人幾乎都會這麼做吧）之後建立了家庭，這個家族用自己所居住的地方來取名，不過改了一個母音。最早在 1379 年，就已經有 Starbuck（星巴克）家族生活在這個區域的紀錄。在這個時間點之後，發生了兩件大事：貴格會運動（Quaker movement）以及發現美洲大陸。

在這雙重衝擊之下的結果，就是前往鱈魚角（Cape Cod）附近楠塔基特島（Nantucket Island）的第一批移民之中，有加入貴格會的星巴克家族成員。沒有相關紀錄顯示究竟這些貴格會信徒有多會抖動（quak），不過他們確實在楠塔基特島最主要的貿易捕鯨業中扮演一大要角。

星巴克家族懷著復仇心舉起魚叉，沒多久就算沒有揚名世界，也成為楠塔基特島最知名的捕鯨人。1823 年，瓦倫丁・星巴克（Valentine Starbuck）獲得夏威夷國王與皇后特許，載運他們前往英格蘭，但抵達後倒楣的皇室伉儷就死於麻疹。歐貝德・星巴克（Obed Starbuck）在太平洋上發現了一座島，並且命名為 Starbuck Island（星巴克島）以紀念表親。†

二十多年之後，有個叫做赫曼・梅爾維爾（Herman Melville）人開始寫一本有關鯨魚和捕鯨的小說，主要描寫的是一艘名為皮廓號（Pequod）的船，從楠塔基特島出航，要去獵捕一頭大家稱為莫比敵（Moby-Dick）的白鯨。梅爾維爾自己就當過捕鯨人，也聽過大名鼎鼎的楠塔基特島捕鯨家族星巴克，於是他決定要把皮廓號上的第一位船員叫做星巴克，以表達紀念之意。

起初，這本《白鯨記》並不是很受歡迎的小說，大多數人根本看不懂內容，尤其是英國人，儘管這主要是因為英國版缺了最後一章。不過，在二十世紀，沒有人看得懂的小說儼然成為時尚，於是人手一本《白鯨記》，尤其是美國學校老師從此就一直用其中的華麗詞藻折磨學生。

---

† 其實歷史記載讓人弄不太清楚到底是誰先命名這座島，又是在紀念誰。──作者注

在美國西雅圖（Seattle），有位值得一提的英文老師也熱愛這本小說，他的名字是傑瑞・鮑德溫（Jerry Baldwin）。鮑德溫和兩名好友想要開一家咖啡店，他們需要想個店名，而傑瑞・鮑德溫很清楚該去哪裡找最適合的店名：《白鯨記》的書頁。他把這個絕妙的想法告訴創業夥伴，表示他們應該要把咖啡店叫做……

準備好揭曉了嗎……

皮廓號！

他的創業夥伴（很有道理地）指出，如果你開的店是要販賣可外帶的液體，最好不要讓店名含有和「尿」（pee）同音的音節，從行銷角度而言這實在太糟糕了。於是鮑德溫的提案遭到駁回，其他人開始尋找比較有在地風情的名稱。他們從所在地區的地圖上找到位於洛磯山脈（Rocky Mountains）的舊時礦業聚落「斯特波營」（Camp Starbo），鮑德溫的兩個合作夥伴認為 Starbo（斯特波）是個好名字，但是傑瑞・鮑德溫還不肯認輸。他建議雙方都妥協一點，將第二個音節改動一下，就可以讓店名呼應皮廓號的第一名船員：星巴克（Starbucks）。三人都同意之後，維京人在約克郡為小河取的名字就成了世界上最知名的品牌。

要是當初鮑德溫清楚記得一件事實，現在的商業大街就會看起來很不一樣了：《白鯨記》的靈感源自一頭真正存在的白鯨，據說這頭白鯨在十九世紀初的太平洋上，讓超過一百個捕鯨集團無功而返，而這頭鯨魚就叫做 Mocha Dick（摩卡老二）。

星巴克島上沒有星巴克的分店，不過八成是因為島上沒有半個人，而且偶爾出現的海豹應該也不太可能會帶著現金來買卡布其諾。

咖啡

法國作家巴爾札克（Balzac）曾經寫道：

這咖啡一旦落入你的胃，立即就引起一陣騷動。想法開始奔騰，如同戰場上多個營組成的大軍團，戰爭就此登場。記憶中的事物以全速奔馳而來，緊隨風的腳步。比較分析的靈活騎兵團使出華麗的部署攻擊，邏輯的砲兵部隊以隊列和火藥趕上陣來，機智妙語則像精準的槍手一樣串連出擊。明喻現身，紙上墨水遍布。激戰展開之後，在黑水的狂流之下進入尾聲，就如同一場真槍實彈的戰爭。

不過莎士比亞從來沒喝過咖啡，凱撒大帝或是蘇格拉底也沒喝過。亞歷山大大帝征服了半個世界，卻連在早上喝杯拿鐵咖啡提振一下精神的機會也沒有，而金字塔可是在聞一口或嗅一下咖啡因都沒辦法的情況下設計並建造完成。一直到 1615 年，咖啡才被帶入歐洲。

古人的成就原本就足以震懾現代人，不過一旦你意識到他們可是沒有使用咖啡因就完成這一切，簡直是讓人無地自容。和咖啡相關的詞彙以不著痕跡的方式形成了充滿咖啡因的循環，首

先就讓我們從 espresso（義式濃縮）開始談起，看看這種咖啡和 express（展現）自我有什麼關聯。

義式濃縮的做法是用小咖啡機擠壓蒸氣向外（**press steam outwards**）通過緊密壓實的咖啡粉（espresso 前面多了一個 e，是因為這個詞是義大利文）。基本上這個過程和牛擠出奶、以及瘡擠出膿沒兩樣，都是 express（向外擠壓）。而用譬喻來說，從大腦擠壓出想法再說出口也是相同的過程，所以才會有 self-expression（表達自我）的說法。

經過思考而做出的動作就是事先策劃、出於意圖且刻意的行為。舉例來說，當你為了某個目的而刻意（expressly）採取行動，就是因為你已經思考過。

這和 express mail（快捷郵件）又有什麼關係？Expressly 在這裡的詞義是「特意」。你可以把一封信交給英國郵政系統，讓他們憑著「好心腸」處理（他們大概會把信弄丟、燒掉，或是在一個月後寄還給你，還跟你收罰金），要不你也可以花錢請一位送信人去完成唯一一件 express（特別指定的）工作，就是幫你送信。這正是 express delivery（快遞）一詞背後的意義：郵差受雇 expressly（專門）完成單一的目的。

火車也是相同的道理，有些列車每一站都停，每一個小到不行的村莊車站或每一頭隨機遊蕩到附近的牛，都是列車放慢速度的理由。不過這些都是可以避免的，只要你選擇不搭開開停停的班次，而是搭上專門前往單一特定目的地的列車，而且這種列車通常還會有小餐車，讓你可以掏出一大筆錢買杯迷你的義式濃縮咖啡。

卡布其諾修士

　　如果說表達能力十足的義式濃縮咖啡有個拐彎抹角的語源，那一定就非奶泡讓人心滿意足的 cappuccino（卡布其諾）莫屬了。

　　1520 年，有個名叫馬堤歐・達・巴西歐（Matteo Da Bascio）的修士認為方濟各會（Franciscans）其他的修士都是惡劣又貪圖享樂的傢伙，早就已經背離聖方濟各的最原始的信條。這些修士的豪奢行為包括穿鞋子，於是達・巴西歐決定要成立全新且純粹的修道會：赤腳方濟各會。

　　原本的方濟各會對此感到非常受傷，還試圖壓制達・巴西歐不穿鞋子的分家行動。他被迫逃離並藏身在好心的嘉瑪道理會（Camaldolese）修士之中，這些修士戴著小小的兜帽，在義大利文裡叫做 cappuccio。達・巴西歐和追隨他的修道會兄弟為了融入也戴上了這種帽子，不過在 1528 年，當他的分支修道會正式獲得承認，他們發現自己已經太習慣戴帽子，於是決定繼續戴。因此，達・巴西歐的追隨者就被暱稱為 Capuchin Monks（嘉布遣修士）。

　　嘉布遣修士很快就在整個天主教歐洲遍地開花，他們的小帽子形象實在是太深植人心，所以一個世紀之後，當探險家在新世界發現一種捲尾猴，頭頂有一塊毛色是深棕色，看起來像是猴子戴著小小的兜帽，他們就決定把這種猴子取名為 Capuchin

Monkeys（僧帽猴）。

這個名稱有個特別巧妙的地方，就目前的證據顯示，monkey（猴子）這個詞彙是源自 monk（修士）一詞。是這樣的，當時大部分人都支持馬堤歐·達·巴西歐：中世紀的修士根本不是貞潔與美德的榜樣，而是和動物沒兩樣的骯髒罪人。這樣的話，該怎麼稱呼滿身棕毛的猿類呢？就是 monkey。

嘉布遣會的長袍從以前到現在都是綿密光滑的棕色，因此在二十世紀前半，當這種新奇、滿是泡沫、口感綿密又灑上巧克力碎片的咖啡飲料出現，當然就會以他們的長袍命名為卡布其諾。

提醒你一下，如果你說要點一杯「小帽子」，大部分的咖啡師應該都會聽不懂。但話說回來，大部分的咖啡師（barista）也都不知道自己原本是出庭律師（barrister）。

成為律師

　　barista（咖啡師），也就是為你製作咖啡的那個人，是個義大利文借用英文詞彙，然後又直接把這個義大利文詞用在英文裡的例子。Barista 一詞單純指的是義大利酒保，字尾的 –ist 代表「執業的人」，例如馬克思主義者傳教士（Marxist evangelist）。

　　至於 bar，所有好辭典都會告訴你，指的是可以用來拴住門的木棒或鐵棒。這裡衍生出另一個概念，bar 是任何會阻擋你前往目的地的限制或阻礙；尤其酒吧或酒館的吧台就是一個障礙物，後方各種令人上癮的美酒只有酒保可以不付錢就伸手觸碰。

　　有時候，我們會被叫到吧台前（called to the bar），通常是為了要結帳。不過出庭律師（barrister）被叫往的吧台則和酒精沒什麼關聯，雖然那確實是在一間 inn（小旅店）裡。

　　五百年前，所有的英國律師都必須在倫敦的出庭律師公會（Inns of Court）受訓。這些工會可不是提供啤酒的宜人小旅店，而是法學學生的宿舍，因為 inn 最原本的意思就只是「房屋」而已。

　　出庭律師公會的內部裝潢類似拜占庭風格，實在看不出來是專門處理法律事務的建築，通常裡面會有所謂的「講師」（Reader），他們是頭腦很好的一群人，會坐在「內室」（Inner Sanctum），和其他學生之間隔了一個大吧台。

位階較低的學生會坐在附近閱讀、研究，和夢想未來某個美妙的日子自己會被叫到吧台前（called to the bar），獲准像真正的律師一樣辯護案子。不過這其中的狀況其實非常複雜，因為以前有分為外席出庭律師（outer barristers）和內席出庭律師（inner barristers），分別和郡長（sheriff）在法律上有特定的關係，你可能需要花個幾年研讀一番才能稍微理解這種法律系統，而且這麼做對你根本沒好處，因為就在你以為好像懂了什麼，法律的定義就已經不一樣了，對你來說法律就是這麼難。

大約在 1600 年，bar 這個詞開始用於指稱每個英國法庭都有的木欄杆，囚犯必須站在欄杆裡，等待法官痛罵他們、宣判刑期，或是擺弄他的黑色帽子。被告的出庭律師會和被告一起站在欄杆裡，並且為被告辯護。在此同時，控告方的律師會堅稱囚犯有罪，而且自己已經準備好證明囚犯的罪行，如果控告方的律師用法文堅持這個論點的話，他就會說 Culpable: prest d'averrer nostre bille，但這實在有點拗口，所以簡寫之後就變成 cul-prit（罪魁禍首）。

接下來，被告的命運會交到陪審團手上，如果陪審團無法決定，他們就會公開表示「我們不知道」，不過他們是用拉丁文的詞彙 ignoramus 來表達。

因此，ignoramus 一直都是法律專有名詞，直到 1615 年有個名叫喬治・魯格勒（George Ruggle）的作家用這個詞當作劇名，劇中主角是個叫做 Ignoramus 的愚蠢律師。這個用法就這樣流傳下去，所以現在 ignoramus 指的是任何一個無知的人。

由此可知，ignoramus 的複數絕對不是 ignorami。[†]

[†] 經常有人誤以為只要依照拉丁文的單複數變形規則，將 ignoramus 的字尾 -us 改為 -i，就會是這個詞彙的複數形態，但是從前文可以得知，ignoramus 並不是一個名詞而是片語，所以不適用此規則，因此 ignorami 是個根本不存在的詞。——譯注

各種被誤用的罵人字眼

　　從語源學的角度來看，Christian（基督徒）全都是 cretin（傻瓜），傻瓜也全都是基督徒。如果這聽起來不太公允，是因為語言比宗教更殘酷。

　　起初，cretin 指的是身體畸形和智力不足的侏儒，而且只出現在阿爾卑斯山脈幾處偏遠的山谷。而在現代，這種狀況叫做「先天性缺碘症候群」，不過當時瑞士人對此一無所知，他們只知道，雖然這些人有問題，他們還是人類，而且同為基督徒。於是瑞士人把他們稱為 Cretin，意思就是基督徒。

　　這個說法是出於好意，等於是稱呼他們為「人類同伴」，不過一如預期，這個詞被惡霸拿去用，就像腦性麻痺一詞現在會被一些孩子在玩耍時用來罵人「腦麻」，cretin 一詞很快就開始帶有貶義，所以說別人是基督徒就變成在罵人了。

　　idiot（白痴）最早也是指基督徒，或者該這麼說，最早的基督徒是白痴。idiot 這個詞首次出現在英文裡，是在 1382 年的《威克理夫聖經》（Wycliffite Bible）。這本聖經中的〈行之書〉（Book of Deeds，也就是一般聖經版本中的《使徒行傳》〔Acts〕）提到：

Forsoth thei seynge the stedfastnesse of Petre and John,

founden that thei weren men with oute lettris, and idiotis

根據欽定版聖經的翻譯，這段經文的意思是：

他們見彼得、約翰的膽量，又看出他們原是沒有學問的小民

不過在聖熱羅尼莫（Saint Jerome）的拉丁文版本中，這段文字是：

videntes autem Petri constantiam et Iohannis conperto quod
homines essent sine litteris et idiotae

　　聖彼得和聖約翰之所以是 idiot，只因為他們是平民。他們沒有神職，所以只是一般的平民，而不屬於特定的聖品階級。如果他們用自己的方式說話，這種說法就會被叫做 idiom（習語）；而如果他們自有一套行事作風（顯然他們就是這樣），就會被形容成 idiosyncratic（特異）。

　　不論是 cretin 或 idiot，起初都不是用來侮辱人的詞，前者原本是一種稱讚，而後者原本只是單純陳述事實，但人類就是這麼殘酷，老是到處在找新方法欺侮其他人。就在有些人想出了 cretin、moron、idiot 或 spastic 等專有名詞和委婉說法的同時，其他人就會馬上把這些詞彙用在罵人。以 moron（智障）為例，這個詞是在 1910 年由美國弱智研究學會（American Association for the Study of the Feeble-Minded）所提出。他們選了一個鮮為人知的希臘詞彙 moros，意思是遲鈍或傻氣，用來指稱智商落在 50 到 70 之間的族群。原本的發想是這個詞要專門供醫師和診斷之用，結果在七年之內，這個詞就從醫學界溜出來，變成一種侮辱人的說法。

很巧的是，moron 是用來形容遲緩（dull），而在希臘文中 oxy 是酸（sharp）的意思。在很前面很前面的章節中，我們有提到氧氣的英文名稱之所以叫做 oxygen，是因為這種氣體會產生（**gen**erate）酸，而 oxymoron（矛盾修辭法）中的 oxy 也是源自相同的字根，所以可以把 oxymoron 翻譯成英文 sharp softness，從字面上解讀就是「尖銳的柔軟」。

英文中最狠毒的轉折，應該就屬真福若望・董思高（John Duns Scotus，1265 年生，1308 年歿）的遭遇。他是那個時代最偉大的神學家和思想家，號稱「精密聖師」（Doctor Subtilis）、單義性（univocity of being）的哲學家、形式區別（formal distinction）和個體性（haecceity）概念的大師；而所謂個體性就是讓某個東西和其他東西有所區別的性質。

董思高的思考能力令人畏懼三分，這就是為何他能區分不同概念之間最細微的差異。從語言學的角度來看，這正是導致他墮落與毀滅的關鍵。

董思高過世時，他的眾多追隨者和門生仍在世上，他們繼續追尋和擴展董思高建立在區別和差異之上極其複雜的哲學體系。你甚至可以把這群人形容成他們和宗師一樣，都是滿腦子想著用邏輯區分事物到了鑽牛角尖程度的學究。

事實上，世人確實說了他們就是愛鑽牛角尖的學究。當文藝復興時期到來，世人突然間開始受到啟蒙和擁有人文精神，這時所謂的「董思派」（Duns-men）試圖用晦澀的亞里斯多德「修辭推理」（Enthymeme）提出反論，惹得世人大為光火。董思派成了進步的敵人，他們是想讓時光倒轉回到黑暗時代的白痴；於是 Duns 的拼寫方法開始變成 dunce，意思是笨拙。

從此，生前是當代最偉大思想家的人物，就成了愚笨（gormless）的代名詞。這實在是太不公平了，因為董思高可是有很多 gorm，多到滿出來。對了，如果你不知道 gorm 到底是什麼，是因為這個詞跟化石（fossil）沒兩樣。

Fossil-less

藏在「沒有」字尾中的化石詞彙

　　你有 gorm 嗎？這可是很重要的問題，因為如果你沒有，從邏輯上來說你就是個 gormless（愚笨）的人。這個詞基本上就是化石；恐龍和三葉蟲曾經是地球上的霸主，現在卻只剩下化石，變成石頭四散各處。同樣的遭遇也發生在 gorm、feck、ruth 和 reck 等詞彙身上，這些都是確實存在過的詞彙，現在卻永遠塵封在以 –less 結尾的說法之中。

　　gorm（其實有各式各樣的拼法）是斯堪地那維亞語，意思是領悟或理解。十二世紀一位名叫歐姆（Orm）的修士曾這麼表示：

& yunnc birrþ nimenn mikell gom

To þæwenn yunnkerr chilldre[†]

　　——我敢說，這樣的情感人人都能感同身受。不過，可憐的 gorm（或是 gome）很少被人以文字的形式記錄下來，主要是約克郡人在講方言的時候會用到的詞，而大部分和文學有關的活動卻都發生在倫敦。

[†]　意指「你們兩人理當醒悟，盡心照顧自己的孩子。」gom 在此處可理解為「醒悟」，但本段引文的重點在於其為 gom 一詞最早的文字紀錄。——譯注

然而，在十九世紀，艾蜜莉・勃朗特（Emily Brontë）寫了《咆哮山莊》（*Wuthering Heights*），其中有一句台詞是這樣的：

我曾經看起來這麼傻嗎，像約瑟夫說得一樣愚笨（gormless）？

約瑟夫是有明顯約克郡口音的僕人，而 gormless 這個詞顯然就是為了要突顯他的方言用詞而寫進書中。約瑟夫可能也有用過 gorm 一詞，不過艾蜜莉・勃朗特沒有在書裡提到。就這樣，gormless 被寫入史上最著名的小說之中，而可憐的 gorm 則只能日漸憔悴，在約克郡寂寥的荒野等待消亡的那一天。

從前從前，有 effect（影響）這麼一個詞，這個實用的詞彙過著幸福快樂、天真無邪的日子，直到傳入了蘇格蘭。一抵達哈德良長城（Hadrian's Wall）‡的北端，effect 的前端就慘遭削除，變成了 feck。

因此，懶散、無精打采又對事物沒什麼影響力（ef**fect**）的蘇格蘭人被形容成 feckless（有氣無力）。這一次，把詞彙發揚光大的人不是勃朗特，而是名叫湯瑪斯・卡萊爾（Thomas Carlyle）的蘇格蘭作家，他用 feckless 來形容愛爾蘭人和自己的妻子。

話雖如此，其實不太容易看出來卡萊爾用 feckless 是想表達什麼意思，以下的引文出自 1842 年的信件：

可憐的愛倫，骨灰長眠於肯薩綠地（Kensal Green），距離家鄉柯克馬霍（Kirkmahoe）實在太遙遠。本週，曼迪亞米德（M'Diarmid）為他寫了一篇充滿善意但相當「有氣無力」的

文章。

在另一封信當中，卡萊爾寫道夏季讓他的妻子「有氣無力」，甚至還形容和妻子同住在倫敦生活讓兩人變成了 a feckless pair of bodies（一對有氣無力的屍體）和「兩個慘不忍睹的生物」。總之，卡萊爾有用到 feckless，卻從來沒用過 feck 一詞，所以前者得以存續下去並聞名於世，而後者則和凱爾特語一起消失在暮光之中。

reckless（有勇無謀）一詞的故事則簡單多了，而且比較有詩意，這可是很重要的一點。以前 reck 的意思是關注（雖然從語源學的角度已經看不出兩者之間的關聯了），就像中世紀詩人喬叟（Chaucer）所寫的：

I recke nought what wrong that thou me proffer,
你對我的任何汙衊我都不在意，
For I can suffer it as a philosopher.
我可以像哲人一樣忍受。

莎士比亞也有用過 reck，不過在他的時代，這個詞已經給人古老的印象了。在《哈姆雷特》中，歐菲莉亞（Ophelia）如此訓斥自己的兄弟：

Do not as some ungracious pastors do,
你不要像有些沒教養的牧師一樣，

‡ 羅馬皇帝哈德良在大不列顛島修築的防禦工事，標示出羅馬帝國控制在此擴張的北方疆界。一般認為是英格蘭與蘇格蘭的分界，但其實整座城牆都位在英格蘭之內。——編注

Show me the steep and thorny way to heaven,

指點我往天上的險峻荊棘之路去，

Whiles, like a puff'd and reckless libertine,

自己卻像玩心難耐的冒失放蕩子，

Himself the primrose path of dalliance treads

在花街柳巷流連忘返，

And recks not his own rede.

忘記了自己的忠告。

　　這裡的 rede（忠告）是個古老久遠的說法，而可以解讀為「注意」的 reck 在當時應該也已經是個古老久遠的詞。莎士比亞在所有作品中總共使用了六次 reckless（冒失），和其他型態的 reck、recketh 和 recked 全部加起來一樣多。想必當時 reck 已經逐漸式微，而 reckless 則是一股腦地奔向未來。

　　true（真實）的事情叫做 truth（事實）；對自己的行動覺得後悔（rue），就會感到 ruth（悲傷）；而如果對自己的行動不後悔，就不會感到悲傷，因此你就成了 ruthless（無情）的人。ruth 一詞存續了很長一段時間，最後消失的原因則不得而知，也許是因為世界上無情的人就是比會出於懊悔而悲傷的人多。

　　有時候，語言毫無道理可言，一些詞彙出現之後莫名消失，連語源學家也找不出原因。歷史並不是 immaculate（完美無瑕），事實上歷史到處都是 maculate（有汙點的），如果我們能為所有事情找到一個簡潔的解釋，也許會感到比較安慰，可惜這無法實現。

　　總之，我們的化石詞彙研究已經接近終點，真讓人感慨。

當然我們也可以繼續研究下去，畢竟語言裡到處都是化石，不過你可能會開始無精打采和意興闌珊（disgruntled）。小說家佩勒姆‧伍德豪斯（P.G. Wodehouse）曾經這樣評論某位老兄：「即使不是真的 disgruntled（意興闌珊），他也稱不上是 gruntled（心滿意足）。」所以，接下來就讓我們來看看 gruntling（小豬）和 grunt（咕噥）之間到底有什麼關聯吧。

反覆型字尾

　　如果有個寶石經常發出 spark（光芒），我們會說寶石在 sparkle（閃爍）；如果有燃燒的木材經常發出 cracking（裂開）的聲響，我們會說木材在 crackle（劈啪作響）。這都是因為 –le 是一種反覆型字尾。

　　先記得這一點，我們再回來談談 grunt（咕噥），這個詞加上字尾之後變成 gruntle，表示經常咕噥。當豬叫了一聲，我們可以說這隻豬 grunt（發出呼嚕聲），如果豬又再叫了一聲，就可以在這個詞後面加上反覆型字尾，然後把這隻豬叫做 gruntler（經常發出呼嚕聲的動物）。中世紀有個旅遊作家叫做約翰·曼德維爾爵士（Sir John Mandeville）[†]，他如此描寫住在伊甸園附近沙漠的民族：

> 在那片沙漠中有許多野人，外表可笑，因為他們長了角，而且不會說話，只會發出呼嚕聲（gruntle），像豬一樣。

　　不過，disgruntled（意興闌珊）一詞中的 dis 並不是表示否定的字首，而是表示強烈的意思。如果一個動詞已經帶有負面的涵義（讓你不停咕噥的東西想必不會正面到哪裡去吧），那麼表示

否定的字首 dis 就會變成強調負面的程度。因此，disgruntled 和 gruntled 基本上是一樣的意思。

有些反覆型詞彙則比較讓人意外一點，下次你在人群中被 jostle（推擠）的時候，可以轉念想一想，自己的命運其實比某些在古代參加 jousting（馬上長槍比武）被騎士反覆攻擊的人好多了。中世紀的戀人會對彼此 fond（表達愛意），如果這個舉動太過頻繁，就會開始變成 fondle（愛撫）。愛撫是很危險的行為，因為沒過多久這就會演變成躺在一起互相取暖，用現在很少見的古老單字來說，這個行為就叫 snug。而多次相互取暖的結果就是 snuggle（依偎），最後當然就是懷孕。

不論是 trample（踩踏）、tootle（悠閒行駛）、wrestle（摔角）或 fizzle（逐漸消退），這些動作都有一再重複的涵義。所以現在來解個 puzzle（小謎題，原本指的是「經常被提出的問題」）吧，以下這些反覆型詞彙的原型是什麼呢？

    nuzzle（輕觸）
    bustle（匆忙動作）
    waddle（搖擺行走）
    straddle（跨過）
    swaddle（裹住）‡

---

† 其實歷史上根本沒有這號人物，不過卻有一本書，作者叫做約翰・曼德維爾爾爵士。十四世紀的作家生態就是這麼一回事。此外，我把這一段引文改寫得比較現代化以方便理解。在原文裡，gruntle 一詞是拼寫成 gruntils。──作者注

‡ 答案分別是：nose（鼻子）、burst（爆發）、wade（涉水）、stride（大步行走）和 swathe（包裹）。

想當然，你之所以無法立刻猜出原型的詞彙，是因為反覆型通常會離家自立自強。例如拉丁文的 pensare，意思是思考，從這裡衍生出了 pensive（沉思）和 pansy（三色菫，將這種花送給愛人讓對方想起你）。羅馬人認為思考不過就是一再地權衡，所以 pensare 其實是 pendere 的反覆型，後者的意思是秤重或吊起，而從這裡又衍生出了多到超乎你想像的詞彙。

Pending
懸掛

拉丁文 pendere 的意思是吊起,過去分詞寫作 pensum。in 有否定的意思,de 則表示來自,而 sus 的意思是往下……。

如果你很 independent（獨立）,就表示你不 dependent（依賴）,沒有像 pendulum（鐘擺）和掛在脖子上的 pendant（墜飾）等物品是懸掛的狀態。因此,我們可以說 pendant 的狀態是 pending（懸而未定）或甚至是 impending（漸漸逼近）。至少可以確定的是,墜飾是被 suspend（懸掛）起來的,所以也能用掛著 suspense（懸念）來形容。

天平是以懸掛的方式維持平衡（hang in the balance[†]）,而天平可以量出黃金的重量,並用來支付 pension（退休金）、stipend（薪俸）和 compensation（賠償金）,還可以用 pesos（披索）支付,但不可以用便士（pence）,因為這個詞的語源和懸吊完全無關。

當然,以上這種金錢的 dispensation（分配方式）,都是以心理標準衡量。一個人必須要先進入 pensive（沉思的）狀態,才能變得 expensive（昂貴）有價值。面對各種論點,你必須給予同等的重視,才能達到 equipoise（均衡）或 poise（平衡）的狀態。如果沒有同等重視各種事物,你的天平某一側就會懸掛太多

---

† hang in the balance：另一個意思是懸而未決。——譯注

東西，最後你的 pen**chant**（偏好）就會占有大量 pre**pond**erance（優勢），發展成 pro**pens**ity（極端癖好）。至於這些偏好有沒有讓你變成 per**pend**icular（直立狀態），我就禮貌性地不問出口了。

我希望這一段針對 **pend**ulous（懸垂）概念的解說有把重點都整合在一起，如果確實有，這一段就是標準的 com**pend**ium（綱要）了。雖然還有一些詞彙也是源自相同的字根，但如果要完整收錄這些詞，大概會需要 ap**pend**（附加）一篇 ap**pend**ix（附錄）。

不論是書中的附錄還是人體內的闌尾（兩者都叫 appendix），都是放置沒用廢物的地方。話雖如此，人體內的這個管狀物比較正式的名稱是 vermiform appendix（蚓突），這聽起來讓人感覺更不舒服，因為 vermiform 字面上的意思就是「像蟲一樣」，這一點值得你在下次吃到 vermicelli（義大利細麵）時好好想一想。

蟲的轉捩點

　　蟲的日子並不好過，如果不是被早起的鳥兒鎖定，或被關在罐子裡晃來晃去，就是被狠狠地踩爛。這也難怪莎士比亞要記錄蟲子對壓迫者的反擊：

The smallest worm will turn, being trodden on,
最小的蟲多，被踩一腳，也要扭動一下，
And doves will peck in safeguard of their brood.
鴿子為了保護幼雛也要啄人。

　　另一方面，詩人威廉・布萊克（William Blake）則認為「被砍斷的蟲會原諒犁頭」（The cut worm forgives the plow），但這實在太難以置信。

　　從語源學的角度而言，蟲會 turn（扭動）其實並不讓人意外。worm（蟲）源自原始印歐語的 wer，意思就是扭動，指的是蟲子彎來彎去的樣子。所以，用扭動來表達蟲的動作不只是恰到好處而已，還是同義反覆語（tautology）。

　　蟲子可是花了一番功夫才變得如此渺小，因為 worm 一詞原本的意思是龍，接著從會噴火的巨獸變成了單純的蛇，後來又漸

漸降級，直到 worm 變成花園裡那些被烏鴉追著跑（或是被威廉‧布萊克砍斷）的小東西。話雖如此，龍的詞義存在了好幾個世紀，一直到 1867 年威廉‧莫里斯（William Morris）都還能一本正經地寫出這句優美的句子：Therewith began a fearful battle twixt worm and man（龍族和人類之間殘酷的戰爭就此展開）。

在 worm 的語源之旅中，始終如一的狀況就是人類不喜歡這種生物，而這種生物也不喜歡人類。有很長一段時間，人類相信花園裡的蟲會鑽進耳朵裡，再加上古英文的 wicga 一詞也有蟲的意思，就組成了一個很怪的現代詞彙 earwig（蠷螋），儘管嚴格來說這是一種昆蟲而不是蠕蟲，而且也和戴在頭上的 wig（假髮）無關。[†]

worm 這個詞彙只有在歷經兩次轉變的時候，還保留了一些過去的榮光。其中一次是衍生出 wormhole（蟲洞），原本蟲洞就只是字面上的意思，直到 1957 年，名為愛因斯坦－羅森橋（Einstein-Rosen Bridge）的推論把持了這個詞彙，從此蟲洞的定義就成了理論上兩個時空之間的連結處，當然這是建立在相對論之上的理論。

另一次則是衍生出嚇人的 crocodile（鱷魚），這個名稱源自希臘文 kroke-drilos，意思是鵝卵石蟲。說到鵝卵石（pebble），這在微積分（calculus）裡也是很重要的概念，因為 calculus 字面上的意思就是小石子。

[†] 不過，人類確實會把假髮戴在奇怪的地方。十七世紀的娼妓通常會把私密處的毛髮剃光以避免滋生蝨子，然後再戴上特殊的假陰毛（merkin）。另外，既然我們聊到了「耳朵假髮」，人類的耳毛其實是從醫學名稱為「耳屏」（tragus）的地方長出來，tragus 的名稱由來是山羊的希臘文 tragos，而耳毛又和山羊的鬍子很類似。古雅典的演員會在表演嚴肅的劇目時穿上山羊皮，這就是為什麼有些戲劇後來稱作 tragedy（悲劇），字面上的意思是「山羊之歌」。——作者注

數學

　　數學是一門抽象又具有純粹美感的學科，因此發現相關的詞彙和符號竟然有如此平淡又具體的起源之後，實在讓人感到很意外。calculus（微積分）是個讓人望文生畏的詞彙，不過一旦你發現字面上的意思只是小石頭，看起來就沒那麼冠冕堂皇了，這個名稱的由來是因為羅馬人都是用數石頭的方式來算數學。

　　奇怪的是，也許你有猜想到，abacus（算盤）一詞字面上的意思也是小石子，而且這個詞彙源頭可以追溯到希伯來文的abaq，意思是塵土。你知道嗎，借用這個詞的希臘人並不是用石頭來算術，而是在板子蓋上一層沙子，然後在上面寫下計算過程。需要重新開始計算時，只要把板子搖一搖就會變乾淨，基本上就像是古典時代的神奇畫板（Etch A Sketch）。

　　average（平均數）的由來則更是平淡無奇，這個詞源於古法文的 avarie，意思是「對船造成的損害」。在當時，船隻通常是多人共有，而船受損需要支付維修費用時，每一位所有人都必須平均支付。

　　line（直線）原本指的是一塊亞麻布上的一條絲線；trapezium（梯形）原本指的是桌子；circle（圓形）原本指的是馬戲團。不過在數學界中，最精彩的語源學例子就是符號了。

以前的人不會寫 1 + 1，而是會寫出 I et I 這樣的句子，也就是「一加一」的拉丁文。發明加號的時候，古人就只是把 et 的 e 去掉，然後保留了交叉的 +。很巧的是，& 也是從 et 衍生而來，你只要在文書軟體中亂改一下字體，就能看出來 Et 是怎麼變成 &。輸入 & 之後，把字體改成 Trebuchet 會出現 &，改成 French Script MT 則會出現 &，改成 Curlz MT 會是 &，改成 Palatino Linotype 則是 &，最後，因為這本書英文版印刷的字體是 Minion，呈現出來的當然就是 &。

　　以前大部分的數學算式都是以完整句子寫出來，這就是為何到了十六世紀有個叫做羅伯特・瑞可德（Robert Recorde）的威爾斯人發明了等於符號之後會滿心歡喜。每次算術都要把 is equal to（等於）寫出來，真的讓羅伯特無比厭煩，這對正在編寫數學教科書的他來說尤其惱人，另外這本書的書名令人印象十分深刻：The Whetstone of Witte whiche is the seconde parte of Arithmeteke: containing the extraction of rootes; the cossike practise, with the rule of equation; and the workes of Surde Nombers（《礦智石，算術研究第二部：涵蓋開方法、代數學與方程式法則，以及無理數概念》）。

　　雖然書名如此冗長，但這本書卻讓代數從此變得簡潔，瑞可德寫道：

　　　……為了避免枯燥地重複寫出 is equal to，我將會改用平時工作經常使用的符號，一對平行線，也就是等長的雙生直線「＝」，因為沒有兩個東西可以比這個符號更相等。

因此 = 之所以是等於符號，就是因為這兩條線等長。羅伯特·瑞可德在 1557 年出版《礪智石……》（全名請見上文），隔年就死在負債人監獄裡，這證明了優秀的數學能力和優秀的會計能力是兩回事。

　　瑞可德認為 = 的兩條線相似到有如一模一樣的雙胞胎，所以才用到 gemowe（雙生）這個詞。gemowe 源於古法文的 gemeaus，也就是 gemel 的複數形，而後者則是源自拉丁文的 gemellus，也就是 Gemini（雙子座）的指小變體[†]。

---

† 　指小變體（diminutive）在構詞學中是一種詞綴，加在名詞形容詞前後、或者改變部分詞構，以表示「小」、「少」等意義。例如 book（書）的指小變體為 booklet（小冊子）。

　　相對的指大變體（augmentative），則用來表示「大」、「多」等意義。例如 city（城市）的指大變體為 megacity（巨型城市）。──編注

星空和油膩膩的河狸

所謂的 zodiac（黃道帶），指的當然就是環繞天空的小小環形 zoo（動物園）。這個詞之所以和動物園有關，是因為黃道帶上的 12 個星座之中，有 11 個是生物，還有 7 個是動物。其實，原本希臘人在幫黃道帶取名的時候，所有的星座都是生物，突兀的天秤座（Libra）是羅馬人加上去的。

整個黃道帶充滿了各種奇怪的詞彙關聯：巨蟹座和癌症的英文都是 Cancer，主要是因為古羅馬哲學家蓋倫（Galen）認為有些腫瘤和螃蟹長得很像，還有部分原因是 crab（螃蟹）和 cancer（癌症）這兩個詞都源自印歐語字根 qarq，意思是堅硬。Capricorn（摩羯座）這類的山羊會跳來跳去，而且通常很 capricious（善變任性），這個詞字面上的意思就是「像山羊一樣」。而 Taurus（金牛座）就是會被騎馬鬥牛士（toreador）殺掉的那種公牛。接下來，讓我們花點時間多談一下 Gemini（雙子座）。

這裡的雙子是兩顆分別叫做卡斯托爾（Castor）和波拉克斯（Pollux）的星星，而他們變成星座的過程是一段溫馨又感人的故事。

不管天文學家是怎麼說的，大部的星星並不是能量冷卻成物質之後而產生，而是由希臘天神宙斯（Zeus）所創造。

宙斯看上了名叫麗達（Leda）的女孩，決定要化身成天鵝對她伸出魔爪。不過，當天晚上麗達和丈夫廷達柔斯（Tyndareus）同床，結果導致相當複雜的懷孕狀況，最後麗達生出了兩顆蛋，說實在任何丈夫都會因此起疑心吧。

第一顆蛋裡是（特洛伊的）海倫和克呂泰涅斯特拉（Clytemnestra），第二顆蛋裡則是卡斯托（Castor）與波路克斯（Pollux）。經過大量的神話式親子鑑定之後，證實海倫和波路克斯是宙斯的小孩，而卡斯托和克呂泰涅斯特拉是廷達柔斯的凡人小孩，這位可憐的老兄大概也不會因此感到安慰。

卡斯托和波路克斯兩兄弟如影隨形，直到有一天卡斯托遭到刺殺。身為半神的波路克斯和親生爸爸達成協議，要把自己的永恆生命分給雙胞胎兄弟，於是宙斯就把兩人變成兩顆星星，可以永遠一起待在天上（呃，其實這兩顆星之間的距離有十六光年，不過我們就別太計較細節了）。

Castor 在希臘文裡是河狸的意思，直到今天，世界上所有的河狸所屬的河狸屬還是叫做 Castor，雖然牠們根本不知道。

我們通常會把河狸想成會建水壩的可愛小動物，但是文藝復興時期的便祕患者可就不這麼想了，他們會把河狸當作舒緩和治療便祕的法寶。

你知道嗎，河狸的腹股溝有兩個囊，其中含有帶毒性而且超級噁心的油，是一種非常有效的瀉藥，這種非常珍貴的液體被稱為 castor oil。

雖然液體的名稱流傳到了現在，但油的來源已經不再相同，各地的河狸應該會很慶幸，十八世紀有人發現蓖麻（*Ricinus*

communis）種子產出的油也有相同的通便效果，而蓖麻也因此被稱為 castor oil plant（河狸油植物）。所以，雖然這種液體還是叫做 castor oil，但已經不是從河狸的腹股溝取得。

有不少解剖學專有名詞是從河狸衍生而來，不過為了讓這一連串討論保持格調、純潔而且適合全家一起欣賞，現在我們還是來談談 beaver（河狸）曾經被用來指稱 beard（鬍子）好了。

鬍子

藏在英文裡的各種鬍子數量其實超乎尋常（bizarre）。舉例來說，bizarre 一詞是源自巴斯克語的 bizar（鬍子），因為當西班牙軍隊抵達庇里牛斯山的偏遠村莊，習慣把鬍子刮得乾乾淨淨的當地人覺得他們的鬍子實在是超乎尋常。

羅馬人把箭尾端的羽毛稱為鬍子，單字拼作 barbus，這就是為什麼箭的另一種說法是 barb，同時也可以說明為何 barbed wire（有刺鐵絲網）字面上的意思就是長了鬍子的網子。

幫你修剪鬍子的人叫做 barber（理容師），也是因為羅馬人稱呼鬍子為 barbus。古代的羅馬人喜歡把鬍子刮乾淨，因為他們認為鬍子很怪又太希臘風格了，所以在羅馬帝國陷落之前，理容師一直都有穩定而且利潤豐厚的生意可做。有一群部落民族在義大利橫行，他們留著一臉大鬍子，從來不修剪，這些部落民族被稱為 longa barba（長鬍子），後來簡稱為 Lombard（倫巴底），這就是為什麼現在義大利北部有一大區還叫做 Lombardy（倫巴底）。

當時，羅馬人已經變得毫無招架之力，大概是因為臉部毛髮太少了，無法與敵人抗衡。要是羅馬人再勇敢一點，再少刮一點鬍子，他們就能與敵人 beard to beard（公然反抗），不過這會讓他們不討喜又 rebarbative（惹人厭）。

羅馬人需要的是像美國南北戰爭聯邦軍將軍安布羅斯‧伯恩賽德（Ambrose Burnside）一樣的領導者，伯恩賽德將軍有一臉茂密的鬍子，從耳朵一直延伸到一大片八字鬍，由於他濃密的臉部毛髮實在太過驚人，這種落腮鬍造型後來被稱作 burnside（伯恩賽德式鬍）。不過，安布羅斯‧伯恩賽德過世之後遭到世人遺忘，新世代的美國人認為這種鬍子是長在臉的側邊（side），於是借用 burnside 一詞，然後以不尋常的方式調換拼字順序，造出了 sideburn（鬢角）。

另外，有鬍子的可不只人類，也不只有動物。就連樹木也可能忘記刮鬍子，例如生長在加勒比海一帶的巨大鬍鬚榕（giant bearded fig），這種長鬍子的榕樹又被稱為絞殺榕（strangler fig），最高可長到 15 公尺高。鬍鬚、高度和絞殺這三個特徵其實緊密相關，因為這種樹的繁殖方式就是長得比附近的樹木還要高，然後把鬍鬚一般的氣根降落在這些毫無防備的樹木枝頭上。鬍鬚會纏繞住受害樹木，直到接觸到地面，接著在地面上挖洞並且收緊，將宿主絞殺致死。

加勒比海上有一座島長滿了絞殺榕，當地人以前把這座島叫做「有白牙的紅色之地」，不過西班牙探險家發現這裡之後，對於瘋狂又不修邊幅的榕樹留下無比深刻的印象，所以把島取名為 Bearded Ones（留鬍子的島），也就是現在的 Barbados（巴貝多）。

島嶼

　　英文的某些部分只能搭船才能抵達，例如在太平洋的中間有個小點，上面的原住民把自己的家鄉稱為 Pikini（椰子島），這個說法引進英文之後就成了 Bikini Atoll（比基尼環礁）。

　　長達數個世紀，除了當地原住民之外，沒有人知道比基尼環礁的存在，就連歐洲人發現這座島之後，所能想到最好的利用方式也只有把這裡當作船舶墳場。如果戰艦的壽命已盡，就會被帶到這個美麗的環礁湖沉入海底。

　　比基尼環礁是在 1946 年由美國放上地圖（還差點從地圖上消失），因為那時美軍在當地測試原子彈。atom（原子）是希臘文，意思是不可分割，不過美國人發現，只要打破語源學的法則，就能創造出極大的爆破力量，而這種大爆炸就是讓蘇聯刮目相看並贏得冷戰的最佳方法。

　　不過，在比基尼的試驗反而對法國和日本產生了比較立即的效果，也許這正好反映出了上述兩個國家的民族性。

　　1954 年，美國在測試新型氫彈，他們估算後認為這種武器應該會比之前用來到處亂搞的原子彈更有威力一點。結果，氫彈的威力其實遠大得多，最後輻射還意外照射到一艘日本漁船上的船員。日本社會一片憤慨，畢竟日本和美國之間有相當尷尬的軍事

和核武關係，日本人發起示威遊行，發洩滿腔怒火，還拍了一部電影講述核武測試喚醒海中巨獸哥吉拉（Gojira），牠的名字在日文裡的意思是「大猩猩鯨魚」。這部電影的製作過程倉促，開拍同一年就上映，據說哥吉拉只是電影製作團隊裡某個特別高大的成員的暱稱。哥吉拉一詞英語化之後變成 Godzilla，而由於這部電影風靡全球，–zilla 就成了符合英文文法的字尾。

現在，對婚禮中每一個微不足道的細節都斤斤計較、從頭紗到褶邊都不放過的準新娘就叫做 bridezilla（怪獸新娘），還有一個全球最多人使用的網路瀏覽器叫做 Mozilla Firefox（火狐），這個品牌的名稱和舊商標，其實都可以直接追溯到比基尼環礁的軍事實驗。

不過當日本人看到了具威脅性的怪獸，法國人卻看到了法國人眼裡總是會出現的東西：性。時尚設計師雅克·海姆（Jacques Heim）在當時想出了兩件式的泳衣設計，想要打造出世界上最小的泳裝。他把設計帶到一家位於巴黎的女性內衣店，而這家店的老闆路易斯·雷德（Louis Réard）用一把剪刀證明了，這種設計還可以再驚世駭俗一點。根據雷德的說法，最後的成果足以讓每一個法國男人褲襠裡的欲望爆炸，威力只有比基尼環礁的軍事實驗可以媲美，所以他把這種新泳裝取名為「比基尼」。

於是在這樣一場美麗的巧合之下，現在我們可以上網用 Mozilla 開發的網路瀏覽器欣賞穿著比基尼的女生圖片，然後想起這兩個詞彙其實都是源自同一起事件。

serendipity（機緣巧合）一詞是在 1754 年由霍勒斯·沃波爾（Horace Walpole）發明，他是英國第一任首相的兒子，而且很好

心地解釋了自己究竟是怎麼想出這個說法。當時他正在讀一本叫做《塞倫迪普三王子歷險記》（*Voyage des trois princes de Serendip*）的書，故事內容是關於三個來自塞倫迪普島的王子，他們奉父親之命要去尋找殺死巨龍的魔法解方。沃波爾注意到「王子殿下在旅途過程中總是會發現一些他們原本沒有在追尋的事物，不論是出乎意料還是靠著聰明才智」。雖然沃波爾所讀的三王子故事完全是虛構小說，塞倫迪普島（Island of Serendip）卻是真實存在的地方，不過這座島嶼從此改了幾次名字，起初是叫做 Ceylon（錫蘭），後來在 1972 年又改成 Sri Lanka（斯里蘭卡）。由此可知，serendipity 這個詞字面上的意思其實是「斯里蘭卡的狀態」。

現在讓我們橫越印度洋，沿著蘇伊士運河往上到 Sardinia（薩丁尼亞島）。等等，先不要好了，因為薩丁尼亞島上的居民是一群卑鄙小人。古時候，由於在世人眼裡他們實在太暴躁又惹人厭，任何不友善的評論都可以用 Sardinian（像薩丁尼亞人一樣）來表達，sardonic（輕蔑）一詞就是由此而來。不過，薩丁尼亞島也和周邊海域盛產的小魚共用了名字，現在這種魚叫做 sardine（沙丁魚）。

我們可以去一趟 Lesbos（勒斯博島），但我們可能會因此變得不太討喜。勒斯博島上最有名的居民是希臘詩人莎芙（Sappho），她寫的古希臘詩歌主要都是關於她有多熱愛其他古希臘時期的女性，所以在十九世紀後期，Lesbian（蕾絲邊）成了委婉指稱女同性戀的用詞。可想而知，這個詞背後的概念是，只有受過良好古典教育的人才能理解其中的典故，而且受過良好古典教育的人心智一定夠健全，不會把這個詞拿來嘲笑別人。如果考量到這一點，lesbianism 顯然優於先前的同義英文詞彙 tribadism

（女性互戀），後者源於希臘文的「摩擦」。

蕾絲邊這個詞在 1890 年代被挪用之前，指的是一種來自勒斯博島的葡萄酒，所以你可以喝到很不錯的蕾絲邊。當然，這個詞從以前到現在也都可以用來指稱島上的居民，但不是所有島民都滿意這個詞的新涵義。2008 年，一群（島上的）蕾絲邊試圖要推動禁令，要求另一群（內陸的）蕾絲邊變更她們的同性權益組織名稱。禁令雖然沒有成真，但為了確保我們站在比較安全的那一邊，我們還是把這艘語源學之船駛出直布羅陀海峽，前往狗會長羽毛的島嶼吧。

羅馬人在大西洋上發現了一些巨犬橫行的島嶼，於是把這些島稱為 Canaria（加那利群島），字面上的意思就是犬之島。不過，大約幾千年之後，當英國人終於有辦法登上加那利群島勘查，他們卻只發現鳥類，還決定把這種鳥稱為 canaries（金絲雀），於是這個詞的意思就從狗變成了鳥（後來又變成一種美麗的黃色）。現在讓我們繼續往西，來到 Cannibal Islands（食人島）。

克里斯多福・哥倫布（Christopher Columbus）往西航行橫越大西洋之後，抵達加勒比海群島（Caribbean Islands），起初他比較想要把這裡叫做「西印度」，因為他這趟旅程的目的就是要找到通往印度的西方路線，當時每一個歐洲人都知道印度是由可汗（Great Khan）統治的富庶國家。

所以哥倫布登陸古巴並發現當地人自稱為 Canibs 時，簡直欣喜若狂，因為他以為 **Can**ibs 就是 **Khan**ibs，但這不過就是一廂情願勝過語源學的罕見例子而已。在哥倫布抵達的下一座島，當地居民自稱為 Caribs；在之後的那一座島，當地人則自稱為

Calibs。這是因為在加勒比海的古老語言中，N、R 和 L 幾乎是可以互換的字母。

這片海洋之所以被稱作 Caribbean（加勒比海），其實只是因為當地人的其中一種發音是如此。不過，當時歐洲人也認為島上的民族會吃人肉，於是這種特殊的飲食癖好就被叫做 cannibalism（同類相食），而且是出自另一種當地人的發音。這些島民是否會吃人，至今仍然是個爭議十足的問題，有些人認為他們以前確實會吃，有些人則認為這只是歐洲人恐懼的投射罷了──確實，歐洲人的想像力總是因為這些遠在天邊的島嶼而瘋狂運轉。在威廉·莎士比亞的劇作《暴風雨》（The Tempest）中，場景設定在一座沙漠島上，唯一的原住民是半人半魚的奇怪生物。加勒比海一帶絕對沒有任何人魚，但莎士比亞還是把筆下野獸般的角色取名為 Caliban（卡利班），也就是第三種當地人的發音。

那麼接下來我們要繼續航行，穿過巴拿馬運河†，前往島鏈的終點夏威夷（Hawaii），全世界最受歡迎的點心差一點就要和這座島同名。

---

† 英文裡最接近迴文的一段文字絕對就是：「A man, a plan, a canal: Panama」，字面上的意思是「一名男人、一個計畫、一條運河：巴拿馬」。──作者注

Sandwich Islands

三明治島

第一個踏上夏威夷海岸的歐洲人是詹姆士・庫克（James Cook）船長，他在 1778 年登陸，接著在 1779 年綁架國王未遂之後去世。庫克船長把 tattoo（刺青）和 taboo（禁忌）這兩個詞引進英文，兩者都是他在太平洋之旅的所見所聞，不過有個名稱他卻沒辦法塞進辭典裡，甚至連地圖集也無法。

歐洲探險家熱愛為他們發現的地方命名，這個習慣有時候會讓當地人反感，他們覺得自己明明才是先發現這個地方的人，畢竟他們已經生活在這裡了。總之，雖然庫克有記錄下來，當地人把他新發現的地方叫做奧懷希（Owyhee），但他很明白自己該往哪裡靠攏，於是決定把這裡重新命名來紀念這趟探險的贊助人。想當然，庫克船長滿腦子都是自己未來的職業生涯（也許他在綁架國王之前應該要先想到這一點），因為當時庫克的贊助人是英國海軍大臣：第四代三明治伯爵（Earl of Sandwich）約翰・蒙塔古（John Montagu）。

然而，三明治這個名稱沒有沿用下去，而且庫克甚至在贊助人聽到他的意圖之前就死了。可憐的三明治伯爵只能將就把名號冠在南三明治群島（South Sandwich Islands，南極附近無人居住的島弧）、蒙塔古島（Montague Island，阿拉斯加附近無人居住

的島嶼），以及全世界每一間三明治專賣店、三明治製造商和每一種三明治餡料上。而且，他甚至連麵包刀都不用靠近，就成功做到最後一點。

三明治伯爵是標準的賭徒，而且可不只是一般的賭徒，他嗜賭成性到大把接大把地輸錢。英國人可是以好賭聞名於世，但就連以當時的英國標準來看，他也算是特例。關於這種全世界都喜歡的點心的起源，最早也是唯一一筆的紀錄是出自 1765 年的法文書籍，內容在講述英國人是多麼糟糕的賭徒，其中寫道：

> 英國人思慮縝密、欲望狂暴，把所有熱情都發揮到極致，這一切特質都在賭博這項技藝上毫無保留地展現出來：據說幾名有錢的貴族因此自毀前程，其他人則把時間全都投注在此，犧牲了睡眠和健康。有一位國務大臣在公開的賭桌上度過了四又二十小時，他實在是深深沉迷於賭局，以至於在整個過程中完全沒有用餐，只吃了一點牛肉，夾在兩片烤過的麵包中間，即使在進食也不肯離開賭局。在我定居於倫敦期間，這種新料理變得極為流行，名稱由來就是發明這種料理的那位大臣。

這位作者並沒有提及大臣的姓名，因為他是法國人，用法文寫作給法國讀者看 †，所以他實在沒有必要解釋一個英文詞的起源。而現在三明治也名列全體法國人都知道的少數英文詞彙之一，則是為這則故事增添了一點美味的轉折。

---

† 如果你有興趣知道的話，以上的引文是出自 1772 年的翻譯版。從文中可以感覺出根本沒有必要提到三明治，因此我們可以推測，當時所有身在英國的人都知道那號人物到底是誰。── 作者註

一般的迷思誤以為三明治伯爵發明了三明治，他並沒有。伯爵有的是真正幫他準備食物的僕役和廚師，只是他的名號讓三明治聽起來很酷而已。

　　在這之前人類肯定有試過把東西塞進兩片麵包裡，因為這種食物大概在上個冰河期的尾聲就已經被發明出來。三明治伯爵之所以讓這種食物聲名大噪，是因為他把你根本看不上眼的簡單小點心拿在手上，然後把三明治連結到貴族、權力、財務、奢華和 24 小時賭博。

　　高貴的紳士和女士不會在廚房裡忙東忙西，好讓自己能透過食譜書名留青史，他們只要等著自己的名號被用來命名食物就行了。義大利國王翁貝托一世（Umberto I）的妻子義大利皇后瑪格麗特（Margherita Maria Teresa Giovanna）就是一例，她從來沒有登上斯坦利山（Mount Stanley），但是這座山的最高峰卻是以她命名。瑪格麗特也絕對沒有做過任何披薩，披薩是為了她而做，而且這種披薩必須要配得上她皇后的身分。

　　十九世紀的義大利貴族不吃披薩，那是農民階級的食物，用的是農民最愛的調味料：大蒜。不過在 1880 年代，歐洲皇室擔心會有革命，所以全都想盡辦法要善待他們統治的平民。於是當翁貝托國王和瑪格麗特皇后造訪披薩的故鄉那不勒斯（Naples），有個名叫拉斐爾・埃斯波西托（Raffaele Esposito）的人決定要做出配得上皇后雙唇的披薩。

　　埃斯波西托是「皮耶特羅披薩店就夠了」（Pizzeria di Pietro e Basta Così）的老闆，他解決大蒜問題的方法就是不使用任何大蒜，這可是前所未見的想法。接著他決定要讓這種披薩顯得很愛

詞源

國又有義大利風情，方法是模仿國旗的配色：紅、白、綠。於是他加入紅色的番茄（以前從來沒有人這麼做）、白色的莫札瑞拉起司以及綠色的香草，然後把成品取名為瑪格麗特披薩，在 1889 年 6 月獻給皇后。

說實話，瑪格麗特皇后大概沒有屈尊吃下史上第一個瑪格麗塔披薩，不過她確實有請一位僕人寫了感謝紙條。從此以後，她的名字永垂不朽，還成了全世界每一家披薩店的菜單上都會出現的義大利國旗代稱。

義大利國旗是由三個直條組成，這種設計源於三色旗（le Tricolore），也就是法國大革命的旗幟。

英文詞彙裡的法國大革命

　　當世界改變，語言也會改變。新的事物需要新的詞彙，而從一個時期的新詞彙，就可以看出那個年代的發明，例如越戰讓美國英文多了 bong（水菸壺）和 credibility gap（信用差距）等詞彙。

　　只要觀察一一冒出的新詞彙，就能一窺英語世界的歷史。1940 年代出現了 genocide（種族屠殺）、quisling（賣國賊）、crash-landing（墜機著陸）、debrief（聽取匯報）和 cold war（冷戰）等用詞。1950 年代出現的是 countdown（倒數）、cosmonaut（太空人）、sputnik（史普尼克）和 beatnik（披頭族）。1960 年代則有 fast food（速食）、jetlag（時差）和 fab（絕讚）。接下來就依序進入了 Watergate（水門）、yuppie（雅痞）、Britpop（英式搖滾）和 pwned（盜用密碼）的時代。

　　然而，歷史上從來沒有發生過像法國大革命這麼新的事件，基本上就是一群有新想法的暴民拿著草叉想大開殺戒。每一起新事件、每一個新概念，都必須用從法文引進的新詞彙來轉譯，好讓英語世界理解；每一次的轉折、契機、斬首和攻陷都會在幾天後傳到英國，而檢視從法文引進的詞彙，就能看出歷史的軌跡。

　　1789 年 aristocrat（貴族）

1790 年 sans culottes（無套褲漢）

1792 年 capitalist（資本家）、regime（政權）、émigré（流
亡分子）

1793 年 disorganised（雜亂無章）、 demoralised（道德淪
喪）、guillotine（斷頭台）

1795 年 terrorism（恐怖主義）

1797 年 tricolore（三色旗）

　　說到三色旗，大家都知道會以旗幟和披薩佐料的形式流傳後
世。而且，法文對英文的貢獻不僅持續了好幾個世紀，還會再延
續更多個世紀。

　　大約有三成的英文是源自法文，不過這當然要取決於你計算
的方式。這表示，儘管英文基本上算是日耳曼語系，但還有至少
三分之一的羅曼語系血統。

羅曼語系

　　法文屬於 Romance language（羅曼語系），因為根據定義，法文很 romantic。[†]

　　從前從前，羅馬人在羅馬建立了羅馬帝國，不過，他們的語言不叫做羅馬文，而是拉丁文。

　　羅馬帝國繁榮興盛，催生出很多偉大的作家，像是維吉爾（Virgil）和奧維德（Ovid），全都是用拉丁文寫作。羅馬帝國也有一支效率高得嚇人的軍隊，把死亡和拉丁文散布到當時已知世界的每一個角落。

　　然而，帝國隕落之後，語言也隨之改變。六百年前，喬叟可以寫出 al besmotered with his habergeon（他的無袖盔甲全都布滿髒汙）這樣的英文句子，但是對現代人來說很難理解，除非你有研究過喬叟式英文。

　　同樣的狀況也發生在羅馬人和他們的拉丁文上，儘管不是突然爆發，但他們的語言一點一滴地改變，最後再也沒有半個羅馬居民可以讀懂偉大的羅馬作家在寫什麼，除非他們有在學校修習拉丁文。漸漸地，大家開始區分古拉丁文以及羅馬街上一般人在說的語言，後者就是所謂的羅曼語（Romanicus）。

　　黑暗時代降臨，拉丁文和羅曼語之間的差異越來越大。拉丁

文以一種特殊的方式存續下去，古典拉丁文（或者說非常近似古典拉丁文的某種語言）成了天主教會和學術論述的專用語言。如果你希望自己寫出來的東西獲得教皇或教授的重視，就必須用拉丁文寫作。甚至到了 1687 年，艾薩克·牛頓（Isaac Newton）還是必須把他的傑作命名為《自然哲學的數學原理》（*Philosophiae Naturalis Principia Mathematica*），並且用拉丁文出版。

然而在中世紀，大多數人不想讀關於理論神學的書，他們想看的故事要有穿著閃亮盔甲的騎士和陷入絕境的美麗姑娘，還有噴火龍、有魔力的群山以及大海之外的仙境。於是這種故事大量出現，而且都是以羅曼語寫成（romanice scribere）。在這個階段，Romanicus 的 –us 已經被省略掉了。

羅曼語有各式各樣的版本，有在羅馬發展出來的羅曼語，也有在法蘭西發展的，有一種來自西班牙，還有一種是來自羅馬尼亞。不過這些語言一律都稱為 Romanic（羅曼語），後來就連用這種語言寫成的故事也被這麼稱呼。

再後來，懶惰的一般人不再唸出 Romanic 裡的 I 的音，所以這種故事類型和故事用的語言也不再叫做羅曼語，而是 romance。

這也就是為什麼一直到今天，勇敢英俊的騎士和陷入絕境的姑娘之間的故事還是叫做 romance（羅曼史）。而如果有人想要重現這類故事的氛圍，不論是在月光下散步、在晚餐時點蠟燭、或是記得別人的生日，都可以用 romantic（羅曼蒂克）來形容，其實字面上的意思就是「羅馬的」。

---

† -tic 是英文中常見的字尾，部分名詞加上之後可轉變為形容詞。作者意在雙關，romantic 在實際使用上的意思為「羅曼蒂克」，但就構詞學來看，若把 romantic 視為 Romance 加上 -tic 字尾，就也可以解釋為「羅曼語言的」。——編注

流浪民族

　　有個詞彙其實和 Roman（羅馬的）、romance（羅曼史）或 Romania（羅馬尼亞）完全無關，那就是 Romany（羅姆人）。這個好幾世紀以來靠著篷車在歐洲各地旅居的民族有非常多種稱呼，而且每一種都不精確到了極點。一般住在房子裡，並對這種民族抱持懷疑態度的人，最常稱呼他們為 gypsy（吉普賽人），由來是因為一般人徹底誤以為他們來自 Egypt（埃及）。

　　在過去，Gypsy 和 Egyptian（埃及人）是可以完全互換的詞彙。莎士比亞在《安東尼與克麗奧佩托拉》（*Antony and Cleopatra*）一劇中的第一場演說，就提到埃及豔后克麗奧佩托拉有「吉普賽人特有的色慾」（gypsy lust），那麼這個概念到底從何而來？

　　羅姆人後來被稱為埃及人，是因為 1418 年的一起事件，當時有一批羅姆人落腳在現在德國的奧格斯堡（Augsburg），自稱是來自「小埃及」（Little Egypt）。沒有人知道他們口中的小埃及究竟是哪裡，但他們想要錢和通行證，雖然主管機關給了他們通行證，但是當地居民卻不領情。「埃及人」的概念就這樣傳遍各地，還衍生出一種傳說，內容是羅姆人（Roma）遭到詛咒不得不浪跡天涯，因為當約瑟夫、瑪利亞和耶穌為了躲過希律王的暴

行而逃往埃及，有個當地部落拒絕提供他們食物和歇腳處。據說，吉普賽人就是這個部落的後代，受到詛咒世世代代都要落入相同的命運。

事實上，羅姆人並不是來自埃及，而是印度。我們這麼判斷的原因，是他們的語言最接近梵語和印度語。Roma 一詞源自 Rom，在羅姆語中意思為「男人」，最終可以追溯到 domba，在梵語裡指的是一種音樂家。

即便如此，羅姆人的起源傳說還是到處流傳。埃及人迷思已經深植於匈牙利，當地人把他們叫做 Pharaoh-Nepek（法老的民族）。不過，不同國家有不同的傳說和稱呼，而且沒有一種是正確的。在斯堪地那維亞，羅姆人被視為從 Tartary（韃靼利亞）來的民族，所以被叫做 Tatars（韃靼人）。在義大利，他們則是從 Walachia（瓦拉幾亞）來的 Walachians（瓦拉幾亞人）。

西班牙人認為羅姆人是 Flemish Belgians（佛萊明比利時人），他們為什麼這麼想則是一個謎團，大部分其他歐洲人的誤解至少還是建立在羅姆人是來自某個東方異域。倒是有個理論指出，西班牙人只是在開玩笑而已。不管背後的邏輯為何，總之西班牙人開始把羅姆人和他們的音樂風格叫做 Flemish（佛萊明），或是 Flamenco（佛朗明哥）。

法國人則認為他們一定是來自 Bohemia（波希米亞，現在的捷克共和國），所以用 Bohemians（波希米亞人）來稱呼他們。後來在 1851 年，有個名叫亨利・穆傑（Henri Murger）的窮光蛋巴黎作家把巴黎拉丁區的生活當作寫作主題，他認為大多數的藝術家同儕對傳統嗤之以鼻的態度，讓他們成了社會制度意義上的

波希米亞人。於是他把自己的小說命名為《波希米亞人的生活情景》（*Scènes de la vie de bohème*），這個說法從此流行了起來。英國小說家薩克萊（Thackeray）在名作《浮華世界》（*Vanity Fair*）中也有用到這個詞。作曲家普契尼（Puccini）則是把穆傑的小說改編成歌劇《波希米亞人》（*La Bohème*）。這就是為什麼到了今天，不服膺傳統又破產的藝術家還是會被叫做波希米亞人。

詞源

From Bohemia to California (via Primrose Hill)

從波希米亞（經過櫻草山）
到加利福尼亞

　　波希米亞在文學地理學上占有很特殊的地位，莎士比亞的
《冬天的故事》（*The Winter's Tale*）第三幕第三場就是發生在波
希米亞的海岸，而且第一句台詞就確認了這一點：

Thou art perfect, then, our ship has touched
那麼，你確定我們的船已經抵達
Upon the deserts of Bohemia?
波希米亞的土地？

　　這特殊在哪呢？好吧，讓我們先快轉到一個世紀之後，引用
一下《項狄傳》（*Tristram Shandy*）的內容：

… and there happening throughout the whole kingdom of
Bohemia to be no sea-port town whatever—
……整個波希米亞王國剛好都是沒有任何海港的城鎮——
—How the deuce should there, Trim? cried my uncle Toby;
for Bohemia being totally inland, it could have happened

no otherwise.

——特里姆，到底該怎麼辦？我的叔父陶比哭著說。因為波希米亞是徹徹底底的內陸，不可能有其他方法。

—It might, said Trim, if it had pleased God.

——可能吧，特里姆說道，如果上帝願意眷顧這地方。

無論上帝願不願意眷顧這個地方，莎士比亞顯然很中意波希米亞不是內陸的謬論，於是波希米亞在劇本中就多了在現實中從來沒有過的東西。從來沒有嗎？好啦，幾乎從來沒有。陶比叔父似乎不知道十三世紀末期波希米亞在亞得里亞海海岸獲得了一小塊領土，然後在十六世紀初又再次得到。

莎士比亞實在不太可能知道波希米亞曾經不是內陸國家，莎士比亞根本不在乎地理。在《暴風雨》中，普洛斯彼羅（Prospero）在他位於米蘭的皇宮遭到綁架，然後在黑夜的掩護之下被匆忙帶到碼頭；要在一個晚上移動 119 公里，可是相當匆忙，畢竟那時候還沒有法拉利跑車。莎士比亞一點也不在意這種細節，他筆下的人物可是會從內陸的維洛那（Verona）開始航行，帆船工匠還會在貝爾加莫（Bergamo）工作，就算這個義大利城鎮距離最近的港口超過 161 公里。

現代作家會投入大把時間研究，莎士比亞則投入大把時間寫作。他把整齣戲的背景設定在威尼斯，顯然完全不知道那裡有運河；至少在他的作品中沒有提到任何運河，而且每次當他提起威尼斯，都會用陸地來指稱，就算這座城市其實是位在海上。

莎士比亞似乎從來沒有查看過地圖，而如果有人對此不以為

然，不妨參考一下克麗奧佩托拉的做法，去金字塔的頂端上吊自盡。畢竟，小說只不過是減去時間的事實而已。如果極地冰冠一直融化，大海總有一天會延伸到維洛那、米蘭，最後再到貝爾加莫。然後太陽會一直膨脹，在幾十億年之內，地球會變成一顆焦乾燃燒的石頭，這時莎士比亞在墓地裡被燒成炭的屍骨將會重獲清白，因為威尼斯所有的運河都已經乾涸。

詩人 A・E・豪斯曼（A.E. Housman）對於自己的詩作〈休利尖頂〉（Hughley Steeple）也是抱持相同的心態，他在寫給兄弟的信中提到：

從溫洛克懸崖（Wenlock Edge）往下看時，我很確定休利教堂（Hughley Church）的屋頂稱不太上是尖頂。不過，由於我已經寫好這首詩，也想不出另一個聽起來這麼順耳的詩名，我只能遺憾地讓休利的教堂步上布胡（Brou）那座教堂的後塵，馬修・阿諾德（Matthew Arnold）在他的詩作〈布胡的教堂〉（The Church at Brou）中描寫教堂矗立在山群之間，事實上那座教堂一直都坐落在平原。

法國劇作家阿爾弗雷德・德・維尼（Alfred de Vigny）曾經寫了一齣背景在倫敦的戲劇，主角是命運悲慘的英國詩人查特頓（Chatterton）。如果你是法國人，顯然這會是一齣好戲，但任何一個倫敦居民肯定會因為以下的劇情而竊笑：查特頓的朋友前往櫻草山（Primrose Hill）獵野豬，這個地方其實是一片綠意的小郊區裡的一個小公園。話雖如此，櫻草山緊鄰倫敦動物園，所以只

要有一兩個鬆脫的柵欄，就能讓德・維尼筆下的情節成真，同時倫敦人則會陷入危機。

有了時間幫忙收拾殘局，胡說八道也能變成真正的地理。以前希臘人深信有個國家叫做 Amazonia（亞馬遜古陸），住著從未存在過的兇猛女戰士；後來，過了幾千年，有個叫做法蘭西斯科・德・奧雷亞納（Francisco de Orellana）的探險家沿著南美洲的大河往上航行時，遭到一群憤怒的女性攻擊，於是他把當地稱為 Amazon（亞馬遜）。還有一個例子是，California（加利福尼亞）這個徹頭徹尾虛構的島嶼。

加利福尼亞

　　對加利福尼亞最早的描述是出現在 1510 年的西班牙文作品，這相當奇怪，因為在當時從來沒有歐洲人去過美洲西岸，不過虛構的事物通常都比事實早一步出現。

　　這段描述是出自賈爾西・羅狄蓋茲・德・蒙塔佛（Garci Rodriguez de Montalvo）之筆，而他能以這樣的專家之姿描寫加利福尼亞，是因為這個地方完全是虛構。

　　蒙塔佛專門寫作和編彙高貴又美好的騎士精神故事，他筆下有穿著閃亮盔甲的騎士、巨龍、巫師、陷入絕境的姑娘，以及如夢似幻又充滿奇幻生物的異國之地。在第四本著作《艾斯普蘭狄恩奇遇》（Exploits of Esplandian，暫譯）中，他創作出一座接近失落伊甸園的奇怪島嶼。[†]

　　蒙塔佛寫道：

在印度群島的右手邊有一座名叫加利福尼亞的島嶼，非常接近人間樂園的邊陲。島上住著皮膚黝黑的女人，沒有任何男人，因為她們的生活方式和亞馬遜人一樣。這些女人的身體美麗又

[†]　請容我補充一下背景知識，這本書的假設是完美的伊甸園並沒有遭到挪亞方舟那時的大洪水摧毀，而是被沖刷到遙遠不可企及的地方，再也沒有人找得到。── 作者注

結實，是勇敢又相當強壯的民族。她們的島嶼是世界上最難攻破的地方，盡是懸崖和岩岸。她們的武器是以黃金打造，平時馴化和騎乘的野獸所用的轡繩也是如此，因為島上的金屬只有黃金。

從這段文字就可以大概瞭解蒙塔佛的想像是什麼樣子，這也可以解釋為何航向新世界的色迷迷西班牙探險家，會滿心希望能遇到這些身材強健又缺乏性生活的女性。就我們所知，哥倫布的兒子有一本蒙塔佛的作品，第一個進入太平洋的歐洲人科爾特斯（Cortés）在一封 1524 年的信中有提到此事。而且，現在大家所熟知的加利福尼亞州，在當時也被以為是座島。

當然，加利福尼亞根本就不是島嶼，不過要怪就要怪一位探險家修士，他讓歐洲的製圖師從十六世紀到大約 1750 年都以為加利福尼亞是一座島。究竟這些探險家為什麼會搞錯實在不得而知‡，不過遲至 1716 年，還有英國地理學家寫出以下的內容：

加利福尼亞
這座島嶼先前被認為是半島，不過現在卻發現四周都是水體。

這樣的內容對我來說可以接受，對於打算要為這個溫帶天堂取名的西班牙人來說也可以接受。這些探險家決定要參考蒙塔佛的騎士奇幻故事，用那個住有兇猛（又誘人）女性的魔法之地來命名。

蒙塔佛之所以把書中的那座島叫做加利福尼亞，是因為島上

的統治者是名為 Calafia（加利菲亞）的美麗女王。在《艾斯普蘭狄恩奇遇》中，加利菲亞聽信他人建議，帶著她兇猛（又誘人）的女子大軍加上一些受過訓練的獅鷲，加入君士坦丁堡圍城之戰，和穆斯林結盟對抗基督徒。然而，加利菲亞卻愛上了艾斯普蘭狄恩，還戰敗被俘並改信基督教。最後她帶著西班牙丈夫和訓練有素的獅鷲一起回到加利福尼亞島。

蒙塔佛為何要選用加利菲亞這個名字，有好幾種理論可解釋，不過目前最有說服力的一種是，由於她和穆斯林一起作戰，選擇這個名字是為了暗示或呼應穆斯林領袖的稱呼 Caliph（哈里發）。所以如果從語源學的角度追根究柢，加利福尼亞其實是最後一個尚存的 Caliphate（哈里發國）。

哈里發國有時候是指實質的國家體制，有時候則是指所有伊斯蘭國家組成的正式聯盟，這個制度在 1924 年遭到土耳其的青年土耳其黨（Young Turks）廢除。近幾年來，蓋達組織（Al Qaeda）意圖以激烈暴力手段復興哈里發國；不過，如果可以派一支由語源學家組成的精銳部隊前往恐怖分子的據點，他們就能溫柔地向對方解釋哈里發國從未消失：哈里發國仍然完好存在於世上，甚至還是全美國人口最多的一州。

---

‡　推薦有興趣的讀者參閱西摩‧施瓦茨（Seymour Schwartz）的《錯繪的美洲地圖》（The Mismapping of America），書中詳細地記錄了我嘗試過但還是沒有成功濃縮的內容。──作者注

The Hash Guys

抽大麻的人

　　就算沒有加利福尼亞讓事態變得更複雜，究竟誰該成為哈里發、怎麼樣算是哈里發國，這些問題就已經夠棘手了，而且從先知穆罕默德（Prophet Mohammed）去世後就一直是難解的問題。第一任哈里發是阿布·巴克爾（Abu Bakr），他是最早改信伊斯蘭教的人物之一。不過在幾年之後，有些人認為這個位置不該交給他，而是應該傳給穆罕默德的女婿，再傳給他的孫子，就這樣一直代代相傳給長子。這群人叫做什葉派（Shia），其他人則叫做遜尼派（Sunni）。

　　然而，世襲制度總是會在實務上引起爭端，所以在西元 765 年，當穆罕默德的後代剝奪長子伊斯瑪儀（Ismail）的繼承權，什葉派便從內部一分為二。一派認為伊斯瑪儀不該繼承，另一派則有相反的想法，後者就是所謂的伊斯瑪儀派（Ismailis）。

　　伊斯瑪儀派本身的發展還算不錯，他們在第九世紀征服了大半個北非，還派出很多臥底傳教士到伊斯蘭世界的其他地區。這些傳教士暗地裡讓許多人改信伊斯蘭教，直到一個大型的祕密伊斯瑪儀派網路形成，而這些人力也許有一天能幫忙擁立伊斯瑪儀派哈里發，從此一統天下。

　　但他們沒有成功，因為遜尼派入侵北非，燒毀所有的伊斯瑪

儀派書籍，然後靠著彎刀刀尖讓所有人直接重新改信最初的伊斯蘭教。此時，遜尼派只需要在自己的版圖內根除伊斯瑪儀派，一切就會萬事如意。

所以伊斯瑪儀派的日子就難過了，他們遭到追蹤、迫害、罰款、處死，總之人類喜歡用來對付鄰居的招數全都發生在他們身上。伊斯瑪儀派無法反擊，因為儘管他們為數不少，卻四散各處，根本沒辦法組成軍隊。後來，有個名叫哈桑·沙巴（Hasan-i Sabbah）的伊斯瑪儀派信徒想出了絕妙的點子。

他控制了裏海附近的一座孤立城堡，這個地點沒什麼戰略重要性，因為城堡坐落在偏遠地區的偏遠山谷盡頭處的偏遠山頂上。但也正因這些原因，阿剌模忒堡（Alamut）基本上是所向無敵、無法攻破。從這處基地，哈桑讓外界知道，如果有任何伊斯瑪儀派信徒遭到迫害，他一定會採取行動：不是與軍隊交戰或攻城掠地那一類的行動——他只會派出一位信徒處死一個人，就是下令迫害的那名高階官員；此外，處決會以黃金匕首執行。

他們說到做到。第一個遭到處死的人是哈里發國的維齊爾（vizier）[†] 本人，接著他們又一一除掉不少重要人物。這派人馬之所以令人聞風喪膽有兩大原因（除了黃金匕首以外）：首先，他們會以臥底間諜的方式混入目標的隨從之中，做好準備擔任多年的馬伕或僕役，只為了夠靠近目標。你可以雇用保鏢，但你要怎麼確認保鏢是不是殺手本人？第二，他們已經做好充分準備迎接任務後的死亡結局，甚至還把這當作某種額外獎勵。他們會在殺死目標後自殺，深信自己會上天堂。

[†] 負責輔佐哈里發的大臣。——譯注

沒有人知道該拿這群人怎麼辦，不過世間對他們的印象就是全員都會吸食 hashish（大麻），這種說法幾乎不可能是真的，但名號卻流傳了下來。他們被稱為「抽大麻的人」，用口語的阿拉伯文複數形來說就是 hashshashin。

　　宗教狂熱會過去，但黃金的光輝永遠不滅，當十字軍抵達中東，他們和伊斯瑪儀派在敘利亞的分支進行接觸，地點在由「山中老人」（Old Man of the Mountain）管理的第二座山中堡壘。老人同意將自己的手下出借給這些基督徒侵略者，後者顯然對於他們致命的宗教狂熱和紀律讚嘆不已。hashshashin 的故事傳回歐洲，過程中阿拉伯文的 H 被省略，於是「抽大麻的人」就變成了 assassin（刺客）。

　　沒多久，刺客一詞的動詞形態 assassinate 出現了，接著你只要請出威廉‧莎士比亞發明名詞形態 assassination 來用在劇作《馬克白》（*Macbeth*）裡就行了：

If it were done when 'tis done, then 'twere well
要是做了以後就完事了，那麼
It were done quickly: if the assassination
還是快點做吧。要是憑著暗殺的手段，
Could trammel up the consequence, and catch
可以攫取美滿的結果，又可以排除
With his surcease success …
一切後患……

不過，從語源學的角度來看，assassination（暗殺）基本上和大麻屬（cannabis）的抽象名詞形態 cannabisation 沒兩樣，你還可以把 cannabisation 替換成 marijuana（大麻）或 pot（大麻葉）的抽象名詞形態 marijuanafication 或 potification，又或是任何你用來稱呼大麻或毒品（dope）的同義詞。

毒品

　　毒品（dope）是很可怕的東西，對於賽馬來說更是恐怖。只要對賽馬下一點藥，就可以讓牠的表現一敗塗地，這就是為什麼下注的人絕對有必要事先知道，哪些馬遭到下藥，哪些則是乾乾淨淨準備迎接勝利。像這樣的賭徒可以說是對比賽 have the dope（握有內線情報），因為他知道哪一隻馬 go to pot（衰落、遭破壞）。

　　pot（大麻葉）和 pots and pans（鍋具）沒有任何關聯，而是源自墨西哥西班牙文的 potiguaya（大麻葉）。至於 marijuana（大麻）則是墨西哥文版本的瑪莉・珍（Mary Jane），而且大家都呼麻呼到太嗨了，導致沒有人記得緣由是什麼。另一個和墨西哥有淵源的毒品用語是 reefer（大麻菸捲），源自墨西哥文的 grifo（癮君子）。

　　事實上，和毒品相關的詞彙就和毒品的起源一樣充滿異國風情。最早的刺客如果真的有吸大麻，會使用一種叫做水菸筒（hookah）的工具，這種小壺會讓毒品蒸氣產生氣泡。美軍在越戰時期養成吸毒習慣的同時，也學會了水菸筒的泰文 buang，後來還把這個詞改成 bong（水菸壺）並帶入英文。

　　想當然，毒品的專有名詞總是脫不了爭議、傳說和飄飄然的猜測。沒有人能百分之百確定，joint（大麻菸捲）究竟是在

opium joint（鴉片館）裡用來吸毒的東西，還是指大家一起共用所以 jointly（共同）擁有的東西。也沒有人知道為什麼 1920 年代的紐奧良（New Orleans）人會把菸捲叫做 muggle，不過這個詞卻從《哈利波特》系列小說獲得了有趣的新詮釋——麻瓜。（作者羅琳〔J. K. Rowling〕筆下還有一個角色叫做 Mundungus〔蒙當葛〕，這個詞過去是用來稱呼劣質菸草）不管是誰發明了 spliff（大麻菸捲）的稱呼，他顯然懶得把原因也記錄下來。

dope 本身最初指的是一種濃稠的醬汁 doop，荷蘭人習慣用麵包沾這種醬吃。當人們開始吸食厚重濃郁的鴉片製劑，這個詞才開始用於指稱毒品。由於現在荷蘭首都阿姆斯特丹的大麻咖啡館已經舉世聞名，如果你喝下原版的荷蘭 doop 而感到一陣飄飄然，大概是讓人失望的安慰劑效果（placebo effect）造成的而已。

Pleasing Psalms
奉承的詩篇

　　placebo（安慰劑）是「我願意取悅」的拉丁文，而且最初並不是醫學用語，而是宗教用語。十九世紀初以後，placebo 一直都是醫學專有名詞，意思是「比起產生療效，更適合用來讓患者覺得愉悅的藥物」。在這之前，安慰劑指的是庸醫所憑空想出的任何一種普通療法。重點是，讓病人覺得愉悅的並不是藥丸，而是醫生，因為早在安慰劑藥物出現之前，就有這麼一位 Dr Placebo（安慰劑醫生）。

　　1697 年，醫師羅伯特・皮爾斯（Robert Pierce）記錄下一段苦澀的回憶：他的生意總是輸給一位迷人卻毫無天分的醫生，不過他可能是基於禮貌或恐懼而沒有寫下這號人物的名字，而是把那位對手稱為「安慰劑醫生」，還因為令人感到悲哀的嫉妒，特別強調安慰劑醫生的「假髮比我深了兩個捲度」。

　　不管最早的那位安慰劑醫生是誰，十八世紀其他眾多憤恨不平的醫生也開始用這個稱號來指責別人，最後的狀況就變成安慰劑醫生開出有安慰劑效果的安慰劑藥丸。

　　在這個狀況下，事情開始變得有點撲朔迷離，因為儘管 placebo 字面上的意思確實是「我願意取悅」，起初這個說法並不是和療法有關，而是與葬禮相關。沒有什麼場合比出色的葬禮更

有趣了，所以任何真正熱愛絕佳派對的人都會惋惜現今的死亡率實在太低了——儘管人終究會死，最後數字還是會上升到百分之百。在葬禮後的守夜提供的酒有種極度鋪張享受到死的感覺，是在受洗典禮上幾乎從來沒有過的體驗。

現在可能還是會有人只為了要喝幾口酒就亂入陌生人的葬禮，不過這種行為在中世紀可是屢見不鮮。中世紀的人會穿上最高級的衣服，然後出席有錢人的葬禮，為了要加入守夜的行列而在儀式參一腳。

所以，這些人全都會在唱誦《詩篇》第 114 篇的前九句時安靜站著，接著到了輪唱的時候，由於他們想要表現出對逝者充滿感情的樣子，就會誇張地對著主持葬禮的神職人員回唱第九句經文：

Placebo Domino in regione vivorum

字面上的意思是：

我願意在人世間取悅天主 †

在十四世紀中期的《良心受到譴責》（*Ayenbite of Inwit*）一書中，作者觀察道：「最低級的奉承就是唱誦著 placebo。」喬叟也有類似的看法：「奉承之人是惡魔手下的差使，總是唱誦著 placebo。」

---

† 中文和合本聖經的翻譯為「我要在耶和華面前，行活人之路」。
　　——譯注

簡而言之，詩篇中的詞彙先是用在葬禮，接著又用在拍馬屁的傢伙身上，再又用來指稱討好病人的醫生，最後變成了安慰劑藥物。

這種發展看起來實在很不可信，而有些語源學家比較傾向認為安慰劑可以直接追溯到「我願意取悅」的拉丁文，不過相較於現代，詩篇在中世紀的重要性高出許多，還帶給我們各式各樣出乎意料的詞彙。大家之所以都知道 memento（紀念品）一詞，就是因為這是《詩篇》第 131 篇的第一個詞：

Memento Domine David et omnis mansuetudinis eius
耶和華啊，求你記念大衛所受的一切苦難

還有，詩篇和 pony up（付錢）這個片語之間的關聯更是隱晦。

由於 3 月 25 日是一年之中第一季的結束，所以對於每季付款的人來說，這個日期就是第一個付款日。因此，3 月 25 日對所有人來說都是好日子──除了雇主以外。但反正大家都討厭雇主。

在 3 月 25 日，所有人都會在起床後走到教堂參加晨禱（Matins），心懷貪婪的期望唱著詩篇。這一天要唱的是《詩篇》第 119 篇的第五大段，也就是《聖經》中最長的詩篇，必須要分成好幾個小段落。第五段的開頭如下：

Legem pone mihi Domine viam iustificationum tuarum et
exquiram eam semper
耶和華啊，求你將你的律例指教我，我必遵守到底

Legem pone 就這樣變成首付款的俗稱，因為在滿腦子都是詩篇的中世紀人腦中，那是付款日最先出現的兩個詞。在之後的幾個世紀，這個片語中的 legem 被省略，不過這並不代表片語本身消失了。如果你曾經被要求 pony up（付款），其實這就是 legem pone 的變體，而且背後的意義是在頌揚付錢的美好。

聖經有誤

有些人說，《聖經》是上帝啟示的文字，這意味著上帝說的語言是英文。在美國，甚至還有個組織認為欽定版聖經是神聖啟示賜予人類的結果，會每年舉辦大型儀式把其他版本的《聖經》集中起來燒毀。

當然，欽定版確實是比一百年前的邁爾斯・科弗代爾（Myles Coverdale）譯本精確不少。邁爾斯・科弗代爾是初期的新教徒，認為基於原則《聖經》應該要翻譯成英文，而既然似乎沒有其他人想要做這件事，他決定最好還是自己動手，他對拉丁文、希臘文或希伯來文一竅不通，但這種小事他根本不放在眼裡。令人遺憾的是，這種「我一定做得到」的態度，正是當今聖經研究領域所缺乏的精神。

話雖如此，科弗代爾倒是懂一點德文，而發明新教的德國人早就已經開始著手德文聖經的翻譯工作。科弗代爾全心全意地投入這項任務，翻譯出《詩篇集》（*Psalter*），直到今天英國國教會的禮拜儀式都還會使用。然而，這部經文比較注重優美而不是準確，例如有一句經文是這樣翻譯的：

The strange children shall fail: and be afraid out of their

prisons.

奇怪的孩童終將失敗：在牢獄之外必定恐懼。

這段文字很美也很神祕。奇怪的孩童是誰？他們奇怪在哪？他們又為什麼會在牢獄裡？答案是這句經文應該要翻譯為：

The foreign-born shall obey: and come trembling from their strongholds.

外邦人要降伏，戰戰兢兢地出他們的營寨。

不過科弗代爾的錯譯中最經典的例子就是關於約瑟的段落。從《詩篇》第 105 篇可以看出，約瑟的脖子被鐵鍊綁住，但問題在於希伯來文的「脖子」和「靈魂」是同一個詞。這個詞就是 nefesh，通常用來表示脖子或喉嚨，但也可以用來表示呼吸（因為你的呼吸會通過頸部），也可能指的是靈魂，因為靈魂是生命之息。（在拉丁文和英文裡，精神〔spirit〕和呼吸〔respiratory〕的概念也同樣如此。）

如果科弗代爾只犯了一個錯誤，英文譯文就會是 His soul was put in iron.（他的靈魂被鐵鍊綁住。）然而科弗代爾絕對不是那種能犯下兩個錯誤時卻只犯一個的人，所以他把主詞和受詞搞混，想出了極具美感卻很不恰當也很沒道理的句子：The iron entered into his soul.（鐵鍊進入他的靈魂。）

結果不知怎麼的，這個說法竟然行得通，雖然意義上和希伯來原文完全無關，但科弗代爾的翻譯實在是太令人印象深刻，因

此就這樣流傳開來。沒有人在乎這是錯譯，反正聽起來很棒。

就算《聖經》的翻譯正確無誤，英文世界的人還是會搞錯。在現代，strait（海峽）通常是用來形容狹長的水域，例如 Bering Straits（白令海峽）或 Straits of Gibraltar（直布羅陀海峽），不過如果你再多想想，其他東西也可以用這個詞來表示。straitjackets（拘束衣）是用來綁住瘋子的緊繃外套；被束縛得太緊的人就會變成 strait-laced（拘謹）；如果一道門太難通過，就是 strait gate（窄門），而最難通過的門，就是通往天堂的那道門：

> Because strait is the gate, and narrow is the way, which leadeth unto life, and few there be that find it.
> 引到永生，那門是窄的，路是小的，找著的人也少。

這就是為什麼英文的 the straight and narrow（正直坦蕩）其實應該要寫作 the strait and narrow。

最後，the salt of the earth（世上的鹽）是一個幾乎把涵義倒過來的聖經典故。現在，「世上的鹽」指的是一般人、勞動階級、普羅大眾；但如果是這樣，那麼世界就會變得太鹹而不可口。

耶穌發明這個說法的時候，想表達的是完全相反的概念：這個世界充滿罪人和異教徒，而上帝之所以沒有摧毀世界，唯一的原因就是少數相信上帝的人，如同為世界這道燉菜調味的鹽。

> Ye are the salt of the earth: but if the salt have lost his savour, wherewith shall it be salted? it is thenceforth good

for nothing, but to be cast out, and to be trodden under the foot of men.

你們是世上的鹽。鹽若失了味，怎能叫他再鹹呢？以後無用，不過丟在外面，被人踐踏了。

說來奇怪，最後耶穌就是被一群羅馬鹽人釘在十字架上。

鹽

沒有人確切知道 soldier（士兵）這個詞是從何而來，不過最可信的猜測是和鹽有關。相較於現代，鹽在古代的價值絕對高出不少。對於羅馬人來說，鹽就是白色又美味的黃金，羅馬軍團士兵領有特殊的薪俸，專門用來購買鹽好讓他們的食物比較容易下嚥，這種薪俸叫做 salarium，英文的 salary（薪水）就是由此衍生而來，字面上的意思其實就只是「買鹽的錢」。因此，羅馬時代的作家老普林尼（Pliny the Elder）甚至提出很誇張的理論，指出 soldier 一詞本身就是從 sal dare（給鹽）這個說法衍生而來。其實從本質上來說，這個理論並沒有錯，不過由於老普林尼的腦袋有點不正常，最好還是抱著存疑的心態來看待，抱著存疑的心態（take with a pinch of salt）這個說法背後的邏輯就和「世上的鹽」一樣，加一小撮鹽會讓東西更容易下嚥。

不過，鹽最主要的舞台不是在軍事方面，而是料理。幾乎每一種食物都會加鹽，也有多到不行的食物詞彙加了鹽。羅馬人會把鹽加在每一種醬料裡，並且統一稱為 salsa。古法國人把這個詞的 L 去掉，發明出了 sauce（醬汁）一詞，然後又對另一個羅馬詞彙 salsicus（加鹽的肉）做了相同的事，發明出 saucisses（肉腸），後來又演變成 sausages（香腸）。義大利人和西班牙人雖然沒有

把 L 去掉，但還是發明出 salami（薩拉米腸）這個詞彙[†]，可以沾著 salsa（莎莎醬）食用，後來西班牙人發明了一種很肉慾的舞，名稱也叫做 salsa（騷沙舞）。

在美味的一餐裡，鹽的地位實在太過重要，所以我們通常會把鹽放在桌上兩次。古法國人習慣在用餐時把 salier（鹽盒）放在桌上，而英國人老是想要摸透法國人是怎麼做出如此美味的食物，就把這項發明偷走帶回家鄉。不過，鹽盒一離開法國，大家就馬上忘了這個詞的起源和拼法，所以最後 salier 就變成了 cellar（地窖）。後來，為了要清楚標示地窖裡到底有什麼，英國人又把鹽加在這個詞的前面，於是 salt cellar（鹽罐）就誕生了，而從語源學的角度來看， salt cellar 的意思其實是 salt-salier 或 salt-salter（鹽－鹽盒）。

羅馬人會用「鹽－鹽盒」來調味蔬菜，然後做成 herba salata（加鹽的菜），也就是現代人簡稱的 salad（沙拉）。這時就不得不提到和鹽有關的奇怪巧合，首先要從昔日的美好時光談起，在《安東尼與克麗奧佩托拉》中，埃及女王提起她的：

salad days,
少不更事的歲月，
When I was green in judgment …
當時我見識淺薄……

[†] 西班牙人把他們的香腸叫做 salchichón，顯然和 salsicus 脫不了關係。
　　——作者注

從此以後，salad days（少不更事的歲月）就成了英文的慣用語，同義詞包括 halcyon days（昔日美好時光），而奇怪的是，這個說法剛好也有「鹹鹹的日子」的意思。

昔日美好時光

　　人們總是用懷舊的心情談論昔日的美好時光，抱著堪稱殷切盼望、苦苦等待的心態，渴求般地問道，我們究竟還有沒有機會再次體驗到如此美好的時光。

　　當然有機會。

　　Halcyon Days（昔日美好時光）從每年的 12 月 14 日開始，到 28 日結束，而且從語源學的角度來看，這個說法和 salad days（少不更事的歲月）一樣都和鹽有非常密切的關聯。這一次的鹽是來自希臘文，所以要注意的字首是 hal–，你也可以在會形成鹽類的化學物質 halogen（鹵素）找到相同的字首。

　　說實在的，halcyon 和 halogen 就語源而言根本就是同一個詞：後者會產出鹽，而前者則是在鹹鹹的環境下誕生，因為 halcyon 是翠鳥的別稱，這種鳥會在海上下蛋。

　　如果要完整又精確地解釋這一切，我們必須要向羅馬詩人奧維德（Ovid）求助，他在著作《變形記》（*Metamorphoses*）解釋了其中的緣由。從前從前，有個叫做刻宇克斯（Ceyx）的男孩和叫做阿爾庫俄涅（Halcyon）的女孩陷入熱戀，但不幸的是，刻宇克斯必須出海，阿爾庫俄涅每天都在海灘上等待，凝視著地平線，殷切盼望愛人歸來。

阿爾庫俄涅一直在原地等待，直到她從超級可靠的夢境得知，刻宇克斯遭遇船難溺死。阿爾庫俄涅得知噩耗之後太過悲傷而積憂成疾，過了幾天就死去。或者，如喬叟筆下最優美的對句所描述：

Alas! She said for very sorrow
唉！她悲傷嘆息
And died within the thridde morrow.
不到三天就離世

所有人都因為這件事難過不已，連眾神也不例外，他們聚在一起討論，決定至少要出點力把這對可憐的愛侶變成鳥。於是刻宇克斯和阿爾庫俄涅死而復生，化成飛鳥，這就是翠鳥的由來。

由於阿爾庫俄涅長時間注視著大海，變成鳥之後她會把蛋下在漂浮於海上的小巢裡。為了確保她不受侵擾，眾神還安排在她築巢的季節讓風減弱，也就是 12 月的後半段。因此，這為期兩週的好天氣就被稱為 Halcyon Days（翠鳥時期）。

當然，現代的生物學家對奧維德的故事嗤之以鼻，認為這個說法毫無根據可言。不過，寫詩比實事求是重要多了，如果你不信，不妨試試看用這兩種方法來追求異性就知道了。

最熱的時節

　　所謂的 Dog Days（最熱的時節）就和「翠鳥時期」一樣，指的是一年之中特定的時段，至少在過去是這樣。天空中第二亮（僅次於太陽）的星體是天狼星（Sirius），天狼星是大犬座（Canis Major）中最大的一顆星，因此得名。不過，在盛夏期間你沒辦法看到天狼星，因為天狼星會和太陽同時升起和落下。古希臘人觀察出這段時間是 7 月 24 日到 8 月 24 日，還注意到這同時也是一天之中最炎熱難耐的時段，於是他們還滿有邏輯地推斷，一定是因為太陽和天狼星的光線相加，才導致如此炎熱的天氣。他們也絞盡腦汁思考該怎麼降溫，古希臘作家海希奧德（Hesiod）的建議如下：

> 在炎熱到令人厭煩的季節，山羊最為肥嫩，葡萄酒最為甜美，女人最為放蕩，但男人最為虛弱，因為天狼星讓頭頂到膝蓋都乾涸，肌膚也因為熱氣而乾燥。不過在這種時節，讓我有個遮蔭的岩石和比布利斯的葡萄酒，還有從山羊擠出的奶做成的凝凍，配上森林飼育的小母牛肉（還必須是第一胎而且不曾生育的小牛），再讓我喝下清爽的酒，坐在蔭涼處，當我酒足飯飽，就能轉頭面向清新微風，從源源不絕往下傾瀉的泉水，倒三次

水來奉獻，而後第四次則用酒奠祭。

這段文字很值得背下來，然後在最熱的時節第一天，複誦給餐廳的服務生聽。但必須要注意，由於有歲差現象，最熱的時節已經在過去兩千年間慢慢改變，現在應該是從 7 月 6 日開始算起，不過還是要根據你所在的緯度來判斷。

以上所有的資訊和 every dog will have his day（人人都有走運時）這種說法完全沒有關聯，因為這個比喻是出自《哈姆雷特》：

Let Hercules himself do what he may,
海克力斯想做什麼就由他去吧，
The cat will mew and dog will have his day.
貓總是要叫，狗也總是會有稱心如意的一天。

羅馬人把天狼星稱為 Canicula，字面上就是狗的意思[†]，希臘人則是稱之為 Sirius，意思是灼熱，因為天狼星出現的時節非常炎熱。不過，希臘人有時候會用 Cyon（犬）來稱呼天狼星，在天狼星之前升起的星星到現在仍然叫做 Procyon（犬之前）[‡]。也正是從希臘文的 cyon，衍生出了英文的 cynic（憤世嫉俗的人，又稱犬儒主義者）。

[†]　現在法國人依然把熱浪稱為 une canicule。——作者注
[‡]　中文普遍稱為南河三。——譯注

Cynical Dogs

憤世嫉俗的狗

　　Cynics（犬儒）是古希臘時代的哲學學派，由安提斯特尼（Antisthenes）創立，並由他的學生第歐根尼（Diogenes）發揚光大。

　　不管用什麼標準來看，第歐根尼都是個怪異的傢伙，他住在雅典市集的木桶裡，還會在大白天時帶著油燈，說是要尋找誠實的人。第歐根尼唯一的財產就是用來喝水的大杯子，有一天他看到一位農夫用雙手舀起水，就立刻把杯子丟了。他死亡的紀錄有各種版本，不過有一說是他自己憋住了呼吸。

　　Cynic 字面上的意思是像狗一樣，但是為什麼第歐根尼的學派會用狗來取名字？

　　以前在雅典附近有個 gymnasium（體育場），專門設立給非純正雅典血緣的人使用。古希臘的體育場其實和現代的體育場不太一樣；首先，當時的體育場是露天場地，比較像是綠意盎然的林間空曠區域，而不是有很多橫條欄杆和橡膠地墊的建築。古希臘人會在體育場進行體能訓練，而且是裸體進行。gymnasium 一詞源於希臘文的 gymnazein，意思是裸體訓練，再往前可以追溯到 gymnos，意思就是裸體。不過，如果你可以把注意力從裸體的年輕男孩上移開（很多希臘哲學家都做不到這一點），當時的體育場也是社交、辯論和教授哲學的場所。第歐根尼的體育場名稱

是 Cynosarge（希諾薩奇），意思是白狗，因為曾經有隻白狗褻瀆了在那裡舉行的獻祭儀式，咬了一口肉之後就逃之夭夭。

第歐根尼並不是土生土長的雅典人，所以必須在「狗的體育場」教課，這也是為何一隻餓壞的流浪狗會變成他的哲學門派名稱。這造成了一個有趣的結果：從語源學的角度而言，用來稱呼憤世嫉俗女性的單字，就會是 bitch（母狗）。

希臘教育與迅速兒童

既然犬儒學派是狗，Stoics（斯多噶學派）就是門廊上的哲學家，因為學派創立者芝諾（Zeno）的教學地點就位在雅典神殿的彩繪門廊（Stoa Poikile）。如果你既不喜歡斯多噶學派，也不喜歡犬儒學派，不妨去看看以特洛伊戰爭英雄 Akademos（阿卡德摩斯）命名的學院，而且從此以後的所有 academy（學院）的名稱都是來自他，所以《金牌警校軍》（*Police Academy*）系列電影全是透過柏拉圖繼承了特洛伊戰爭英雄的名號。

你應該看得出來，雅典人是一群樂天的哲學家。主要是因為他們有很出色的教育體系，全體 paedos（希臘兒童）都必須完成整個學習的 cyclos（循環），因此他們的知識相當 en-cyclo-paedic（廣博）。

羅馬人對於希臘兒童所學習的眾多科目驚嘆不已，於是他們開始編寫叫做 encyclopaedia（百科全書）的書籍，目的是囊括關於世界上所有主題的文章。接下來過了兩千年之後，網際網路問世。

網路是在電腦上運作，而電腦則要仰賴各式各樣的程式語言。這些程式語言通常是相當複雜的系統，不僅難以學會，就連剛學會的人也無法快速應用。於是在 1994 年，有位叫做沃德・坎寧安（Ward Cunningham）的人開發出可以製作相關聯網頁的

系統，非常簡單快速。由於這套系統真的很快，他把系統取名為wikiwikiweb，因為 wiki 在夏威夷語是快速的意思，重複之後變成wikiwiki，代表真的非常快。

但是沒過多久，大家開始覺得 wikiwiki 有點拗口，所以口語表達就縮短成 wiki。2001 年拉里・桑格（Larry Sanger）就是在這樣的背景下發現 wiki 這個詞，當時他正在構思一個協作式的網路百科全書，並打算採用 wiki 系統。最後他把 wiki 和 encyclopedia 兩個詞合在一起，發明出 Wikipedia（維基百科），而現在維基百科已經是全球造訪人次第七多的網站。然而，在三億六千五百萬名的維基百科使用者之中，幾乎沒有人知道 Wikipedia 字面上的意思是「迅速的兒童」；甚至更沒有人思考過，從最根本的語源來看，喜歡維基百科的人基本上就是 Wikipedophile（戀快童癖）。†

<hr>

† 此處的造訪人次與使用者數目為 2001 年本書英文版出版時的資料。根據維基百科與「維基媒體統計」網站資料，截至 2022 年 2 月 1 日，維基百科仍為全世界造訪人次第七多的網站，創立至今總頁面瀏覽數突破兩兆，註冊帳號以參與編輯文章的帳戶超過 4330 萬個。
　　──譯注

賽博人

在這個時代，如果不夠迅速（wiki）、不夠網路（cyber）或不夠虛擬（virtual），你就什麼都不是。當然你也可以放棄這一切，想辦法過好現實生活，但人類嘗試了幾千年都徒勞無功。

cyberspace（網路空間）現在已經失控，到處充斥著 cybersquatter（網路蟑螂）忙著和 cyberpunk（網路龐克族）進行 cybersex（網路性愛）。如果有人知道 cyber 究竟是什麼意思，就比較能看懂以上這段文字，答案可能會讓網路龐克族大吃一驚，因為 cyber 指的是「受控制」——沒錯，cyber 和 governed（受治理）有相同的字根。

早在 1940 年代，有一號人物叫做諾伯特・維納（Norbert Wiener），他正在研究動物和機器是如何彼此通訊和控制，並決定把這個領域稱為 cybernetics（模控學），由來是希臘文的舵手一詞。舵手負責控制自己所在的船隻，而表達這個動作的希臘文就是 cubernans。羅馬人從這個詞獲得靈感，認為統治者負責掌控國家這艘船，他們所做的事就是 gubernans。雖然現在的 governor（統治者）一詞是把 B 替換成 V 的結果，統治者負責的工作範疇仍然是 gubernatorial（與治理相關）。

另外，punk（龐克）一詞在二十世紀初期的美國是用來稱呼

同性戀，尤其是指固執年長遊民所擁有的順從的年輕伴侶。以此為基礎，龐克漸漸變成一般的侮辱說法，後來又在 1970 年代被吵鬧的搖滾樂手塑造成一種榮譽象徵。不過，語源學家看到網路龐克族這個詞，還是會忍不住想知道這些乖乖被管理的同性戀到底在打什麼主意。

另一個在意義上徹底改頭換面的詞彙是 virtual（虛擬）。如果你不太清楚的話，virtual reality（虛擬實境）指的是並非真實存在的現實，這種狀態是 virtually real（幾乎為真），但其實和 virtually pregnant（幾乎懷孕）一樣令人沮喪。不過，真正讓語源學家煩惱的是，發生在虛擬實境中的事情多半都不怎麼 virtuous（道德高尚）。

如果我們說一個東西 virtually（幾乎）就是另一個東西，是因為兩者有共同的 virtue（特質）。當然，所謂的特質不一定要是一種 moral virtue（道德特質），也可以是肢體層面的特質。如果我幾乎睡著了，表示我其實沒有睡著，但是呈現出和真正睡著的人一樣的肢體特質。特質也不一定是正面的：virtuoso（熟練的）施虐者不能算是好人，只是很擅長做這件事而已。by virtue of（憑藉）這個片語中的 virtue 也是相同的意思。

雖然現在你可以憑藉不誠實的方法做到很多事，但 virtue 以前確實是比較高尚的東西。勇氣、實力、誠實和慷慨在過去都是 virtue（美德），雖然這些特質在虛擬實境中所剩無幾。在古代，所謂的美德指的是一個人身上值得稱讚的層面，其實，這裡的「人」只包括男人。

女人不可能有美德，因為 virtue 字面上的意思是「適合男人

的特質」。在拉丁文中，男人是 vir，男子氣概則是 virtus；virtue 基本上和 virility（生殖力）是相同的概念。

所以如果女人要具備美德，就必須要變成有男子氣概的女人——這個想法非常不妙。有男子氣概的女人可能會勇敢到擁有自己的意見，甚至可能會表達意見，這時她就會被叫做 virago（悍婦）。

說實在的，悍婦原本是用來形容有英雄氣概的女性，但還是帶有性別歧視的意味，因為這在暗示英雄氣概是專屬於男人的特質。事實上，語言本來就是無可救藥地性別歧視；但這可不是我的錯，要怪就怪羅馬人吧，看看他們在工作場所是用什麼態度對待女人的。

Turning Trix

變女

meretricious（華而不實）是個古怪的詞，讓很多人都搞錯。這個詞聽起來有一點類似 merit（優點），由於優點是個正面的詞，你大概會猜想 meretricious 的意思就是 meritable（值得稱讚）。

大錯特錯，這個詞是用來形容愛現、花俏和讓人瞧不起。不過，meretricious 中的 meret 和 merit 確實有一樣的拉丁文字根，唯一的差異在於行動的主體是不是女性。

當羅馬人想要指出某人是女性，就會在詞的後面加上 trix，這個習慣幾乎已經完全消失，不過偶爾還是可以觀察到實例。女性的 aviator（飛行員）有時候稱作 aviatrix；女性的 editor（編輯）可以叫做 editrix；收錢來 dominate（主宰）男性的女性則是 dominatrix（施虐女王）。

以前有比較多以 trix 結尾的詞彙，例如女性美髮師以前叫做 tonstrix，但這些詞都漸漸消失了。然而，在古羅馬時代，女性根本不能工作，事實上，那時候在羅馬唯一有工作的女性是站在妓院前面攬客的女人，而站在某個東西前面的拉丁文就是 pro-stitutio[†]。

這是一種維生的方法，也幾乎是當時年輕女孩賺錢的唯一方法，而賺取的拉丁文是 merere。當男人賺錢維生，這是他的 merit

（應得的），所以 meritable（值得稱讚）。在退休後花著退休金的退伍軍人可以自豪地說自己是 emeritus（榮譽退休），表示他已經賺到自己所需的一切而退休，Emeritus Professors（榮譽教授）的說法就是由此衍生而來。

以上的情形是建立在軍人是男人的前提上。而當年輕女孩賺錢維生，她會被叫做 meretrix，這個詞只有一種涵義：妓女。這就是為什麼 meretricious 這個詞到現在還帶有妖豔放蕩的含意。

業餘戀人

　　meretricious（華而不實）的相對概念就隱藏在網球比賽之中，而你也可以在這裡找到愛的真正本質。不過進入正題前，我們要先簡短說明一下 tennis（網球）這個詞。你知道嗎，這個運動真正的名稱其實不是網球，在溫布頓錦標賽（Wimbledon）場上的運動正式名稱叫做 sphairistike。

　　現在我們所知道的網球規則是由沃爾特・克洛普頓・溫菲爾（Walton Clopton Wingfield）少校在 1890 年代訂定。想當然，這之前就已經有人在打網球了，例如莎士比亞就多次提到這種運動比賽，不過網球一直以來都是王公貴族在皇宮庭院從事的活動，一直到割草機在十九世紀問世，普羅大眾才開始可以在草地上活動。溫菲爾少校想要突顯出他發明的新球賽規則有別於 tennis（舊式網球），這個詞源於法文的 tenez，意思是「暫停！」後來他碰巧注意到 sphairistike 這個名稱，在古希臘文裡指的是球技。

　　草地網球大為流行，但是有個小問題：沒有人知道到底該怎麼正確發音，是和 pike 押一樣的韻，還是 piquet？事實上，sphairistike 後半段的發音和 sticky 比較類似，但根本沒人知道。所以，與其讓自己因為搞不清楚發音而看起來像傻子，大家決定要把這種運動叫做 lawn tennis（草地網球），沒人在乎溫菲爾少

校和他的希臘文。

不過，溫菲爾還是有保留舊式網球的計分制度，而從這裡我們也許就能發現愛的真正本質。你也許有聽說過，在網球比賽中，代表零分的 love 是法文 l'oeuf（蛋）的變體，因為蛋看起來有點像零──但這完全是迷思。[†] love（愛）就是什麼也沒有，因為為了愛而奉獻的人不求回報。例如，有人會為了金錢或人脈結婚，也有人為了愛情結婚。因此，愛就成了「沒有」的代名詞，畢竟當你單純為了愛而付出，不會得到什麼回報。到了 1742 年，這種愛等於零的概念在競賽和運動界廣泛應用，其實最早的應用實例是惠斯特紙牌遊戲（whist）的分數。

由此可知，網球比賽中的零分和賣淫是徹底相反的概念，也是對 amateur 的歌頌。在拉丁文中，amare 指的是愛，後來衍生出的詞包括 amiable（友好）、amorous（色慾）和 paramour（情人）。如果你是為了情人付出，並不會向對方收費，對吧？一直到 1863 年，都還有人會用 amateur 寫出自己 not an amateur of melons（不是瓜類的愛好者）這種句子。

amateur（業餘）和專業的差異只在於，前者熱愛自己所做的事，而後者這麼做是因為有收錢。令人感嘆的是，這表示所有的戀人都算是 amateurish（外行），這不是他們的錯，是語源學的關係。

其實愛情比金錢好多了，你應該要對金錢感到恐懼──因為錢的涵義就是這麼一回事。

[†] 但在板球比賽中真的是這麼一回事，零分被稱為 duck's egg（鴨蛋），簡稱之後就變成 duck。──作者注

Dirty Money

骯髒錢

　　從語源學的角度來說，money（金錢）就是 monster（怪物），這一切都要追溯到拉丁文的 monere，雖然兩者之間的關聯只是偶然，但說不定其實很重要。

　　在拉丁文中，monere 是警告的意思，如果你有不祥的 **premonition**（預感），就表示你已經事先得到警告。在古代，當時的人認為恐怖的野獸是天災的徵兆，例如在君王駕崩或大型戰役落敗之前，半人馬、獅鷲和獅身人面獸會從原本的藏身處跑出來，然後到處晃來晃去讓大家看到全貌。因此，這些違反自然法則且結合不同動物部位的生物被稱 monstrum（怪物。源自拉丁文的 monere），字面上的意思就是警告。

　　不過，如果你需要提出警告，但是沒辦法找到半人馬，鵝也有同樣的功能。到了現代，大家還是會提防著鵝，因為牠們一發現入侵者就會發出嚇死人的叫聲，而且是一種相當兇猛的鳥類。千萬不要對著鵝發出噓聲，除非你已經做好戰鬥的準備。以前羅馬人會在卡比托山（Capitoline Hill）養看門鵝，結果西元前 390 年羅馬遭到高盧人襲擊時發揮了效果，效果好到羅馬人專門建了一座神殿來表示感謝。但是這些不知好歹的傢伙沒有把神殿獻給鵝，而是獻給警示女神朱諾（Juno Moneta）。

在警示女神朱諾的神殿旁，坐落著羅馬人用來鑄造錢幣的建築。事實上，錢幣可能就是在神殿內部某處打造，不過沒有人確定這到底是不是真的，資料來源也沒有精確說明。可以確定的是，鑄造錢幣的建築是以旁邊那座神殿命名，就叫做 Moneta（警示女神），把所有的母音都改掉之後，就成了我們現在所說的 mint（鑄幣廠）。

　　在 Moneta（鑄幣廠）生產的東西叫做 moneta，字面上的意思就是警告。法國人借用這個詞之後把 T 去掉，所以後來傳入英文時，金錢就已經寫作 money。話雖如此，從金錢的形容詞 monetary（與金錢相關的），還是可以看出由來是神殿和活蹦亂跳的憤怒鵝。

　　其實只是因為偶然靠得太近，金錢才會和怪物扯上關係，你大概不需要擔心。錢沒有那麼糟啦，不用怕，就去吧，去申請死亡承諾書。抱歉，我的意思是抵押貸款。

Death-pledges
死亡承諾書

　　任何有辦理過 mortgage（抵押貸款）的人，即使知道這個詞字面上的意思是「死亡承諾書」，應該也不會感到驚訝。話說回來，通常只有用 mortuary（殯儀館）來申請 mortgage 的時候，才會注意到這種細節。mort 就是死亡，所以 mortal（凡人）最後當然只有死路一條。人生中沒有絕對，除了死亡和抵押貸款以外。

　　抵押貸款之所以稱為死亡承諾書，是因為這種貸款在兩種狀況下會終結。你可以付清所有貸款，這時協議就會終止，而你擁有了房子。然而在這個令人不安又衰敗窮困的年代，沒人能確定自己會迎向這種快樂的結局。另一種可能性是你還不出錢，這時協議會終止，而你的房子會被銀行收回。1628 年出版的《英國法律總論》（*Institutes and Laws of England*）以相當 **mort**ifying（尷尬）的專用名詞解釋了這個過程：

> mortgage 的由來，似乎是因為無法確保獲得土地的人能不能在到期時支付全部金額，而如果獲得土地者並未付清，作為應付金額抵押條件的土地將會被收回，所以在此條件下，土地對於當事人而言與消亡無異。而若獲得土地的人確實付清金額，抵押條件對於當事人而言與消亡無異。

英文之中有很多隱藏版的死亡。例如應該有不少人注意到 executive（領導階層）和 executioner（劊子手）兩個詞有多麼相似，但是兩者之間有什麼共同點呢？executioner 難道是指負責 execute（執行）死刑的人，就像 undertaker（送葬者）是 undertake（承接）埋葬工作的人嗎？答錯了。

　　execution（處決）原本的法律專有名詞是法文的 exécuter à mort（執行到死），也就是要執行刑罰直到犯人死亡。

　　另一個隱形的 mort 就藏在 caput（頭）這個詞彙裡：以前的修士為了要提醒自己人生壽命有限，會對著顱骨冥想。這個顱骨就叫做 caput mortuum（死亡之首），當然，死亡之首原本的主人就是一顆頭。看到這裡，你應該已經想要大喊 blue murder（救命），這個說法是直接從法文片語 mort bleu 翻譯而來，是 mort dieu（上帝之死）不帶褻瀆意味的寫法。

　　mortgage 一詞後半段的 gage 就沒那麼沉重了，字面上的意思是抵押，你陷入愛河後 engaged（訂婚）也會遇到同一個詞。另外，gage 也和 wage（發動）戰爭有密切的關係。

下注戰爭

　　除了戰爭之外，你其實沒有辦法 wage（發動）任何其他的行動。儘管試試看吧，聽起來都會不太對勁。說實在的，越是仔細思考 wage war（發動戰爭）這個說法，就會越感到奇怪，這和 wage（工資）或是 wage dispute（工資爭議）有什麼關係嗎，難道是要解放 wage slave（工資奴隸）†？以上這些 wage 都有關聯，也都和 wager（賭注）脫不了關係，不過我們得先回到十四世紀。

　　起初，這個詞指的是抵押品或押金，基本上就是用另一方式發音 mortgage（抵押貸款）和 engagement（約定）中的 gage。‡拿出 wage 是為了要擔保，從這層意義就很容易聯想到現代的 wager 一詞：本質上就是賭徒投入的賭金或押金。從這裡應該也不難看出，為了擔保而拿出來的錢是怎麼演變成作為報酬的錢。但 wage war 又是怎麼回事？這就得談到比武審判（trial by combat）了。

　　根據中世紀的法律，透過決鬥至死的方法解決法律紛爭是很合理的途徑。雖然在這個制度下，有個人一定會死，正義也未必能夠伸張，但至少可以把律師費用壓到最低。

　　在中世紀，有冤屈的人會拿出 gage/wage（抵押金），然後向對手提出比武審判的挑戰。提出這種挑戰的拉丁文是 adiare duellum，法文是 gager bataille，英文則是 wage battle，字面上的意思就是「把自己當作抵押來決鬥」。

是決鬥（battle），不是戰爭（war）。畢竟這個說法是用來指稱透過暴力途徑解決個人之間衝突的法律專有名詞，你是在一場生死決鬥中 wager（下注）自己的身體。話雖如此，不難看出 wage battle 的涵義是怎麼從一種暴力形式的承諾，變成一種暴力行為。

總之到了最後，一旦兩個國家意見不合，就會對彼此發動戰爭。如果要說明決鬥是怎麼升級成戰爭，最適合的說法就是 wage inflation（工資通貨膨脹）了。

---

† 指必須完全依賴薪水維持生計的人。—— 譯注

‡ 中世紀的人經常搞混 G 和 W，這就是為什麼「保證」一詞可以寫作 guarantee 或 warranty。—— 作者注

Strapped for Cash
手頭缺現金

為什人老是會 strapped for cash（缺現金）？

其實缺現金是件好事。如果你要跌倒了，需要抓住東西，一條 strap（帶子）就能派上用場。如果你從船上落水，有人丟帶子給你就是幫了大忙；而如果你從償債能力的船上跌落，即將在債務的大海中溺斃，一定會很希望有人拋出帶子讓你抓住。當然，這表示你目前處於欠債狀態，但 strapped for cash 總比完全沒現金好。

奇怪的是，同一種譬喻竟然被發明了兩次。在這個時代，如果銀行即將破產，政府會對銀行拋出救生索（lifeline）。這表示雖然銀行依舊缺錢，但至少可以存活下去。

說巧不巧，bank（銀行）一詞源自古義大利文的 bench（工作台），因為以前的放款人會坐在市集的工作台後方進行交易。如果放款人無法履行協議，他的工作台就會按照儀式被破壞，而古義大利文的 banca-rotta（壞掉的工作台）就是 bankrupt（破產）的意思。

快錢和死錢

　　簡而言之，幾乎任何一種形式的金錢都會牽扯到死亡、危險和毀滅。文字愛好者大概會希望錢從未被發明，畢竟就算沒有這種工具，社會還是有可能正常運作。現在美洲可以說是賺快錢的天堂，但在歐洲殖民者駐足之前，這裡可是完全沒有金錢。

　　好吧，是幾乎沒有。在北美東部海岸一帶的民族是使用叫做wampums（貝殼珠）的貝殼當作貨幣，可以串起來變成項鍊。而在墨西哥，當地居民會用可可豆當作以物易物的標準。但基本上，沒有金錢的論點依然成立。當時美洲沒有錢幣、沒有鈔票、沒有可折疊的綠色總統肖像。

　　這對於那些想要進行交易的殖民者來說是一大問題，當地原住民看著錢幣和鈔票的神情混合了鄙視和困惑：他們到底想用這些東西做什麼？又不能掛在脖子上，甚至沒辦法泡出好喝的可可。

　　早期試行的交易曾經用過菸草，菸草的用途比錢幣更容易理解。有了菸草，就比較有可能看到印地安人拿出象徵和平的長桿菸斗（peace pipe），如果再加上墨西哥的可可豆，甚至就有可能感受到文明的氣息。不過用菸草交易就得要稱重，而且菸草很占空間，產量又時好時壞，會導致急遽的通貨膨脹和通貨緊縮，然後你還必須找個倉庫來儲存。

所以到後來，貿易商人放棄使用菸草，改用另一種人人都知道且珍視的代表性商品：鹿皮。鹿皮可以鋪在馬鞍上，又輕又薄，就算不拿來花用，也可以用來保暖。沒多久，鹿皮就成了北美洲以物易物的標準單位，而以物易物的標準單位基本上就等同於貨幣。到最後，buckskin（鹿皮）就成了交易工具，簡稱為 buck（錢）。

　　瞭解這一點之後，讓我們來談談康拉德・威瑟爾（Conrad Weiser），史上第一個 make a buck（賺到錢）的人。他在 1696 年出生於德國，但他的家庭因為是清教徒，在 1709 年被迫逃難到英國，他們先是滯留在倫敦外圍的難民營，後來才被送去位於美洲哈德遜河（Hudson River）的殖民地。1712 年，也就是康拉德 16 歲的時候，他的父親做了一個相當異於常人的決定，把兒子送去和莫霍克族（Mohawk）部落一起生活半年。康拉德學會了北美原住民組成的易洛魁聯盟（Iroquois）的語言和風俗，從此展開人人稱羨的外交官生涯，擔任英國代表與美洲的原住民部落打交道。

　　就算康拉德有 14 個小孩，他仍然有時間協調英國與不滿的部落之間大多數重要條約，還有辦法說服他們真正的敵人是法國人。1748 年，康拉德被派往俄亥俄州一帶，要與五族聯盟（Five Nations）進行協商。此行有不少目標，其中之一是講和，並為一些殖民者遭謀殺的案件爭取賠償，而他也成功完成任務。部落議會向他表示：

　　……發生我們如此憎惡之事，一定是出自惡靈本尊之手；我們

的族人絕對不會對我們的英國人（Brethren）做出這種行為。因此，我們要移除受到惡靈影響而擊中你族人身軀的斧頭（hatchet），也期望我們的英國人，紐約與奧納地區的治理者，可以盡力將此事深埋（bury）於無底洞。

　　……以上這段文字是 bury the hatchet（言歸於好）一說的最早紀錄。不過，下一個討論事項就比較棘手了，牽涉到蘭姆酒。精確地說，是部落希望英國人不要再賣蘭姆酒給俄亥俄的印地安人，對此威瑟爾的回覆是：

　　……各位的意見總是不一致──有一方願意購買，另一方又不願意（儘管為數不多），第三方則說願意以更便宜的價格購買。最後這一方的意見，我想應該是各位的肺腑之言（這時他們都笑了）。因此，各位的英國人已經下令，一桶威士忌會以五個 Buck（元）的價格在各位的鎮上販售。如果有商人要賣威士忌給各位，卻不是用此價格，各位可以儘管把酒拿走免費喝。

　　這就是史上首次用 buck 來表示美洲貨幣單位的紀錄，後來這筆交易是用一串貝殼珠劃下句點。
　　就美洲貿易而言這可是好消息，但對美洲鹿來說就是壞消息了。然而，美洲鹿的命運還會變得更加悲慘，因為鹿皮無法讓這些美洲人滿足，他們還要用鹿角造詞。

The Buck Stops Here
推卸責任到此為止

你可能會以為 pass the buck（推卸責任）這個英文片語字面上的意思是把美元遞給你旁邊的人，大錯特錯，畢竟就算你把美元遞過去，也很難把責任轉嫁給對方。這裡的 buck 和代表美元的 buck 兩者唯一的共同點就是死掉的鹿。

當然，這個說法並不是在描述把整隻鹿遞給別人，這就太荒謬了。pass the buck 提到的是公鹿屍體的另一個部分。

在語言的世界，鹿的日子並不好過。鹿的內臟會被塞進餡餅裡，皮會被當作貨幣，公鹿身上少數留下來的部位就是角。不浪費，就不至於匱乏。

公鹿角可以製成非常美觀的刀柄，而刀子有很多用途。你可以用刀切開鹿肉，或是剝下其他鹿的皮來賺快錢，也可以在撲克牌遊戲中用刀表明發牌的人是誰，方法就是把刀插進目前負責發這一輪牌的人前方桌面。

愛惜家具的人通常不會這麼做，這是美國西部拓荒時代的習慣，當時木工製品很便宜，而 pass the buck 這個說法的最早紀錄，是出自一位「邊境惡棍」1856 年的日記，當時正值堪薩斯內戰時期。接近公鹿溪（Buck Creek）這個地點時，日記主人翁表示「我們想起在打撲克牌的時候把『Buck』傳下去的時候有多開心」。

這段話有點怪，因為發牌人通常可以在撲克牌遊戲裡占有一點點優勢，不過身為美國西部拓荒時代的邊境惡棍，負責發牌大概會增加被射殺的機率，特別是當你懷疑有人作弊，第一個該殺的對象就是發牌人。

所以公鹿角就這樣不停歇地傳遞下去，一直到 1940 年代終於在奧克拉荷馬州（Oklahoma）埃爾里諾（El Reno）的一處監獄停下來。典獄長決定攬下所有責任，他負責管事，囚犯只要聽話就好，於是他在辦公室擺出 THE BUCK STOPS HERE（責任歸我）的標語。

當然，責任沒有真的到此為止，典獄長必須向州政府報告，而州政府要向聯邦政府報告，最後則是向總統報告，而在總統手裡，公鹿角的傳遞終於可以真正告一段落。前美國總統哈瑞·S·杜魯門（Harry S. Truman）的助理造訪那座監獄並看到標語之後，充分感受到「責任歸我」的精神，由於他實在太中意這句話，還製作了一模一樣的標語。後來他把標語送給杜魯門總統，總統又把標語放在自己的辦公室，這個說法從此成為名句。

那麼，難道所有的 buck 原本都是鹿嗎？幾乎是。

回到霍斯城堡近郊 †

　　簡單來說，不起眼的公鹿就是所有 buck 相關用語的起源，只有一個例外。buckwheat（蕎麥）這個詞看起來就像是「公鹿吃的麥子」，卻和鹿沒有半點關係。蕎麥和山毛櫸（beech）的葉子非常相似，而山毛櫸的德文是 Buche，所以 buckwheat 字面上的意思其實是「山毛櫸麥子」。

　　山毛櫸對於古日耳曼人來說很重要，從木工的觀點，山毛櫸木材的顆粒粗糙，不容易裂開，所以很容易雕刻，而雕刻就是日耳曼人整天在做的事。山毛櫸在古高地德語（Old High German）裡叫做 bok，是用來寫作的標準材料，就算最後木頭被新奇的羊皮紙取代，日耳曼人還是保留了原本的稱呼，連帶影響到了英文。bok 先是變成 boc，又再變成了我們所熟知的 book（書）。

　　這是一本書，既然英文自詡文法癲狂不羈，就表示你可以對書做出各式各樣奇異和侮辱的事。你可以烹煮一本書，可以把罪犯帶到一本書跟前，或者如果犯人不願意配合，你可以把書丟向他。你甚至可以從書中撕下一頁，如此一來這一頁的價值就會和衛生紙差不多了。然而，你再怎麼試，也永遠沒辦法讓書突然出現（turn up for）。因為所謂的 turn-up for the books（出乎意料之事）……（歡迎回到第一個章節）

---

†　這句話引用自詹姆斯・喬伊斯所著小說《芬尼根守靈》（Finnegans Wake）的開頭。這本小說的結尾句子可以連接回開頭，合併形成一個完整的句子，使整本書成為頭尾相接、環環相扣的結構。《詞源》也採取了類似的作法。——編注

小測驗

在路易斯·卡羅（Lewis Carroll）的《愛麗絲鏡中奇遇》（*Through the Looking-Glass, and What Alice Found There*，經常被誤稱為 *Alice Through the Looking Glass*）中，蛋頭先生（Humpty Dumpty）對愛麗絲說：「這對妳來說有多光榮啊。」

「我不知道你說的『光榮』是什麼意思。」愛麗絲說。

蛋頭先生輕蔑地笑著說：「妳當然不知道——讓我來告訴妳。光榮的意思是『在爭論裡大獲全勝！』」

「但『光榮』的意思才不是『在爭論裡大獲全勝』。」愛麗絲反駁。

蛋頭先生以相當輕蔑的語調說道：「當我使用一個詞，這個詞的意思就是由我決定，沒得妥協。」

「問題是，」愛麗絲回應，「你有辦法用詞來表達這麼多種不同的意思嗎。」

話雖如此，人類在這個悲哀的世上，最大的樂趣莫過於糾正其他人的英文，來顯示自己高人一等，既然我已經花了太多時間在查詞典，以下我會列出一些常用的英文詞彙，以及詞典是怎麼解釋這些詞真正的意思：

burgeon（迅速發展）──發芽

blueprint（藍圖）──送到工廠的最終方案

backlash（強烈反彈）──齒輪系統倒轉時短暫停止運作的狀態

celibate（禁慾）──未婚

compendium（彙編）──簡短的摘要

condone（饒恕）──忘記

coruscate（煥發）──一閃一閃地發光

decimate（大幅削減）──減少百分之十

enormity（滔天大罪）──犯罪

effete（弱不禁風）──筋疲力盡

fulsome（言過其實）──太超過

jejune（乏味）──不滿意

noisome（令人厭惡）──惱人

nauseous（令人作嘔）──引發噁心感

pleasantry（客套話）──玩笑

pristine（嶄新）──沒有變化

refute（反駁）──極度反對

restive（不受控）──拒絕移動（真是顯而易見）

scurrilous（詆毀）──下流

swathe（範圍）──用鐮刀一刀割過的草地區域

　　歷經前面的英文之旅之後，你應該已經深深體會到，根本不可能正確猜出一個詞是從哪裡來、又要往哪裡去。所以為了要考驗一下你的腦袋，以下會有一連串的小測驗，你必須猜猜看詞彙

是從哪裡來，或是要往哪裡去。

　　我們會從一些名人的名字開始，不過我不會告訴你名字是什麼，而是會把語源學上的詞義當作線索。所以，舉例來說，如果我提供的線索是「戰神和愛好和平的人」，答案就會是我本人：Mark Forsyth（馬克‧福賽斯），因為 Mark 源自羅馬戰神 Mars，而 Forsyth 在蘇格蘭蓋爾語裡的意思則是「愛好和平的人」。懂了嗎？很好，開始吧。

過去一百年間的政治人物

　　一、受到祝福、帥氣且狡猾的人（美國總統）

　　二、勇氣十足的甘藍菜（歐洲政治人物）

　　三、住在小屋裡的高貴狼（第二次世界大戰）

　　四、上帝鍾愛的醜臉 （美國總統）

　　五、來自摩蘇爾（Mosul）並受到祝福的人（第二次世界大戰）

音樂界

　　一、上帝熱愛一隻滿身汙泥到處旅行的狼（作曲家。提示：狼〔wolves〕）

　　二、我小巧可愛的法國愛人（流行女歌手。提示：我的愛人〔my lady〕）

　　三、菜園裡震耳欲聾的戰爭（作曲家。提示：反正他應該聽不到）

　　四、投擲標槍的人，身上有刺青（流行女歌手。提示：想想看標槍的英文除了 javelin 之外還有哪一個詞）

　　五、神父花園裡的矮人（搖滾男歌手。提示：中間名是 Aaron）

大明星

一、獲得勝利的牧羊人（女演員。提示：山羊幼崽〔baby goat〕）

二、耶誕節市政委員（女演員。提示：因為她是以色列人所以名字很奇怪）

三、殘酷的雙胞胎（男演員。提示：一種飛彈）

四、月亮在一淺灘血中（超模。提示：以 ford 結尾的姓氏）

五、在牛群中聆聽的人（電視主持人。提示：以 cow 開頭的姓氏）

作家

一、小理查的丈夫（十九世紀小說家）

二、善良的基督徒（二十世紀小說家）

三、陽剛的奇觀（十七世紀詩人）

四、平和之地的製褲人（十四世紀詩人）

五、迷你異國蛇（二十世紀小說家）

公布答案：

過去一百年間的政治人物

一、受到祝福、帥氣且狡猾的人＝**巴拉克・海珊・歐巴馬**（**Barack Hussein Obama**）

Barack 在史瓦希利語裡的意思是「受到祝福」；Hussein 在阿拉伯語裡的意思是帥氣；Obama 在盧歐語裡則是「狡猾」的意思。

二、勇氣十足的甘藍菜＝**海爾穆・柯爾**（Helmut Kohl）

其實沒有人知道 hel 是什麼意思，不過 mut 絕對是「勇敢」的意思，kohl 則是「甘藍菜」。

三、住在小屋裡的高貴狼＝**阿道夫・希特勒**（Adolf Hitler）

Adolf 指的是 edel wolf（高貴的狼），而從現有的證據可以得知，hitler 就只是住在小屋裡的某個人而已。

四、上帝鍾愛的醜臉＝**約翰・費茲傑羅・甘迺迪**（John Fitzgerald Kennedy）

John 源自拉丁文的 Johannes，再往上可以追溯到希伯來文的 y'hohanan，意思是「耶和華偏愛的」。Kennedy 源自愛爾蘭文的 O Cinnéide，意思是「很醜的頭」。

五、來自摩蘇爾（Mosul）並受到祝福的人＝**貝尼托・墨索里尼**（Benito Mussolini）

Benito 指的是「受到祝福的人」，Mussolini 則是指「薄紗織品」，因為他的祖先可能是薄紗織品商人。不過，薄紗織品的義大利文是 mussolina，由來是位在伊拉克的摩蘇爾，一般認為這裡就是薄紗織品的產地。

音樂界

一、上帝熱愛一隻滿身汙泥到處旅行的狼＝**沃夫岡・阿瑪迪斯・莫札特**（Wolfgang Amadeus Mozart）

Wolf gang 在德文裡是「到處旅行的狼」的意思；Amadeus 則是拉丁文，意思是「受上帝」（deus）「寵愛」（ama）；而 Mozart 源自 Allemanic motzen，指的是「在泥巴裡滾來滾去」，原本是用來罵人骯髒的詞語。

二、我小巧可愛的法國愛人＝**瑪丹娜・西科尼**（**Madonna Ciccone**）

在義大利文裡，「我的愛人」就寫作 Ma donna。Ciccone 是 Cicco 的指大變體；不過，Cicco 又是 Francesco 的指小變體，所以字面上的意思就是「小小的 Francis」，而 Francis 指的就是法國人。

三、菜園裡震耳欲聾的戰爭＝**路德維希・范・貝多芬**（**Ludwig van Beethoven**）

Lud 的意思是「大聲」；wig 的意思是「戰爭」；beet hoven 字面上的意思就是種植 beet（甜菜）的菜園。

四、有刺青並擲標槍的人＝**小甜甜布蘭妮**（**Britney Spears**）

Britney 這個名字的含意是 British（英國人），而 Britain（不列顛）又是源自 prittanoi，意思是有刺青的人。Spears 則是 spearman（擲標槍的人）的簡寫。

五、神父花園裡的矮人＝**貓王**（**Elvis Presley**）

目前可以確定的是，Elvis 源自 Alvis，也就是維京神話中的矮人。Presley 是 Priestly 的變體，意思是「住在屬於神父的土地上的人」。

大明星

一、獲得勝利的牧羊人＝**妮可・基嫚**（**Nicole Kidman**）

Nicole 就是女性版本的 Nicholas，而這個名字源於希臘文 nike laos。Nike 的意思是勝利（知名球鞋品牌也是這個意思），laos 的意思則是人群。Kidman 指的是負責照顧小山羊的人。

二、耶誕節市政委員＝娜塔莉·波曼（Natalie Portman）

Natalie 和 natal（出生）一詞有關，源自耶穌誕生的那一天（dies natalis）。而在古英文裡，一位 portmann 指的是被選為管理市鎮事務的當地居民。

三、殘酷的雙胞胎＝湯姆·克魯斯（Tom Cruise）

Thomas 源於閃語的 toma，意思是雙胞胎，而 Cruise 則源自中世紀英文的 crus 一詞，用來形容殘暴或冷酷。

四、月亮在一淺灘血中＝辛蒂·克勞馥（Cindy Crawford）

Cindy 是 Cynthia 的變體，也是狩獵女神阿提米絲（Artemis）的修飾語，意思是月亮。Craw 或 cru 是蘇格蘭蓋爾語，意思是血；ford 就是淺水處的英文。

五、在牛群中聆聽的人＝西蒙·高維爾（Simon Cowell）

經常有人會把 Simon 和拼字相同的古希臘名 Simon 搞混，不過也是情有可原，而後者的意思是塌鼻子（類人猿〔simian〕一詞也是這個意思）。不過，基督徒西門（Simon）則是源於不同的字根：Symeon 這個詞是出自《聖經》中的希伯來文 shim'on，意思是傾聽。Cowell 就是 cowfield（牧牛場）。

作家

一、小理查的丈夫＝查爾斯·狄更斯（Charles Dickens）

Charles 源自德文的 karl，意思是男人或丈夫。Dickens 則是 Dick 的指小變體，而後者又是 Richard 的縮寫。

二、善良的基督徒＝阿嘉莎·克莉絲蒂（Agatha Christie）

Agathos 在古希臘文裡的意思是善良，Christie 則是指

Christian（基督徒）。

三、陽剛的奇觀＝**安德魯・馬維爾（Andrew Marvell）**

Andreios 在古希臘文裡的意思是陽剛，Marvell 則是 marvel（奇觀）。

四、平和之地的製褲人＝**傑佛瑞・喬叟（Geoffrey Chaucer）**

Geoffrey 源自拉丁文的 Gaufridus，再往前可以追溯到古日耳曼語，gewi 指的是土地，fridu 的意思則是和平。Chaucer 源於古法文 chaucier，意思是「製作 chausses 的人」，而 chausses 則可以用來指稱幾乎任何一種下半身的衣物。

五、迷你異國蛇＝**伊夫林・沃（Evelyn Waugh）**

Evelyn 是夏娃 Eve 的雙重指小變體，所以也可以說是「小夏娃」。在《聖經》中，夏娃寫作 hawah，據說是源自希伯來文的 havah，意思是「活過的她」；不過，這個說法比較像是民俗語源學，而且這個詞很可疑地和 haya 一詞類似，也就是亞蘭語裡的蛇。Waugh 大概是源自 wahl，也就是「外國人」的古英文。

現在，讓我們快速環遊世界各地的首都，你有辦法從原始的意思猜出現代的城市名嗎？舉例來說，如果我給的提示是「充滿臭味的地方」，你應該要馬上知道我是在說 Objibwa Shika Konk，這個說法後來變成了我們熟知的 Chicago（芝加哥）。為了要讓你好猜一點，答案只會是首都城市。

歐洲

商人的港口

無法通過的河旁邊的地方

智慧

煙霧繚繞的海灣

黑池

非洲

三座城市

勝利

新的花朵

冷水之地

象鼻的盡頭

亞洲

泥濘的匯流點

現代

花園

錨

瞪羚之父

美洲

宜人的風

我看到了一座山

和平

很多魚的地方

貿易商

公布答案：

歐洲

商人的港口──哥本哈根（Copenhagen）

無法通過的河旁邊的地方──倫敦（London）

智慧──索非亞（Sofia）（雅典〔Athens〕是以智慧女神雅
典娜（Athena）命名，所以如果你猜的是這個答案，可以
給自己半分獎勵一下。）

煙霧繚繞的海灣──雷克雅維克（Reykjavik）

黑池──都柏林（Dublin）

非洲

三座城市──的黎波里（Tripoli）

勝利──開羅（Cairo）

新的花朵──阿的斯阿貝巴（Addis Ababa）

冷水之地──奈洛比（Nairobi）

象鼻的盡頭──卡土穆（Khartoum）

亞洲

泥濘的匯流點──吉隆坡（Kuala Lumpur）

現代──德黑蘭（Tehran）

花園──利雅德（Riyadh）

錨──安卡拉（Ankara）

瞪羚之父──阿布達比（Abu Dhabi）

美洲

宜人的風──布宜諾斯艾利斯（Buenos Aires）

我看到了一座山──蒙特維多（Montevideo）

和平──拉巴斯（La Paz）

很多魚的地方──巴拿馬（Panama）

貿易商──渥太華（Ottawa）

如果你對倫敦很熟悉的話，有辦法從站名的起源猜出是哪一個地鐵站嗎？

鐵工廠

供馬飲水的池子

啤酒大門

蕾絲衣領

毛皮農場

通往 Ecgi 的堰

Padda 的農場

道明會修士

神聖樹林中的小河

歡迎陌生人的神聖之地

鐵工廠──漢默史密斯（Hammersmith）

供馬飲水的池子──貝斯沃特（Bayswater）

啤酒大門——阿爾德蓋特（Aldgate）（艾爾〔ale〕啤酒大門）

蕾絲衣領——皮卡地里（Piccadilly）

毛皮農場——海德公園（Hyde Park）

通往 Ecgi 的堰——埃奇威爾路（Edgware Road）

Padda 的農場——帕丁頓（Paddington）

道明會修士——黑衣修士（Blackfriars）

神聖樹林中的小河——滑鐵盧（Waterloo）

歡迎陌生人的神聖之地——沃爾瑟姆斯托（Walthamstow）

最後，來點選擇題吧。以下詞彙真正的起源是哪一個？

clue（線索）

　　a) 紗線球

　　b) 骨骸鑰匙

　　c) 情書

karaoke（卡拉ＯＫ）

　　a) 在水中唱歌的日文

　　b) 吵鬧的日文

　　c) 無人管弦樂團的日文

slogan（標語）

　　a) 阿爾岡昆語（Algonquian）祈禱詞

　　b) 凱爾特語口號

　　c) 重複的俄文

boudoir（豪華臥室）

　　a) 生悶氣時待的房間的法文

b) 軍械庫的法文

c) 偷窺狂的法文

grocer（雜貨店老闆）

a) 買大量東西的人

b) 自給自足的人

c) 極為肥胖的人

hotbed（溫床）

a) 中世紀的折磨方式

b) 維多利亞女王時代的療法

c) 有遮蔽的花壇

bollard（擋柱）

a) 樹幹

b) 板球

c) 柯奈流士・博拉爾德醫師（Dr Cornelius Bollard）

kiosk（售貨亭）

a) 雨傘的阿茲特克文

b) 宮殿的土耳其文

c) 小屋的緬甸文

quarantine（隔離）

a) 四十天

b) 詢問時間

c) 虛擬監獄

bigot（偏執狂）

a) 以上帝之名的古英文

b) 荊棘的古法文

c) 石牆的古日耳曼文

thesaurus（同義詞辭典）

a) 希臘神話中的猜謎蜥蝪

b) 百寶箱

c) 忒修斯之書

beetle（甲蟲）

a) 小咬人蟲

b) 小豆子

c) 小蜜蜂

aardvark（非洲食蟻獸）

a) 祖母的史瓦希利文

b) 土豚的荷蘭文

c) 耶穌的克羅埃西亞文

pundit（權威）

a) 智者的印度文

b) 顧問的愛爾蘭文

c) 愛斯基摩謎語之神

winging it（即興發揮）

a) 在引擎故障時飛行

b) 只吃雞翅（不吃雞胸）

c) 演員在舞台兩側背台詞

quiz（測驗）

a)「誰是？」的拉丁文

b) 無人認領財物的印度文

c) 逃脫（中文）

公布答案：

clue（線索）── a) 紗線球

karaoke（卡拉ＯＫ）── c) 無人管弦樂團的日文

slogan（標語）── b) 凱爾特語口號

boudoir（豪華臥室）── a) 生悶氣時待的房間的法文

grocer（雜貨店老闆）── a) 買大量東西的人

hotbed（溫床）── c) 有遮蔽的花壇

bollard（擋柱）── a) 樹幹

kiosk（售貨亭）── b) 宮殿的土耳其文

quarantine（隔離）── a) 四十天

bigot（偏執狂）── a) 以上帝之名的古英文

thesaurus（同義詞辭典）── b) 百寶箱

beetle（甲蟲）── a) 小咬人蟲

aardvark（非洲食蟻獸）── b) 土豚的荷蘭文

pundit（權威）── a) 智者的印度文

winging it（即興發揮）── c) 演員在舞台兩側背台詞

quiz（測驗）── a)「誰是？」的拉丁文

菁華中的菁華：資料來源

　　寫作像這樣的一本書，會需要用到至少兩倍體積的參考書目，所以為了節約用紙，我沒有列出完整的清單。不過，我可以向各位讀者保證，書中的所有內容都經過查證，主要是參考下列書籍：

《牛津英語辭典》（*Oxford English Dictionary*）

The Oxford Dictionary of Place Names

The Oxford Dictionary of English Surnames (Reany & Wilson)

The Dictionary of Idioms by Linda and Roger Flavell

The Dictionary of National Biography

Brewer's Dictionary of Phrase and Fable

線上資源：

The Online Etymology Dictionary

Phrases.org.uk

以及（在極為戒慎恐懼的狀態下參考）：

人見人愛的維基百科（或是 Fastchild）

可惜的是，書中有些論點和以上的資料來源牴觸。我的做法通常不是仔細帶著讀者一一檢視所有的論證和反論證，我只會挑出我認為可信度最高的理論，然後詳細闡述。

以上的順序是根據我對資料來源的信任程度排列，其他條件都沒有影響。然而，如果正式的引文格式這麼費工，我很樂意站在被瞧不起的那一方。

有時候，我引用的內容沒辦法在其他參考資料中找到，是因為這些內容都是我自己蒐集而來，所以如果有一頭霧水的學者懷疑我的整本書都沒有立論基礎，請參考下列書目：

‘Draw a blank’: *The History of Great Britain*, Arthur Wilson (1643)

‘Blank cheque’: *An Inquiry into the Various Systems of Political Economy*, Charles Ganilh (1812)

‘Talk cold turkey’: *One of Three*, Clifford Raymond (1919)

‘Crap’ and ‘Number one’: *Poems in Two Volumes*, J. Churchill Esq. (1801)

‘Dr Placebo’: *Bath Memoirs*, Robert Pierce (1697)，*Attempts to Revive Antient Medical Doctrines*, Alexander Sutherland (1763) 及他處均有引用

‘Pass the buck’: *The Conquest of Kansas*, William Phillips (1856)

詞源：漫步在英語詞彙之間，追溯環環相扣的隱密源流 /
馬克.福賽斯(Mark Forsyth) 作；廖亭雲譯. -- 初版. -- 新北
市：大家出版：遠足文化事業股份有限公司發行, 2022.05
面；　公分. -- (Common ; 64)
譯自：The etymologicon : a circular stroll through the hidden
connections of the English language.
ISBN 978-986-5562-61-8(平裝)

1.CST: 英語 2.CST: 詞源學 3.CST: English language-
Etymology.
805.121　　　　　　　　　　111004286

Common 64

詞源
漫步在英語詞彙之間，追溯環環相扣的隱密源流
The Etymologicon: A Circular Stroll Through the Hidden Connections of the English Language

作者‧馬克　福賽斯（Mark Forsyth）│譯者‧廖亭雲│內頁設計‧吳郁嫻│校對‧魏
秋綢│責任編輯‧楊琇茹│行銷企畫‧陳詩韻│總編輯‧賴淑玲│社長‧郭重興│發
行人兼出版總監‧曾大福│出版者‧大家／遠足文化事業股份有限公司│發行‧遠足文
化事業股份有限公司　231新北市新店區民權路108-2號9樓　電話‧(02)2218-1417　傳
真‧(02)8667-1065│劃撥帳號‧19504465　戶名‧遠足文化事業有限公司│法律顧問‧
華洋法律事務所　蘇文生律師│ISBN：978-986-5562-61-8(平裝)；9789865562601（EPUB）；
9789865562595（PDF）│定價‧420元│初版一刷‧2022年05月

有著作權‧侵害必究│本書如有缺頁、破損、裝訂錯誤，請寄回更換
本書僅代表作者言論，不代表本公司／出版集團之立場與意見